KB036558

열하일기

sodampublishingcompany

베스트셀러고전문학선2

열 하 일 기

펴낸날 | 2003년 9월 8일 초판 1쇄

지은이 | 박지원
펴낸이 | 이태권
펴낸곳 | 소담출판사
　　　　서울시 성북구 성북동 178-2 (우)136-020
　　　　전화 | 745-8566　팩스 | 747-3238
　　　　E-mail | sodam@dreamsodam.co.kr
　　　　등록번호 | 제2-42호(1979년 11월 14일)

ⓒ 소담, 2003
ISBN 89-7381-766-3 03810
　　　 89-7381-775-2 (세트)
● 책 가격은 뒤표지에 있습니다.

www.dreamsodam.co.kr

베스트셀러고전문학선2

열 하 일 기

박지원 지음

소담출판사

책을
펴 내 며

고려대학교인문대학장 설중환.

    고전문학작품이란 말 그대로 예로부터 전해 내려오는 훌륭한 작품들을 말한다. 이는 우리 조상들이 생활하면서 생각하고 느낀 모든 것들이 깃들어 있는 '보물창고'라 할 수 있다.

    흔히 21세기는 인간과 문화가 가장 큰 화두가 될 것이라고들 한다. 근대에 들어 지금까지 기계화와 산업화와 정보화에 매달려 온 인간들은 어느새 스스로의 참모습을 잃어버리고 말았다. 나를 잃어버린 것이다. 우리가 길을 잃으면 어떻게 해야 할까. 다시 원래의 출발점으로 되돌아가는 것이 가장 빠른 길이 아닐까.

    고전문학은 우리들을 새로운 출발점으로 안내할 것이다. 고전문학은 오염되지 않는 지혜의 보고로 항상 우리 곁에 남아 있기 때문이다. 현대인들은 다시 고전으로 되돌아가야 한다. 그 속에서 우리는 우리의 본래 모습을 되찾을 수 있을 것이다.

    이번에 새로이 기획한 〈베스트셀러 고전문학선〉은 오늘날 한국인들이 꼭 읽어 보아야 할 주옥 같은 작품들을 수록하였다. 특히 모든 사람들이 쉽게 읽을 수 있도록 평이하게 편집하였다. 또한 책의 뒤에는 저자와 작품에 대한 자세한 정보뿐만 아니라 각 작품들 안에서 독자들이 생각해 볼 수 있는 점들을 첨부하였다. 독자들은 이를 통해 더 깊은 고전의 세계를 맛볼 수 있을 것이다.

    모든 사람들이 고전작품을 통해서 한국인의 정체성을 되찾고, 참 한국인으로 살아갈 수 있다면 그보다 더 반가운 일은 없을 것이다.

차 례

책을 펴내며 _ 5

도강록(渡江錄) _ 9
성경잡지(盛京雜識) _ 95
속재필담(粟齋筆談) _ 113
태학유관록(太學留館錄) _ 133
환연도중록(還燕道中錄) _ 201
산장잡기(山莊雜記) _ 245

작품 해설 _ 271
작가 연보 _ 282

渡江錄

도강록

6월 24일.

아침에 보슬비가 내리기 시작하더니 온종일 내렸다 개었다
했다.

오후에 압록강을 건너 30리 길을 더 가서 구련성(九連城)에
서 묵었다. 지난 밤 내내 소나기가 퍼붓더니 이내 맑게 개었
다.

용만(龍灣)[1]에서 묵은 앞서의 열흘 동안에 방물(方物)[2]이 다
들어오고 떠날 시간도 매우 촉박했다.

그러나 날이 갠 지 이미 나흘이나 되었는데도 그 동안의 장
마 때문에 강물이 많이 불어서 물살은 더욱 거세고 나무와 돌
등이 마구 굴러 내려오고 탁한 강물이 하늘과 맞닿은 듯했다.
이는 아마 압록강의 발원이 먼 까닭이다.

---

[1] **용만(龍灣)** 의주관(義州館).
[2] **방물(方物)** 선물용의 지방산물.

후진(後晉)의 유후가 지은 『당서(唐書)』를 돌이켜 생각해 보면,

　'고려 때의 마자수는 말갈(靺鞨)의 백산(白山)에서 시작되는데, 그 물빛이 오리 머리 부분처럼 푸르스름해서 압록강이라고 불렀다.'

라고 하였으니 백산은 곧 장백산(長白山)을 말하는 것이다.

　중국 고대의 지리서인 『산해경(山海經)』에서는 장백산을 '불함산'이라고 하였고, 우리 나라에서는 이를 '백두산'이라고 부른다. 백두산은 모든 강의 발원으로서, 이 산의 서남쪽으로 흐르고 있는 것이 바로 압록강이다.

　명나라 장천복(長天復)이 지은 『황여고』에서는,

　'천하에 큰 물 셋이 있으니 황하(黃河)와 장강(長江)과 압록강이다.'

라고 하였고, 정진이 지은 『양산묵담(兩山墨談)』에서는,

　'회수(淮水)의 이북의 모든 물은 황하로 모여들기 때문에 북쪽 가지라 일컫고 강이라고 이름 붙인 것이 없는데, 다만 북으로 고려에 있는 물은 압록강이라고 부른다.' 라고 했다.

　이 강은 천하의 가장 큰 물로서, 그 발원하는 곳이 지금 가뭄인지 장마인지 천리 밖에서는 예측하기 어려우나 이렇듯 강물이 흘러 넘치는 것을 미루어 보면 백두산의 큰 장마를 가히 짐작할 수 있겠다. 더구나 이곳은 예사 나루가 아니므로 더욱 그렇지 않겠는가.

　그런데 장마철이라 나룻가에 배 대는 곳을 도무지 찾을 길이 없고, 중류의 모래톱도 흔적조차 없어 사공이 만약 실수라도 하면 사람의 힘으로는 도저히 걷잡을 수 없을 정도다.

　그래서 일행 중 역원(譯員)들은 서로 나서서 옛 일을 이유 삼아 대면서

날짜를 늦추기를 간절히 청했고, 만윤(灣尹)도 역시 비장(裨將)을 보내어 며칠만 더 묵도록 만류했다. 그러나 정사(正使) 박명원은 기어이 이날 강을 건너기로 결정하고 장계(狀啓)[3]에 벌써 날짜를 적어 넣었다.

아침에 일어나서 창을 열고 보니, 검은 구름은 하늘을 덮었고 금방이라도 비가 내릴 듯한 기운이 산언저리에 가득했다. 몸단장을 끝내고 행장을 정리하고, 가서(家書)와 여러 곳에 보낼 답장을 직접 봉하여 파발을 띄웠다.

아침 죽을 조금 먹고 나서 천천히 관(館)에 이르니, 비장들은 벌써부터 군복을 갖춰 입고 있었다. 머리에는 은화와 운월(雲月)을 달고 공작의 깃털을 꽂고, 허리에는 남색 전대를 두르고 환도(環刀)를 차고 있었다. 또, 손에는 짧은 채찍을 잡고 있었다. 그들은 마주보면서 웃고는,

"우리 모습이 어떻소?"라며 큰 소리로 떠든다.

그중에서 노 참봉(參奉)은 첩리(帖裡)[4]를 입었을 때보다도 훨씬 우람하게 보였다. 비장은 우리 국경 안에서는 천익을 입다가 강을 건너면 협수(狹袖)로 바꿔 입었다.

정 진사(進士)가 웃으며 답하기를,

"오늘이야말로 틀림없이 강을 건너게 되겠지요?"

하자 노 참봉이 옆에서,

"이제 곧 강을 건너가게 될 것입니다."라고 대답했다.

---

[3] 장계(狀啓) 지방에 파견되어 근무하는 관리가 임금에게 글로 보고하는 것.
[4] 첩리(帖裡) 첩리는 방언(方言)으로 천익(天翼)이라 한다.

나는 그 두 사람에게,

"그래, 맞다."고 하였다.

벌써 열흘 동안이나 관에서 묵었기 때문에 모두들 지루하여 훌쩍 날아가고 싶은 기분인 모양이다. 장마로 강물이 불어 더욱 마음이 급하던 차에 떠날 날짜가 닥치고 보니 이제는 건너지 않으려고 해도 어쩔 수 없는 일이다. 그러나 앞으로 가야 할 길을 생각하니 무더위가 심해 걱정이다. 더구나 고향을 회상하니 운산(雲山)은 아득할 뿐이고, 인정상 서글픈 마음에 돌아설 생각이 나지 않았다.

흔히 일평생의 장유(壯遊)라고 하여 걸핏하면,

"꼭 한 번은 구경을 해야지."하고 평소에 벼르던 것도 이제는 실로 이차적인 것이 되고 그네들의 말대로,

"오늘은 꼭 강을 건너야지."하면서 떠들어대는 것도 실지로 좋아하는 마음으로 하는 것이 아니라 어찌할 수가 없어서일 것이다.

역관 김진하는 늙은 데다가 더구나 병까지 들어 여기서 헤어져 되돌아가야 했으므로, 정중하게 하직 인사를 하니 서운함을 금할 수가 없었다.

조반을 먹고 나서 나는 혼자 말을 타고 먼저 출발했다. 말은 자줏빛 털에 하얀 정수리, 날씬한 정강이와 높은 발굽에 날렵하게 생긴 머리에 짧은 허리, 그리고 또 두 귀가 쫑긋한 품이 보는 것만으로도 만 리를 능히 달릴 듯싶다. 나 연암의 하인 창대는 앞에서 경마를 잡고 하인 장복이 뒤를 따른다. 안장에는 주머니를 한 쌍 달아 왼쪽에는 벼루를 넣고 오른쪽에는 거울과 붓 두 자루와 먹 한 장, 조그만 공책 네 권과 이정록(里程錄) 한 묶음

을 넣었다. 행장이 이처럼 단출하니 짐 수색이 아무리 엄해도 근심할 필요가 없었다.

성문까지 미처 가지도 못하여 동쪽에서 소나기가 한 줄기 몰려든다. 말을 급히 달려서 성 문턱에 대었다. 그리고 걸어서 문루(門樓)에 올라가 성 아래를 굽어보니 창대가 혼자서 말을 잡고 서 있고 장복은 보이지 않는다. 조금 있으니 장복이 길 옆의 조그만 일각문(一角門)에 버티고 우뚝 서서 아래위를 기웃거리더니 이윽고 삿갓으로 비를 피하며 한 손에 조그만 오지병을 들고 바람을 일으키며 걸어온다.

알고 보니, 우리 돈을 가지고는 국경을 넘지 못하는데, 그 둘의 주머니를 털었더니 스물여섯 푼이 나왔다 한다. 그래서 길에 버리자니 아깝고 하여 그 돈으로 술을 샀다고 하였다.

나는 그 둘에게,

"너희는 술을 얼마나 하느냐?" 하고 물었더니, 둘은

"입에 대지도 못하옵니다." 라고 대답했다.

나는 다시,

"그럼 그렇지, 옹졸한 녀석들이 어찌 술을 할 수 있겠느냐." 라고 한바탕 꾸짖었다.

그리고는 스스로를 위안하는 뜻으로 혼자말로,

"먼 길 가는 나그네를 위해 이것도 도움이 되겠지." 한다.

그리고는 잠자코 혼자 잔에 부어 마시며 동쪽에 있는 용만과 철산의 산들을 바라보니 수만 겹의 구름 속에 가려 있었다.

이에 다시 술을 한 잔 부어 문루의 첫 기둥에 뿌리며 이번 여행길에 아무런 사고가 없기를 빌고, 또 한 잔을 부어 다른 기둥에 뿌리며 장복과 창대를 위해 빌었다. 병을 흔들어 보니 그러고도 아직 몇 잔 술이 더 남았기에 창대에게 땅에다 뿌리게 하고 말을 위하여 빌어 주었다.

담벽에 기대 동쪽을 바라보니 아주 잠깐 동안 무더운 구름이 피어올라서 백마산성의 서쪽 봉우리 하나가 갑자기 그 반쪽 모습을 드러내는데, 그 빛이 너무나 푸르러서 우리 연암서당(燕巖書堂)에서 불일산 뒷봉우리의 모습을 바라보는 것만 같았다.

> 홍분루(紅粉樓) 높은 다락
> 막수(莫愁) 아씨를 여의고,
> 가을 바람 말발굽 소리로
> 변방을 달렸노라.
> 그림 배에 실어 놓은 퉁소와 장고는
> 어이하여 소식이 없는가.
> 애간장이 끊어질 듯 보고 싶구나,
> 우리 청남(淸南)의 첫째 고을이.

이 시는 냉재(冷齋) 유혜풍(柳蕙風)[5]이 심양(瀋陽)에 들어가려던 중 지은 것이다. 나는 이 시를 몇 번이나 반복하여 읊어 보고는,

"이 시는 국경을 넘는 이가 부질없이 그 무료함을 읊은 것이겠거니, 이

---

5. 유혜풍(柳蕙風) 유득공.

곳에서 무슨 그림배며 퉁소며 장고 등을 가지고 놀이를 했겠는가."하고는 혼자서 크게 웃었다.

전국시대 제(齊)나라 충신 형경(荊卿)이 바야흐로 역수(易水)를 건너가려고 할 때 머뭇거리며 쉬 떠나려 하지 않으므로 태자[6]가 그의 마음이 변하지 않았는가 의심하여, 진무양(秦舞陽)[7]을 먼저 떠나보내려 하자 형경은 이에 대노하여 태자를 꾸짖기를,

"내가 머뭇거린 것은 단지 동지 한 사람을 기다려 같이 떠나려 함이었거늘."하였으나 이것은 부질없는 무료한 말인 듯하다.

만약 태자가 형경의 마음을 의심한 것이라면 형경, 그를 깊이 알지 못했기 때문이리라. 그러나 형경이 기다리는 사람 역시, 이름을 가지고 있는 실제 인물은 아닐 것이다.

비수(匕首) 한 자루를 차고 적국인 진(秦)나라로 잠입하려면 진무양, 그 한 사람으로 충분할 터인데 도대체 어찌하여 따로 동지를 구하겠는가. 그저 부는 차디찬 바람에 축악기에 맞춰 노래하며 오늘의 즐거움을 다했을 뿐인데, 이 글을 지은이는 그 사람이 길이 멀기 때문에 돌아오지 못하리라 변명하였으니, 그 '멀다' 라는 말이 참으로 묘한 것이다. 형경이 기다리는 그 사람은 세상에 둘도 없이 절친한 벗일 것이고, 그 약속은 세상에서는 다시 변할 수 없는 일일 것이다. 세상에 둘도 없는 벗이 한번 가면 돌아오지 못할 길을 떠나니 날이 저물었다고 하여 오지 않았겠는가.

---

[6] **태자** 전국시대 연(燕)나라 태자로 진시황을 죽이려 형경을 파견하였다가 실패하였다.
[7] **진무양(秦舞陽)** 형경이 진나라에 잠입할 때 지도(地圖)를 갖고 따라간 젊은 협객.

그 사람이 살고 있는 곳은 반드시 초(楚)나 오(吳)나 삼진(三晉) 같이 아주 먼 곳이 아닐 것이고, 또 이날 꼭 진으로 들어갈 것을 기약하거나 맹세하지도 않았다.

다만 형경이 의중(意中)에 갑자기 생각나는 한 친구를 기다린다고 하였을 따름인데, 이 글을 쓴 사람이 공연히 형경의 의중에서 그 벗을 끌어다가 '그 사람' 하고는 부연해서 설명하였으니, 그 사람이라 말함은 어떤 사람인지 알지 못함을 뜻하는 것이니, 글쓴이 자신도 알지 못하는 사람을 향해 막연히 먼 곳에 사는 이라 하여 형경을 위로하는 것이요, 또한 그 사람이 행여 오지 않을까 하고 기다리는 것을 염려하여 다시 그가 멀어서 오지 못 할 것을 밝혔으니 이는 형경을 위하여 그 사람이 오지 못하는 것을 다행으로 생각한 것이다.

세상에 정말 그 사람이 있다면 이미 그를 만나 보았을 것이다. 그 사람의 키는 당연히 일곱 자에 더하여 두 치가 더 있고 눈썹은 짙고 수염은 검고 볼은 처졌을 것이고 이마는 날카로웠을 것이 틀림없다. 왜 이렇게 짐작하게 되었는가 하면 혜풍의 시를 읽고 난 뒤에 알게 된 것이다.

정사(正使)의 전배(前排)[8]가 설쳐대며 성을 떠나자 내원(來源)과 주 주부(周主簿)가 두 줄로 맞춰 앞으로 나갔다. 채찍을 옆구리에 끼고 몸을 곧추 세워 안장 위에 올라앉았으니 어깨가 으쓱해 보이고 머리를 꼿꼿이 세운 모양이 제법 날쌔고 용맹스러워 보였다. 그러나 부대의 차림새가 후줄근

---

8. **전배(前排)** 사행갈 때 기치(旗幟)와 곤봉(棍棒) 등을 맨 앞에 세웠으므로 전배라 하였음.

하고, 구종들의 짚신이 안장 뒤에 주렁주렁 매달렸다. 그리고 푸른 모시로 만든 내원의 군복은 너무 자주 빨아 입어서 몹시 더부룩해 보이고 버석거리는 것이 지나치게 검소를 숭상하기 때문이라고 생각된다.

조금 기다려 차석 사신 부사(副使) 정원시의 행차가 성으로 가는 것을 보고 나서 말고삐를 천천히 돌려서 제일 끝으로 구룡정(九龍亭)에 이르니, 여기가 바로 배가 떠나는 곳이다. 만윤은 벌써 도착하여 막을 쳐놓고 기다리고 있었다.

서장관(書狀官)[9]이 맑은 새벽에 일찍 나가서 만윤과 같이 수사하는 것이 원칙이라 그는 지금 사람과 말들을 사열(査閱)하고 있었다. 사람의 이름과 사는 곳과 나이, 수염이나 흉터가 있는가 없는가, 키가 작은가 큰가를 적고, 또한 말의 털 빛깔이 무엇인지 조사하여 적는다.

깃대 셋을 세워 문으로 삼고 금물(禁物)을 조사하니, 중요한 것으로 황금과 진주, 인삼과 초피(貂皮)와 포(包), 그리고 3천 냥이 넘는 남은(濫銀)[10]이 있고, 영세품(零細品)은 새것과 옛것을 모두 통틀어 수십 종에 달하여 이루 다 셀 수가 없었다.

구종들에게 웃옷을 풀어헤쳐 보이게도 하고 고의 아래를 훑어내려 보이기도 하며, 비장이나 역관들에게는 행장을 끌러 보이라고도 한다. 이불 보따리와 옷 보따리가 강 언덕 위로 너울거리고 가죽상자와 종이상자가 풀

---

[9] 서장관(書狀官) 조선 시대에 외국에 가는 사신을 따라가 기록하는 일을 맡은 임시 벼슬. 당시의 서장관은 장령(掌令) 조정진(趙鼎鎭)이었음.

[10] 남은(濫銀) 팔포, 곧 2천 냥과 3천 냥의 한도를 넘는 은자(銀子).

밭 위에 널려져 어지러이 뒹군다. 사람들은 그것들을 주워담으면서 흘깃 흘깃 주위를 돌아보기도 한다. 수색을 아니하면 대체 나쁜 짓을 막을 길이 없고 수색을 하자니 이렇듯 체면에 구겨지게 되는 것이다.

그러나 이 수색보다 한발 앞서 용만의 군사들이 몰래 강을 건너가는 것을 누가 막을 수 있었겠는가. 이것도 결국 실제로는 형식에 지나지 않는 것이다. 금물이 발견되면 첫째 문에서 걸린 자는 중곤(重棍)[11]을 때리고 물건을 몰수하며, 그 다음 문에서 걸리면 귀양을 보내고, 마지막 문에서는 목을 베어 높이 매달아서 많은 사람에게 본보기로 보이게 되어 있다. 이 법은 그야말로 엄하기 이를 데 없는데, 이번 길에는 원포(原包)도 절반이 못 되고 빈 포마저도 많았으니 남은이 있고 없고를 따질 것도 없었다.

손님을 대접하는 음식상은 초라한 데다가 그나마 들여오면 곧 물려 내가니 강 건너기에 바빠서인지 참견하는 이도 없다. 배는 다섯 척뿐이었고 한강의 나룻배와 비슷하게 생겼는데 크기만 그보다 약간 더 클 뿐이었다.

먼저 방물(方物)과 인마를 건네고 나서, 정사의 배에 표자문(表咨文)과 수역(首譯)과 상사의 하인들이 함께 탔고, 부사의 서장관과 그 하인들이 또 다른 배 하나에 올랐다.

용만의 이교(吏校)와 방기(房妓)와 통인(通引)과 평양에서 모시고 온 영리(營吏)와 계서(啓書)들은 뱃머리에 서서 차례로 작별 인사를 하는데, 상사 마두(馬頭)의 창알(唱謁) 소리가 미처 끝나기도 전에 사공이 선뜻 삿대

---

[11]. **중곤(重棍)** 대곤(大棍)보다 더 긴 곤장.

를 들어 물 속에 집어넣는다.

물살은 아주 빠른데 배따라기 소리를 다같이 불렀다. 사공이 노력한 덕분에 배가 살별[彗星]이나 번갯불처럼 빨리 달린다. 잠깐 아찔한 순간에 하룻밤이 지나간 것 같았다. 통군정(統軍亭)의 기둥과 난간과 헌함(軒檻)이 사방팔방으로 빙빙 도는 것 같고 전송 나온 이들이 모래펄에 서 있었는데 그들이 마치 팥알처럼 작게 보인다.

내가 홍명복에게 말하기를,

"자네, 길을 잘 알고 있는가?"라고 하니 홍이 팔짱을 낀 채 대답하기를,

"네에, 무슨 뜻이신지요?" 하고 공손히 반문을 한다.

나는 또 다시 말하기를,

"길을 알기란 어려운 것이 아닐세. 저 강 언덕에 있는 것이 무엇이냐고 물었네."라고 했다.

홍이,

"그러니까 '저 언덕에 먼저 오른다' 는 말을 지적하는 말씀인가요?" 하고 묻는다.

나는 다시,

"그런 말이 아니라, 이 강은 저들과 우리와의 경계로서 언덕이 아니라면 물이라야 하네. 온 세상 사람들의 윤리와 만물의 법칙이 마치 물이 아니면 언덕이 있는 것과 같네. 길이란 다른 데서 찾을 것이 아니라 바로 이 물과 언덕가에서 찾아야 한다는 말일세." 하고 대답했다.

그러자 홍이 또다시,

"외람되이 자꾸 여쭙겠습니다. 그 말씀은 무슨 뜻인가요?" 하고 물으니 나는 다시 답하였다.

"옛 글 속에 '인심(人心)은 오로지 위태해지고 도심(道心)은 오로지 없어질 따름이다' 라고 하였네. 또 서양 사람들에게는 일찍이 기하학이 있어 한 획의 선을 변증할 때도 선이라고만 해서는 그 세밀한 부분을 표시하지 못하기 때문에 빛이 있고 없는 것을 표현하였네. 또한 '불씨(佛氏)¹²는 붙지도 떨어지지도 않는다' 라는 말로 설명하였으니, 그 즈음에 선처할 수 있는 사람은 정말 길을 아는 사람이라야 능히 할 수 있을 터인즉, 옛날 정(鄭)나라의 자산(子産)¹³ 같은 사람이면 능히 그렇게 할 수 있겠지."

이렇게 주고받는 사이에 벌써 배는 언덕에 닿았는데 갈대가 마치 베를 짜놓은 듯 **빽빽**하게 들어서서 땅바닥이 보이지 않았다. 배 위에 깔았던 자리를 빨리 걷어내고 펴려고 하인들이 다투어 언덕으로 내려가 갈대를 꺾으려하였지만, 갈대 한 그루 한 그루가 칼날 같고 또 진흙이 검고 너무 질어서 어쩔 수가 없었다. 정사를 비롯하여 모두들 우두커니 갈대밭에 서 있기만 한다.

"먼저 건너간 사람들과 말은 어디에 있는가?" 하고 물어 보아도 다들 한결같이,

"모르옵니다."하고 대답한다.

그래서 다시,

---

¹². **불씨(佛氏)** 석가모니.
¹³. **자산(子産)** 전국 시대 때 정(鄭)의 대부 공손교(公孫僑)의 자(字).

"방물은 어디에 있는가."라고 해도 역시,

"모르옵니다."하더니 멀리 보이는 구룡정의 모래톱을 가리키며 다시 말하기를,

"우리 일행도 아직 건너가지 못하고 저렇게 개미떼처럼 옹기종기 모여 있는 것 같습니다."라고 한다.

멀리 용만 쪽을 바라보니 성 한쪽편이 한 필의 베를 펼쳐놓은 듯하고 성 문은 마치 바늘구멍처럼 뻥 뚫려 그곳으로 내리쬐는 햇살이 한 점의 샛별처럼 보인다.

바로 이때 커다란 뗏목이 거센 물결에 떠 내려온다. 성사 마두인 시대(時大)가 멀리서,

"어이!" 하고 고함을 친다.

이것은 남을 부르는 소리인데 자기는 높이는 말이다. 한 사람이 뗏목 위에서 일어서서,

"당신네는 어째서 조공(朝貢)을 바치러 갈 철도 아닌데 중국에 가시오? 이 더위에 먼길을 가자면 얼마나 고생이 되겠소?"라고 한다.

시대가 다시,

"너희들은 어떤 고을에 살고 있는 사람들인가, 어디서 나무를 베어 오는가?" 하고 물으니 그는 답하기를,

"우리들은 봉황성에서 사는데 지금 장백산에서 나무를 베어 가지고 오는 길입니다."하는데, 말이 채 끝나기도 전에, 뗏목은 어느 사이에 까마득히 멀어져 가버렸다.

이때 두 갈래의 강물이 한데 어울리는 가운데에 섬이 하나 생겼는데 앞서 건너간 사람들과 말들이 여기서 잘못 내렸으니, 그 사이가 비록 5리밖에 안 되지만 배가 없어서 다시 건너지 못하고 있는 중이었다. 그래서 사공에게 엄명을 내려 배 두 척을 불러 사람들과 말을 재빨리 건너가게 하려 했으나 사공이 말하기를,

"저 거센 물살을 거슬러서 배를 저어 가는 것은 아마 하루 이틀로는 힘들 같습니다."하고 여쭙는다.

사신들이 모두 화를 내어 뱃일을 맡은 용만의 군교(軍校)를 벌하려고 했으나, 딱하게도 죄인을 다루는 병졸인 군뢰(軍牢)가 없다. 웬일인가 알아보니, 군뢰 역시 먼저 건너가서 가운데 섬에 잘못 내렸기 때문이다. 부사의 비장 이서구(李瑞龜)가 화를 참지 못하여 마두를 호통하고 용만의 군교를 잡아들였으나, 그놈을 엎드리게 할 자리가 없으므로 볼기를 반만 까놓고 말채찍으로 너덧 번 치고 나서 끌어내어 빨리 거행하라고 호통을 친다. 용만의 군교가 한 손에는 전립을 쥐고 또 한 손으로는 고의춤을 붙잡은 채로 입으로는 연방,

"예이, 예이."라고 대답한다.

그래서 배 두 척을 내다가 사공이 물에 들어가서 배를 끌었으나 물살이 워낙 거센 탓으로 한 치만큼 전진하면 다시 한 자 가량 후퇴하고 만다. 아무리 호령을 한들 어쩔 수 없는 형편이다.

이윽고 한 척의 배가 강기슭을 타고 나는 듯이 빨리 내려오니 이것은 군뢰가 서장관의 가마와 말을 이끌고 오는 것이다. 장복이 창대를 향해 말하

기를,

"네가 뒤따라 왔구나."하며 기뻐들 한다.

그래서 두 놈을 시켜 행장을 다시 조사해 봤더니 모두 탈이 없었으나 다
만 비장과 역관이 타고 있던 말들 중에 온 것도 있고 오지 않는 것도 있어
서 정사가 먼저 떠나기로 했다. 군뢰가 한 쌍의 말을 타고 나팔을 불며 길
을 인도하고, 또 한 쌍은 앞서 걸으며 앞길을 인도하여 버스럭거리면서 갈
대 숲을 헤쳐나갔다.

내가 말 위에서 칼을 뽑아들고 갈대 하나를 베어 봤더니, 껍질은 단단하
고 속이 두터워서 화살을 만들기는 어려워도 붓자루를 만들기에는 딱 알
맞을 것 같았다. 놀란 사슴 한 마리가 갈대밭을 헤치며 뛰어넘어 가는 모
습이 마치 보리밭 위를 날아가는 새처럼 빠르다. 일행들은 이 광경을 보고
모두 놀랐다. 10리 길을 가서 삼강(三江)에 이르니 강물이 비단결처럼 잔
잔하다.

이곳을 애라하(愛剌河)라고 한다. 어디에서 발원하는 것인지는 알 수 없
으나, 압록강과는 10리 거리인데도 강물이 흘러 넘치지 않는 것으로 미루
어 보아 근원이 서로 다르다는 것을 알 수 있다. 배 두 척이 보이는데 모양
은 우리 나라의 놀잇배와 비슷하고 길이와 넓이는 그것만 못하지만 생김
새는 튼튼하고 섬세한 편이다. 뱃사공은 모두가 봉황성 사람인데 사흘 동
안을 여기서 기다리느라고 양식이 다 떨어져서 굶주렸다고 한다.

또 이 강은 너나 할 것 없이 서로 다닐 수 없는 곳이나, 우리 나라의 역학
(譯學)이나 중국의 외교 문서가 갑자기 교환될 때를 대비해서 봉성장군(鳳

城將軍)이 미리 배를 준비해 둔 것이라고 한다.

배 닿는 곳이 몹시 질척질척하여 내가,

"어이"하고 되놈을 향해 불렀더니, 이 말은 조금 전에 시대에게 배운 것이다, 그 자가 얼른 상앗대를 놓고 이쪽으로 왔다.

내가 얼른 몸을 일으켜 그의 등에 업히니, 그 자는 히히거리고 웃으면서 배에 태워 주고는 후유 길게 숨을 내뿜으면서,

"흑선풍(黑旋風)[14]의 어머니가 이렇게 무거웠다면 아마 기풍령(沂風嶺)에는 오르지도 못했을 것이오."라고 한다.

조 주부(趙主簿) 명회(明會)가 이 말을 듣고는 큰 소리로 웃는다.

내가 다시,

"저 무식한 놈이 후한 때 효자인 강혁(江革)은 몰라도 이규(李逵)는 어떻게 알았을까."했더니 조군이,

"그 말 속에는 깊은 의미가 담겨 있습니다. 이 말은 애초에 이규의 어머니가 이렇게 무거웠다면 비록 이규의 신력(神力)으로도 등에 업고 높은 언덕을 넘지 못했으리라는 의미였습니다. 그리고 이규의 어머니가 호랑이에게 물려 갔는데, 그것은 이렇게 살집이 좋은 분을 그 굶주린 호랑이에게 주었더라면 얼마나 좋았겠는가 하는 의미입니다요."하고 설명해 준다.

나는,

"저따위들이 어떻게 입을 열어 저처럼 유식한 문자를 쓸 수 있겠는가 말

---

[14] 흑선풍(黑旋風) 「수호전」에 나오는 장사 이규(李逵)의 별명.

이오."라고 했다.

조군(趙君)은 다시금,

"옛말에 아무리 눈을 부릅떠도 고무래 정(丁)자도 모른다는 말이 바로 저런 놈들을 두고 하는 말이기는 하지만, 그는 『패관(稗官)』, 『기서(奇書)』를 입에 담아서 상용어로 사용하고 있으니, 그들이 말하는 관화(官話)라는 것이 바로 이것입니다."하고 대답한다.

이 애라하의 넓이는 우리 나라의 임진강의 넓이와 비슷하다. 여기서 곧바로 구련성(九連城)까지 향해 뻗어가고 푸른 숲이 마치 장막처럼 우거졌는데 군데군데 호랑이 그물을 쳐놓았다.

의주의 창군이 가는 곳마다 나무를 찍어내는 소리가 온 들녘에 울려 퍼진다. 홀로 높은 언덕에 올라가 사방을 바라보니 산은 곱고 물은 맑은데 사방이 탁 트였다.

나무는 하늘을 찌를 듯하고, 그 가운데 알맞게 자리잡은 커다란 동네에서는 개 짖는 소리와 닭 우는 소리가 귀에 들리는 듯하다. 그곳은 땅도 기름져서 개간하기에도 적당할 것 같았다.

패강(浿江)의 서쪽과 압록강의 동편에는 이곳과 비교할 만한 땅이 없으니 마땅히 이곳에 거진(巨鎭)[15]이나 웅부(雄府)를 설치할 만하나, 너나 할 것 없이 모두 이 땅을 버려 두어 지금까지도 이 땅은 버려진 채로 있었다.

어떤 사람은 말하기를,

---

[15]. **거진(巨鎭)** 조선시대에 각 도에 설치되어 절제사(정3품) 첨절제사(종3품)가 지휘한 군영.

"고구려 때 이곳을 도읍으로 정한 적이 있었다."라고 하니, 이것은 바로 국내성을 말하는 것이다.

명나라 때에는 진강부를 두었는데, 청이 요동을 정복하자 진강 사람들은 머리 깎기가 싫어서 모문룡한테 가기도 하고 우리 나라로 귀화하기도 하였다. 그 후에 우리 나라에 온 사람들은 전부 청나라의 요청으로 청나라로 돌아갔고, 모문룡에게 간 사람들의 대부분은 유해(劉海)[16]의 난리 중에 죽어버렸다. 그리하여 주인 없는 땅이 된 이래로 100여 년이 지난 지금은 산이 높고 물이 맑은 것만이 쓸쓸하게 눈에 띌 뿐이다.

노둔(露屯)친 곳 모두를 돌아다니며 구경했는데, 역관은 막 하나에 세 사람씩, 그렇지 않으면 장(帳) 하나에 다섯 사람씩 있기도 하고, 역졸과 마부들은 다섯 혹은 열 명씩 어울려서 시냇가에 나무를 얽어매고 그 그늘 속에 들어가 있다. 밥짓는 연기는 자욱하고 사람과 말의 소리가 소란한 것이 엄연히 하나의 마을이 된 듯한다.

용만에서 온 장수들 한 패거리가 저희들끼리 한곳에 모여서는 시냇가에 수십 마리의 닭을 잡아 씻기도 하고, 다른 한편에서는 그물을 던져 물고기를 잡아 국을 끓이기도 하고 나물도 볶는다. 밥에 기름기가 자르르 도는 것이 그들의 살림살이가 매우 푸짐해 보였다.

황혼이 다 되어서 부사와 서장관이 차례로 도착하였다. 30여 군데서 횃불을 피우는데 모두들 큰 나무를 톱으로 썰어 와서 먼동이 환하게 틀 때까

---

[16]. 유해(劉海) 명(明)을 배신한 장수.

지 밝히고, 군뢰가 나팔을 한번 불면 300여 명이나 되는 군졸들이 소리 맞춰 일제히 고함을 쳤다. 이것은 호랑이의 침입을 막기 위한 것으로 밤새도록 계속되었다.

군뢰로는 만부(灣府) 중에서 기운이 제일 센 사람을 뽑아서 데리고 오는데 이들은 하인 중에서도 일을 제일 많이 할 뿐만 아니라 또한 먹기도 제일 많이 먹는다고 한다. 그자들의 차림새가 너무 우스워서 허리를 움켜쥘 지경이었다. 남빛 운문단(雲紋緞)을 받쳐 댄 말액(抹額)[17]의 털 상투의 제일 높은 정수리에는 운월(雲月) 다홍빛 나는 상모(象毛)를 걸었고, 벙거지를 쓴 이마에는 날랠 용(勇)자를 붙였다.

또, 쇠붙이로 잘라낸 아청빛의 삼베로 만든 소매가 좁은 군복에 다홍빛의 무명 배자(褙子)를 입었는데, 허리에는 남색 전대를 둘렀다. 어깨에는 주홍빛이 나는 무명실 대융(大絨)[18]을 걸고, 발에는 미투리를 신겨 놓았는데, 그 모양새야말로 볼 만한 한 쌍의 사내로다.

단지 그 말 탄 모양이 꼭 반부담(半駙擔) 같아서 안장도 없이 짐을 싣고 그 위로 올라탔는데, 탔다기보다는 그냥 걸터앉았다는 게 더 어울릴 것 같다. 등에다는 남빛이 나는 조그만 영기(令旗)[19]를 꽂았는데, 한 손에는 군령판(軍令版)을 쥐고 다른 손에는 붓과 벼루와 파리채와 팔뚝만한 마가목(馬家木)의 짧은 채찍을 쥐었다. 그리고 입에는 나팔을 물었고, 앉은자리

---

[17] **말액(抹額)** 중국 모자의 일종.
[18] **대융(大絨)** 웃옷 위에 걸치는 겉옷.
[19] **영기(令旗)** 군령을 전하는 령(令)자를 쓴 기(旗).

밑에는 여남은 개의 붉게 칠한 곤장을 꽂았다. 각 방(房)에서 약간의 호령이 있어 군뢰를 부르면 군뢰는 짐짓 못 들은 체하다가 계속해서 여남은 번 불러서야 입 속으로 뭐라고 중얼거리며 혀를 차다가, 마치 처음 들은 것처럼 커다란 목소리로 '예이' 하고는 말 위에서 뛰어내려, 돼지처럼 비틀거리고 소처럼 식식거리면서 나팔과 군령판과 붓과 벼루 등을 모두 한쪽 어깨에 메고 막대기 하나를 끌며 나간다.

한밤중이 되어갈 무렵에 소나기가 억수같이 퍼붓자 위로는 장막이 새고 밑에서는 습기가 치밀어서 피해 있을 곳이 없었다. 그러다 곧 날이 개면서 하늘에는 별들이 총총히 드리워져서 손으로 만져보고 싶을 정도로 반짝거렸다.

25일.

아침에는 가랑비가 내리더니 낮이 되자 맑게 개었다.

각 방(房)과 역관들은 노둔(露屯)했던 곳 여기저기에서 옷이며 이불을 내어 말린다. 간밤에 내린 비에 젖었기 때문이다. 쇄마(刷馬)[20] 마부 중에 술을 가지고 온 자가 있어서 대종(戴宗)[21]이 한 병을 사다가 바친다. 서로 떠밀며 시냇가로 가서 잔을 기울었다.

강을 건너온 뒤에는 조선 술은 아주 단념했었는데 이제 갑자기 이 술을

---

[20] **쇄마(刷馬)** 지방에서 관용(官用)으로 삯을 주고 사용하는 말.
[21] **대종(戴宗)** 선천(宣川)의 관노, 어의(御醫) 변 주부의 마두이다.

얻어 맛보니 술맛이 아주 좋을 뿐만 아니라, 한가롭게 시냇가에 앉아서 마시고 있으니 그 맛을 이루 말로 할 수 없었다.

마두들이 서로 앞을 다투어 낚시질을 하여, 나도 취한 김에 낚시 하나를 빌렸다. 낚싯줄을 던지자마자 조그만 고기 두 마리가 걸리는 것으로 보니 그것은 이 시냇물 속의 고기가 낚시에 단련되지 못한 까닭인 듯하다.

방물을 전부 가져오지 못하여 다시 구련성에서 묵기로 했다.

26일.

아침에는 안개가 끼었으나 늦게는 맑게 개었다.

구련성을 떠나 30리를 더 가서 금석산 아래에 도착하여 점심을 먹었다. 그곳에서 다시 30리를 더 가서 총수(蔥秀)에서 묵었다. 날이 새자마자 새벽 일찍 안개가 자욱한 길을 출발했다. 상판사(上判事)에 있는 마두 득룡이 쇄마의 구종들과 함께 강세작의 옛날 일에 대해서 이야기를 했다.

안개 속으로 멀리 보이는 금강산을 가리키며 말하길,

"저기 보이는 곳이 형주 사람, 강세작이 숨어 있던 곳이라오."라고 한다.

그 이야기가 무척 재미있어서 들을 만한데, 그들의 이야기를 대충 들어 보니,

세작의 조부였던 강임(霖)이 경략(經略) 양호(楊鎬)와 함께 우리 나라를 구원하려고 하다가 평산에서 일어났던 싸움에서 죽고, 그의 아버지인 국태가 청주 통판(淸州通判) 벼슬을 하고 있다가 만력(萬曆) 정사년(丁巳年)

에 죄를 져서 요양으로 귀양을 오게 되었다. 그때 세작의 나이는 겨우 열여덟 살로 아버지를 따라 요양에 와 있었다. 그 다음해에 청나라가 무순을 정복하니 유격장군(遊擊將軍)이었던 이영방이 항복하였다. 그러자 경략 양호가 장수들을 여러 곳으로 나눠서 파견하였는데 총병인 두송은 개원으로, 왕상건은 무순으로, 이여백은 청하로 각각 보내고, 도독(都督)인 유정은 모령으로 나아가게 했다. 그때 국태 부자가 유정의 진중에 가 있었는데, 청나라의 복병이 산골짜기에서 몰려나와 명의 앞뒤 군사가 연락이 두절되어 유정은 불에 타 죽게 되고 국태도 화살에 맞아 쓰러졌다. 그래서 세작이 해가 저문 뒤 아버지의 시신을 찾아서 산골에 묻은 후에 돌을 모아 표시를 해두었다.

　이때에 조선의 도원수(都元帥) 강홍립과 부원수 김경서는 산 위에 진을 쳤고, 조선의 좌·우 영장(營將)은 산 아래에다 진을 쳤었다. 곧 세작이 도원수의 진으로 투항했는데, 그 다음날 청병(淸兵)이 산 아래에 있던 조선의 좌영에 쳐들어와 한 사람도 남기지 않고 다 죽였다. 산 위에 있던 군사들은 이것을 바라보다가 다리를 사시나무 떨 듯했다고 한다. 마침내 강홍립은 싸우지도 못하고 항복했고, 청나라 군병은 홍립의 군사들을 두 겹으로 에워싼 후 명나라 병영에서 도망쳐 온 군사를 샅샅이 뒤져서 모조리 묶은 후 목을 쳐서 죽였다. 세작도 어쩔 수 없이 붙들려서 묶인 채 바위 밑으로 끌려가 앉았는데, 담당자가 웬일인지 잊어버리고 그냥 가버렸다. 그래서 세작이 조선 군사에게 눈짓을 하면서 묶인 것을 좀 풀어 달라고 애걸하였으나 모두들 서로 기웃거리며 보기만 할 뿐 손가락 하나 까딱하는 사람이 없었다. 세작은 할 수 없이 자기의 등을 돌의 모서리에 비벼서 줄을 끊고 일어나 이미 죽은 조선 군사의 옷으로 바꾸어 입은 다음 조선 군대 속으로 들어가서 겨우 죽음을 면했다. 그런 후에 요양으로 들어갔더니 그때 요양을 지키고 있던 웅정필(熊廷弼)이 세작을 불러서 아버지의 원수를 갚으라고 하였다. 이때에 청나라가 연속하여 개원과 철령을 정복하니 정필은 물러나고 설국용(薛國用)이 그 대신 요양을 지키게 되었으므로 세작은 설의 궁중에 머물러 있게 되었다.

그러나 심양마저 함락되었으므로 세작은 낮에는 숨고 밤에는 걸어서 봉황성에 도착하여 광녕 사람 유광한(劉光漢)과 같이 요양에 있는 패잔병을 소집하여 봉황성을 지켰다. 그러나 얼마 지나지 않아서 광한은 전사하고 세작도 십여 군데 상처를 입었다.

세작은 '고향으로 가는 길이 이미 끊어졌으니 차라리 동쪽의 조선으로 가서 저 치발[22]이나 좌임[23]하는 되놈을 면하는 것이 낫겠다'고 생각하고 싸움터를 탈출하였다.

금석산에 숨어 있다가 식량이 없어서 두어 달 동안은 양구[24]를 불에 구워 나뭇잎으로 싸서 먹으면서 목숨을 부지할 수 있었다. 그후 압록강을 건너서 관서(關西)에 있는 여러 마을을 두루 돌아다니다가 드디어 회령까지 흘러 들어간 뒤, 조선 여자에게 장가를 들어 아들 둘을 낳고 살다가 80이

---

[22] **치발** 변발. 중국 북방 민족의 남자들이 앞부분만 깎고 뒷부분은 땋아 늘인 머리 모양.
[23] **좌임** 옷깃을 왼쪽으로 여미는 것.
[24] **양구** 양가죽옷.

넘어서 죽었다. 지금은 그의 자손이 퍼져서 100여 명이나 되었는데도 여전히 한 집에서 살고 있다고 한다.

득룡(得龍)은 가산(嘉山) 사람으로 열네 살 때부터 북경에 드나들었는데 이번까지 하면 30여 차례에 이른다. 그렇기 때문에 화어(華語)에 제일 능통하여 일행들 사이에 일이 생겼을 때 득룡이 아니면 그 모든 일의 책임을 맡을 사람이 없다.

그는 벌써 가산과 용천과 철산 등 부(府)의 대장 다음 가는 중군(中軍)을 지내왔고, 계품(階品)은 종 이품 가선(嘉善)에 이르렀다. 사행이 있을 때마다 가산에 알려 그 가속을 감금하여 그의 도피를 막는 것만 보아도 그의 재주를 충분히 짐작하고도 남겠다. 세작이 처음 조선에 나왔을 적에 득룡의 집에 묵으며 득룡의 조부와 친해진 뒤에 서로 중국말과 조선말을 배웠다고 하였은즉, 득룡이 화어를 그렇게 잘하는 것도 그의 집안 대대로 전해 내려오는 학문 때문이라고 하겠다.

날이 어두워 총수에 도착하니 우리 나라 평산(平山)에 있는 총수와 비슷하였다. 하여 우리 나라 사람들이 짓는 이름의 유래에 생각이 미친다. 평산의 총수가 이곳과 비슷하기 때문에 그렇게 이름을 지은 것이 아닐까.

27일.

아침에는 안개가 끼었다가 늦게 개었다.

아침 일찍 일어났다. 길에서 되놈 대여섯 명을 만났다. 모두 작은 당나귀를 타고 벙거지나 남루한 옷을 하고 지친 얼굴로 파리하다. 이들은 모두 봉황성의 갑군(甲軍)으로 애라하에 수자리[25] 살러 가는 길인데 대부분 삯에 팔려 가는 자들이라 한다. 이 일을 보고 우리 나라에서는 염려할 것 없으나 중국의 변방은 너무나 허술하다는 것을 알았다.

마두과 쇄마 구종들이 나귀에서 내리라고 호통을 쳤더니, 먼저 앞서 가던 둘은 곧 내려서 한쪽으로 비켜서더니 서서 가는데, 뒤에 가는 셋은 내리기를 싫어한다.

마두들이 모두 소리 높여 꾸짖으니, 그들이 눈을 부릅뜨고 똑바로 쏘아 보며 한 마디 한다.

"당신네 상관이 우리와 대체 무슨 상관이오?"

한 마두가 왈칵 달려들더니 채찍을 빼앗아 맨종아리를 후려치며 마구 꾸짖는다.

"우리 상전께서 싸 가지고 오신 물건이 무엇이고, 문서가 무엇이지 아느냐? 저 노란 깃발에 만세야(萬歲爺) 어전상용(御前上用)이라고 씌어 있지 않느냐! 너희 놈들의 눈깔이 멀쩡하다면 황제께서 친히 쓰실 방물인 것을 모른단 말이냐?"

그제야 그들은 당나귀에서 내려 땅에 엎드리며 빈다.

"그저 죽을 죄를 지었습니다."

그중 한 녀석이 일어나 자문(咨文)을 지닌 마두의 허리를 껴안더니 얼굴

---

[25] **수자리** 나라의 변방을 지키던 일, 또는 그런 일에 동원된 민병.

에 웃음을 가득 담고는 말한다.

"영감, 제발 참아 주시오. 쇤네들의 죄는 죽어 마땅하오."

모두들 껄껄 웃으며,

"너희는 머리를 조아려 사죄하렷다!" 하여, 그들이 진흙바닥에 엎드려 머리가 땅에 닿도록 조아리니 이마가 진흙투성이가 되었다.

일행이 모두들 크게 웃으며 호통을 친다.

"빨리 물러가라!"

다 보고 난 후 내가,

"내 듣기로 너희들이 중국에 갈 때마다 소란을 일으킨다 하더니 이제 내 눈으로 직접 보니 과연 들은 것과 다름이 없구나. 아까 한 일은 부질없는 짓이니 다음에는 그런 짓 하지 마라."하였더니 모두들 이렇게 말한다.

"이렇게라도 하지 않으면 그 먼길을 허구한 날 무엇으로 심심풀이 삼겠습니까?"

멀리 봉황산을 바라보니 산 전체가 돌로 깎아 세운 듯 평지에 우뚝 솟아서 마치 손바닥 위에 손가락을 세운 듯하고, 연꽃 봉오리가 반쯤 피어난 듯하기도 하다. 마침 하늘가에 피어오른 여름구름의 기이한 모양이 너무 아름다워 표현하기가 어려운데, 단지 맑고 윤택한 기운이 모자라는 것이 아쉽다.

나는 일찍이 우리 서울의 도봉산과 삼각산이 금강산보다 낫다고 한 적이 있는데 금강산은 그 동부(洞府)를 엿보면 이른바 일만이천 봉이 그 어느 것이나 기이하고 높고 웅장하고 깊지 않은 것이 없으니 짐승이 끄는 듯, 새가 나는 듯, 신선이 공중에 솟는 듯, 부처가 도사리고 앉은 듯, 음랭하고 그윽함이 마치 귀신의 굴속에 들어 간 것과 같았다. 내 일찍이 신원발(申元發)과 함께 단발령(斷髮嶺)에 올라 금강산을 바라 본 일이 있었던 것이다.

그때 마침 끝없이 푸른 가을 하늘에 석양이 비꼈으나, 다만 창공에 닿을 듯이 빼어난 빛과 제 몸에서 우러난 윤기와 자태가 없음을 느끼고 다시 한 번 금강산을 위해 장탄식을 하지 않을 수 없었다. 그 뒤로 상류에서 노를 저어 배를 타고 내려오면서 두미강 어귀에서 한양을 바라보니 삼각산의 모든 봉우리가 깎은 듯이 파랗게 솟구쳤다. 엷은 내와 짙은 구름 속에 아리따운 자태가 밝고 곱게 나타나고, 남한 산성의 남문에 앉아 북으로 한양을 바라보니 마치 물 위의 꽃, 거울 속의 달과 같았다.

어떤 이가 말하였다.

"초목의 윤기 오른 기운이 공중에 어리는 것을 왕기(旺氣)라고 하였으니 이는 곧 왕기(王氣)를 이르는 것이다. 이는 우리 서울이 실로 억만 년을 누릴 용이 서리고 호랑이가 걸터앉은 형세라, 그 신령스럽고 밝은 기운이 야말로 의당히 범상한 산세와는 다름이 있음이라. 이제, 이 봉황산 형세의 기이하고 뾰족하고 높고 빼어남은 비록 도봉과 삼각보다 지나침이 있건마는, 그 빛깔은 한양의 모든 산에 미치지 못할 것이다."

넓은 들판이 질척하다. 비록 개간은 안 되었지만 가는 곳마다 나무를 찍어 낸 조각들이 흩어져 있고, 소 발자국과 수레바퀴 자국이 풀 섶에 나 있는 것으로 보아 이미 책문(柵門)이 가깝다는 것과 그곳에 살고 있는 백성들이 무시로 이곳에 드나들고 있음을 알 수 있다. 말을 빨리 몰아 7,8리를 가서 책문 밖에 닿았다. 양과 돼지가 산에 널려 있고 아침 연기는 푸른빛을 둘렀다.

나무 조각으로 목책을 세워서 겨우 경계를 삼았으니,버들을 꺾어 울타리를 삼는다는 말이 바로 이것인가 싶다. 책문에는 이엉이 덮였고 널판지 문이 굳게 닫혀 있다.

목책에서 수십 보 떨어진 곳에 삼사(三使)의 막을 치고 잠깐 쉬려는데 방물들이 도착하여서 책문 밖에 쌓아 두었다. 되놈들이 목책 안에 둘러서서 구경하는데, 대부분 맨머리에 담뱃대를 물고 부채를 부치고 있다. 어떤 이들은 검은 공단옷을 입었고, 또는 수화주(秀花紬), 생포(生捕), 생저(生苧), 삼승포(三升布), 야견사(野繭絲) 등의 옷을 입었고, 고의도 역시 그러했다.

허리에는 수놓은 주머니 서너 개와 작은 참칼에 모두 쌍아저(雙牙箸)를 꽂았다. 호로병처럼 생긴 담배쌈지에 꽃, 풀, 새 따위나 옛사람들의 이름난 글귀들을 수놓았다. 역관과 마두들이 다투어 목책 가까이 가서 그들과 손잡고 반갑게 인사를 나누었다.

되놈들은 앞다투어 물어왔다.

"당신들은 언제쯤 한성을 떠났습니까?"

"도중에 비를 만나지는 않았습니까?"

"댁에서는 모두들 안녕하신가요?"

"포은(包銀) 돈은 넉넉하게 갖고 오셨습니까?"

"한상공(韓相公)과 안상공(安相公)도 오십니까?"

이들은 모두 의주의 정치가로 해마다 연경으로 장사를 다녀서 이름이 알려졌고 수단이 능하며, 또 저쪽 사정을 잘 아는 자들이라고 한다. 그런데 '상공'이란 저들 장수들끼리 존대하는 말이다.

사행갈 때는 의례 정관에게 8포(包)를 내리는 법이다. 정관은 비장, 역관까지 모두 30명이다. 8포란 나라에서 정관에게 주는 인삼 몇 근을 말하는 것이다. 지금은 이것을 나라에서 주지 않고 제각기 은을 가지고 가게 한다. 그리고 그 포 수는 제한이 있어 당상관은 3천 냥, 당하관은 2천 냥까지로, 이것으로 연경에 가서 물건들과 바꾸어 이문을 남기도록 하는 것이다. 가난하여 포를 가지고 갈 수 없으면 포의 권리를 팔기도 하였는데, 송도, 평양, 안주 등의 장사꾼들이 대신 사서 은을 넣어 간다.

그러나 이들은 스스로 연경에 들어가지는 못하므로 이 포의 권리를 의주 장수들에게 넘겨주고 물건을 바꿔 오는 것이다.

한(韓)이나 안(安) 같은 장수들은 해마다 연경을 제 집 뜰처럼 드나들며 저쪽 장수들과 서로 뜻을 맞추니, 물건값 오르내리는 것이 모두 그들의 손에 달려 있다. 우리 나라에서 중국 물건의 값이 날로 오르는 것은 모두 이 무리들 때문인데, 온 나라가 도대체 이것은 이해하지 못하고 역관만 나무란다. 그러나 역관도 이들 장수에게 권리를 빼앗겨버려 어쩔 도리가 없을 따름이다.

다른 곳의 장수들도 이것이 의주 장수들의 농간인 줄 모르는 것은 아니지만 제 눈으로 직접 본 것이 아니므로 무어라 말을 못하는 것이다. 이렇게 된 지는 오래되었는데 요즘 의주 장수들이 잠깐 은신하고 나타나지 않는 것도 역시 흥정하는 방법의 하나다.

책문 밖에서 아침밥을 먹었다. 행장을 정돈하며 보니 왼쪽 주머니에 넣어 둔 열쇠가 간 곳이 없다. 풀밭을 뒤졌으나 끝내 찾지 못하였다. 장복을 보고,

"네가 늘 한눈을 팔고 행장을 조심하지 않더니, 겨우 책문에 이르러 벌써 이런 일이 생겼구나! 속담에 '사흘 길을 하루도 못 가서 늘어진다'고 하더니, 앞으로 2,000리를 더 가서 연경에 이를 때는 네 오장인들 어디 남아나겠느냐? 소문에 듣자하니 구요동(舊遼東)과 동악묘(東岳廟)에는 원래 좀도둑들이 드나드는 곳이라 하던데, 네가 한눈을 팔다가는 무엇을 잃어버릴지 어떻게 알겠느냐?"하고 꾸짖으니 그는 민망한 듯이 머리를 긁으며 말한다.

"이제야 알겠습니다. 그 두 곳을 구경할 때는 제 두 손으로 눈을 꽉 붙들고 있으면 어느 놈이 빼갈 수 있겠습니까?"라고 말한다.

나는 하도 어이가 없어서,

"맞다."하고 응대하였다.

대체 장복이란 녀석은 바탕이 몹시 멍청한데다 아직 어린 나이에 초행길을 나선 것이라, 동행하는 마두들이 장난말로 놀리면 곧잘 참말로 곧이듣는다. 매사가 다 이러하니 앞으로 먼 길을 데리고 갈 것을 생각하면 한심하기 짝이 없다.

책문 밖에서 다시 책문 안을 보니, 수많은 민가들은 대체로 다섯 들보가

높이 솟아 있고 띠 이엉을 덮었는데 등성마루가 훤칠하고 문호가 가지런하며 네거리가 쭉 곧아서 양쪽 길가가 마치 먹줄을 친 것 같았다. 담은 모두 벽돌로 쌓았고, 사람이 탄 수레와 화물을 실은 차들이 길거리에 북적대며 벌여 놓은 그릇들은 모두 그림을 그려 넣은 자기들이다. 그 제도가 어디로 보나 시골티라고는 하나도 없다.

앞서 나의 벗 홍덕보가,

"그 규모는 크되 그 심법은 세밀하다."

하고 충고하더니 책문은 중국의 동쪽 변두리에 지나지 않는데도 이러한데 앞으로 더욱 번화할 것을 생각하니 갑자기 한풀 꺾여 여기서 그만 발길을 돌릴까 하는 생각에 온몸이 화끈거린다. 그 순간 깊이 반성하며,

"이는 시기하는 마음의 일종이다. 내 본래 성미가 담백하여 남을 부러워하거나 시기하는 마음은 조금도 없었는데, 이제 겨우 다른 나라에 한쪽 발을 들여놓아 아직 그 만분의 일도 보지 못하고서 벌써 이런 망령된 마음이 일어나는 것은 어인 까닭인가? 이는 곧 견문이 좁은 탓이다. 만일 여래(如來)의 밝은 눈으로 시방세상(時方世上)을 두루 살핀다면 어느 것이나 평등하지 않은 것이 없으리니, 모든 것이 평등할진대 시기와 부러움은 절로 사라질 것이다." 하고 장복을 돌아보았다.

"네가 만일 중국에서 태어났다면 어떻겠느냐?"

"중국은 되놈의 나라라서 저는 싫습니다."

그가 대답한다. 때마침 소경 하나가 어깨에 비단 주머니를 걸고 손으로 월금(月琴)을 뜯으며 지나간다. 나는 그 순간 크게 깨달아,

"저야말로 평등의 눈을 가진 사람이 아니겠느냐?" 하고 말했다.

조금 후 책문이 활짝 열렸다. 봉성장군과 책문어사가 방금 와서 상점에 앉아 있다고 한다. 여러 되놈들이 한꺼번에 책문으로 나오며 앞다투어 방물과 사복(私卜)²⁶의 무게를 가늠해 보았다.

이곳에 도착하여서는 으레 되놈의 수레를 세내어 짐을 운반하기 마련이다. 그들은 사신이 앉아 있는 곳까지 와 보고는 담뱃대를 물고 힐끗힐끗 쳐다보더니 손가락으로 가리키며 저희들끼리,

"저 사람이 왕잔가?" 하고 수군거린다.

'왕자(王子)'란 임금의 가까운 집안인 종반으로 정사가 된 사람을 말하는 것이다.

그중 잘 아는 자가,

"아니야, 저 머리 희끗희끗한 이가 부마(駙馬) 어른인데 지난해에도 왔던 사람이야." 하고 부사를 가르키며,

"저 수염 좋고 쌍학 무늬 관복을 입은 이가 을대인(乙大人)이야." 하고는 서장관을 보고,

"산대인(山大人)인데, 모두 한림(翰林) 출신이야." 한다.

을(乙)은 이(二)요, 산(山)은 삼(三)이요, 한림출신이란 문관(文官)을 말하는 것이다. 때마침 시냇가에서 왁자지껄하니 무엇을 다투는 소리가 났다. 말소리가 새 지저귀는 듯하여 한 마디도 알아들을 수가 없었다. 급히

²⁶· **사복(私卜)** 개인이 가진 짐짝.

가보았더니 득룡이 되놈들과 예물이 많다거니 적다거니 다투고 있다. 대체 예단(禮單)을 나누어 줄 때면 반드시 전례를 좇는 것인데도 불구하고 저 봉황성의 교활한 청나라 사람들이 반드시 명목을 붙여 그 가짓수를 채워 주기를 강요한다. 이에 대한 처리를 잘하고 못하는 것은 상판사(上判事)의 마두에게 달린 일이다.

올해에 잘못하면 내년에는 벌써 전례가 되기 때문에 기어코 이렇게 아귀다툼을 해야만 하는 것이다. 사신들은 이 묘리를 모르고 다만 책문에 들어가기만 급급하여, 꼭 역관을 재촉하고 역관은 마두를 재촉하여 그 폐단이 오래 전부터 이어져 내려온 것이다.

상삼(象三)이 예단을 나누어 주려하자 되놈 100여 명이 삥 둘러섰다. 그 중 한 놈이 갑자기 큰 소리로 욕을 한다. 득룡이 수염을 쓱 쓰다듬더니 눈을 부릅뜨고 달려들어 그 앙가슴을 움켜쥐고 주먹으로 때리는 시늉을 하며 뭇 사람들을 둘러보고,

"이 뻔뻔한 무뢰배야, 지난해에는 대담하게도 어른의 쥐털 목도리를 훔쳐 달아나고, 또 그 전 해에는 내 허리에 찬 칼을 뽑아 어른께서 주무시는 틈을 타서 어른의 칼집에 달린 술을 끊고 게다가 다시 내 주머니를 훔치려다가 들켜 주먹 한 대에 톡톡히 경을 치지 않았더냐? 그때는 애걸복걸하며 목숨을 살려 주신 부모 같은 은인이라 하던 놈이 이제는 오랜만에 오니까 도리어 어른께서 네놈의 꼴을 몰라보실 줄 알고 함부로 떠들고 야단이냐? 이런 쥐새끼 같은 놈은 봉성장군에게 끌고 가야겠다."하고 꾸짖었다.

여러 되놈들이 모두 용서해 줄 것을 권하였다.

그중에서도 특히 수염이 아름답고 깨끗한 옷차림을 한 노인이 앞으로 나서며 득룡의 허리를 껴안고,

"형님, 제발 좀 참으시오."하고 사정한다.

득룡이 그제서야 노여움을 풀고 빙그레 웃으며,

"내가 만일 동생의 안면을 보지 않았다면, 이놈의 콧잔등을 한 주먹 갈겨 봉황산 밖에 던지고 말았을 거요."하며 을러댔다.

그의 날뛰는 언동이 참으로 우스웠다.

조판사(趙判事) 달봉이 마침 옆에 섰기로 아까 그 광경을 이야기하며 혼자 보기가 아깝더라 하였더니 조군이 웃으며 말한다.

"그야말로 살위봉법(殺威棒法)[27]이군요."

조군이 득룡에게,

"사또께서 이제 곧 책문으로 들어가실 테이니 지체 말고 예단을 나눠 주렷다."하며 재촉한다. 이에 득룡이 연방,

"예이, 예이."하며 바쁜 체하고 서둔다.

내가 일부러 그곳에 서서 그 나누어 주는 물건의 명목을 자세히 보았더니 매우 괴잡스러운 일들이다. 뭇 되놈들은 군소리 없이 받아 가지고 가버린다.

조군이,

"득룡의 수단이 참으로 대단합니다. 그는 지난해에 휘항(揮項)이며 칼이

27. **살위봉법(殺威棒法)** 도둑의 목덜미를 먼저 잡는 방법.

며 주머니를 잃어버린 일이 없답니다. 일부러 트집을 잡아 그중 한 놈을 꺾어 놓으면, 그 나머지는 저절로 수그러들어 서로 돌아보고는 물러선답니다. 만일 그렇게 하지 않았다면 사흘이 가도 끝이 나지 않아 좀처럼 책문 안으로 들어갈 가망이 없습니다."라고 하자, 이윽고 군뢰가 와서 엎드리더니,

"문상어사(門上御史)와 봉성장군이 수세청(收稅廳)에 나와 계십니다." 하고 아뢴다.

그러자 곧 삼사가 차례로 책문으로 들어갔다. 장계는 전례대로 의주의 창군에게 부치고 돌아왔다.

이제 이 문을 들어서면 중국 땅이다. 고국의 소식은 이로부터 끊어지는 것이다. 섭섭하여 동쪽 하늘을 바라보며 섰다가 이윽고 몸을 돌려 천천히 책문 안으로 향하였다. 길 오른편에 초청(草廳) 세 칸이 있어 어사, 장군으로부터 아역(衙譯)에 이르기까지 반열을 나누어 의자에 걸터앉고, 수역(首譯) 이하는 그 앞에 팔짱을 낀 채 서 있다.

사신이 이에 이르면 마두가 하인을 호통하여 가마를 멈추고 말을 잠시 쉬어 마치 행차를 중지하려는 듯이 하다가 이내 다시 재빨리 달려 그곳을 지나가 버린다. 부사, 서장관도 또한 이같이 하여 마치 서로를 구원하는 듯하는 모습이 하도 우스꽝스럽기에 허리를 잡을 지경이다. 비장, 역관들은 모두 말에서 내려 걸어 지나가는데, 다만 변계함만이 말을 탄 채 그냥 지나갔다. 그러자 말석에 앉은 청나라 사람이 조선말로,

"여보시오, 어른 몇 분이 여기 앉아 계신데, 외국의 수행원이 어찌 이렇

게 당돌하오? 사신께 빨리 항고하여 볼기를 치는 게 마땅하겠소."하고 고
함을 친다.

그 소리가 비록 거세고 크나 혀가 굳고 꺽꺽 하는 소리라 마치 어린아이
가 어리광부리는 듯하며 주정꾼이 노닥거리는 것 같다. 그자는 호행통관
(護行通官) 쌍림이라 한다.

수역이 얼른 대답하기를,

"이 사람은 우리 나라의 태의관(太醫官)인데 처음 길이라 실정을 몰라서
그랬습니다. 태의관은 국명을 받들고 정사를 보호하는 직분으로, 정사께
서도 마음대로 할 수 없는 신분입니다. 여러 어른들께서 위로 황제께서 우
리 나라를 사랑하시는 근념을 아시고 깊이 따지지 않으신다면 더욱더 대
국의 너그러운 도량으로 알겠습니다."라고 하니 모두들 머리를 끄덕이고
빙그레 웃으며 말한다.

"그럽시다, 그래."

다만 쌍림만은 눈을 부라리며 사납게 소리를 지르는 것으로 보아 노여
움이 덜 풀린 모양이다. 수역이 나를 보고 그만 가자는 눈짓을 보낸다. 길
에서 변군을 만나자,

"큰 욕을 보았어."하길래 나는,

"볼기 둔(臀)자를 잘 생각해 봐."하고는 서로 한바탕 웃었다.

그리고 그와 나란히 걸어가면서 구경을 하는데 감탄이 절로 나왔다.

책문의 인가는 2,30호에 지나지 않으나 모두 웅장하고 깊고 높고 통창
하다. 짙푸른 버들 그늘 속에 푸른 주기(酒旗)가 높이 솟은 채 나부낀다.

변군과 같이 들어가니, 조선 사람들이 안에 가득하다. 걸상을 가로 타고 앉아 떠들던 그들은 우리를 보고는 모두 피하여 밖으로 나가 버린다. 주인이 성을 내며 변군을 가리키며 투덜거린다.

"눈치 없는 저 관인이 남의 영업을 망치는구려."

대종이 주인의 등을 두드리며,

"형님, 잔소리 할 것 없소. 그 망나니들이 어찌 김히 나으리들 앞에서 제멋대로 걸상을 타고 앉아 있을 수 있겠소. 두 어른은 한두 잔 마시면 일어나실 것이오. 또, 그들은 잠시 피한 것이니 곧 돌아와 이미 다 마셨으면 술값을 치르고 아직 덜 마셨으면 흉금을 털어놓고 즐거이 마실 것이니, 형님은 걱정 말고 우선 넉 냥 술이나 부으시오."하니 그제야 주인이 웃는 얼굴이 되어 말한다.

"동생, 지난해에도 보지 않았소. 이 망나니들이 모두들 먹기만 하고는 뿔뿔이 연기처럼 사라져 버리니 술값을 어디 가서 받겠소?"

대종이 다시,

"형님, 염려 마시오. 이 어른들이 마시고 곧 일어나시면 내가 그들을 이리로 몰고 와서 술을 사게 할 테니."하고 말하자 주인이,

"그러시오. 두 분이 함께 넉 냥으로 하실까, 각기 넉 냥으로 하실까?"라고 하자 대종이,

"따로따로 넉 냥씩 부으시오."한다.

변군이,

"넉 냥 술을 누가 다 먹는단 말이냐?"하며 나무라자 대종이 웃으며,

"넉 냥이란 돈을 말하는 것이 아니라 술의 무게를 말하는 것입니다."하였다.

탁자 위에 벌여 놓은 술잔이 한 냥에서 열 냥까지 제각기 그 그릇이 다르다. 모두 놋쇠와 주석으로 만들어서 은과 같은 빛깔을 낸다. 넉 냥 술을 청하면 넉 냥들이 잔으로 부어 준다. 술을 사는 이는 그 많고 적음을 따질 필요가 없어 간편하기가 이와 같다. 술은 모두 백소로(白燒露)인데, 맛은 그리 좋지 못하고 취하자마자 이내 깬다. 주위의 포치(鋪置)를 둘러보니 모든 것이 고르고 단정하여 허투루 어지럽혀진 것이 없었다. 심지어 외양간이나 돼지우리마저도 모두 법도 있게 제 곳에 놓여 있고 나무 더미나 거름 무더기까지도 깨끗하고 맵시 있게 놓은 것이 그린 듯하다.

아아, 이런 것이 바로 이용(利用)이라 이를 수 있겠다. 이용이 있은 후에야 후생(厚生)이 될 것이요, 후생이 있은 후에야 정덕(正德)이 될 것이다. 이용이 되지 않고서 후생할 수 있는 이는 대체 드물 것이니, 생활이 이미 제각각 넉넉하지 못하다면 어찌 그 마음을 바로 지닐 수 있으리오.

정사의 행차가 이미 악(顎)씨 성을 가진 사람의 집의 사처로 들어섰다. 주인은 신장이 일곱 척이고 기개가 호장하며 성격이 사나운 사람이었다. 그 어머니는 이미 일흔에 가까우나 머리에 가득 꽃을 꽂았고 눈매가 여전히 아름다워 보이는 것이 젊었을 때의 모습을 짐작할 수 있겠다.

점심을 먹고 나서 내원과 정 진사와 함께 구경을 나섰다. 봉황산은 이곳에서 6,7리밖에 되지 않는다. 그 전면을 보니 더욱 기이하고 뾰족하다. 산속에는 안시성(安市城)의 옛터가 있어 성첩(城堞)이 지금껏 남아 있다고 하나 그건 그릇된 말이다.

삼면이 모두 깎아지른 듯하여 나는 새조차 오를 수 없을 성싶고 오직 정남쪽 한쪽만이 좀 편평하나 주위가 수백 보에 지나지 않는 것으로 보아, 이런 작은 성에 그때의 큰 군사가 오랫동안 머물 곳이 아닐 터이다. 이곳에는 아마 고구려 때 작은 보루가 있었던 게 아닌가 싶다.

셋이 함께 큰버드나무 밑에서 땀을 씻고 있었는데 옆에 벽돌로 쌓은 우물이 있었다. 우물 위는 넓은 돌을 다듬어 덮고, 양쪽에는 구멍을 뚫어 겨우 두레박만 드나들게 되어 있다. 이는 사람이 빠지는 것과 먼지가 들어가는 것을 막기 위한 것이다.

또 물의 본성이 음(陰)하기 때문에 태양빛을 가려 활수(活水)를 기르기 위한 것이다. 우물 뚜껑 위에는 녹로를 만들어 양쪽으로 두 가닥의 줄을 드리웠다. 또 버들가지를 걸어서 둥근 그릇을 만들었는데 모양이 바가지 같으나 깊어서 한쪽이 오르면 한쪽이 내려가 종일 물을 길어도 사람의 힘을 허비하지 않는다.

물통은 모두 쇠로 테를 두르고 작은 못을 촘촘히 박았다. 대나무로 만든 것은 시간이 지나면 썩어서 끊어지기도 하고 통이 마르면 대나무 테가 절로 헐거워 벗겨지므로 이렇게 쇠로 테를 대는 것은 좋은 방법이다. 물을 길어서 모두 어깨에 메고 다닌다. 이것을 편담(扁擔)이라고 한다. 그 방법은 팔뚝만큼 굵은 나무를 한 길쯤 되게 다듬어서 그 양쪽 끝에 물통을 걸되 물통이 땅 위에서 한 자쯤 되도록 넉넉히 떨어지게 한 것이다. 이렇게 하면 물이 출렁거려도 넘치지 않는다.

우리 나라에서는 평양에 이 방법이 있기는 하지만 어깨에 메지 않고 등에 지고 다니니 좁은 골목에서는 여간 거추장스럽지 않다. 이렇게 어깨에 메는 것이 훨씬 편리할 것 같다. 옛날 포선의 아내가 물동이를 들고 물을 길었다는 대목을 읽다가 왜 머리에 이지 않고 손에 들었을까 의아했더니, 이제 보니 이 나라 부인들의 머리 쪽이 높아서 물건을 일 수 없음을 알겠다.

서남쪽은 탁 트여서 대개 평원한 산과 담탕(淡蕩)한 물이었다. 우거진 버들에 그늘은 짙고 띠 지붕과 성긴 울타리가 숲 사이로 은은히 보이며, 가없이 푸른 방축 위로 소와 양이 여기저기 흩어져 풀을 뜯고 있다. 멀리 다리 위로 짐을 지거나 끌고 행인들이 오가는 것을 바라보고 있노라니, 잠시 행역(行役)의 고단함을 잊을 수 있었다.

동행한 두 사람은 새로 지은 불당을 구경하고자 나를 버리고 가버렸다. 마침 말 탄 사람 10여 명이 채찍을 휘두르며 달려가는데, 모두 수놓은 안장에 재빠른 말들로 자못 의기양양하다. 그들은 내가 혼자 서 있는 것을 보고 고삐를 돌이켜 말에서 내려 앞다투어 내 손을 잡고 정답게 인사를 한다. 그중 하나는 아름다운 청년이다. 내가 땅에 글을 써 필담을 시작하였으나 그들은 모두 고개를 숙이고 가만히 들여다볼 뿐 고개만 끄덕인다.

비석 두 개가 있는데 모두 푸른색이다. 하나는 문상어사의 선정비(善政碑)요, 다른 하나는 어느 세관의 선정비다. 둘 다 만주 사람으로 녁자 이름이다. 비문을 지은이도 역시 만주인이라 글이나 글씨가 모두 옹졸하다. 한데 비의 모양은 몹시 아름다우며 공력이나 경비가 많이 생략되니 이는 본

받음직하다. 비의 양쪽은 갈지 않고 벽돌로 담을 쌓아 올려 비의 머리가 묻히게 하고, 위에 기와를 이어 지붕을 만들었다. 그 속에서 비가 비바람을 피하게 되어 있으니 일부러 비각을 세워 비를 가리는 것보다 훨씬 나은 것 같다.

비부(碑趺)에 놓인 비희[28]나 비문의 양쪽 변두리에 새긴 짐승 패하가 다 그 털끝을 셀 수 있을 만큼 정교하다. 이는 한갓 궁벽한 시골백성들이 세운 것에 지나지 않지만 그 정교하고 아담한 모습이 이루 말로 다 할 수 없다.

저녁때가 될수록 더위가 한층 더 치열해진다. 급히 사관으로 돌아와 북쪽 들창을 높이 들어 괴고 옷을 벗고 누웠다. 뒤뜰이 꽤 넓은데 파 이랑과 마늘 두둑이 금을 그은 듯 곧고 반듯하다. 오이 덩굴과 박 덩굴을 올린 시렁이 뜰을 덮고, 울타리 가에 붉고 흰 촉규화와 옥잠화가 한창 피어나고 처마 끝에는 석류 몇 분, 수구 한 분, 추해당 두 분이 심어져 있다. 주인 악군의 아내가 대바구니를 들고 나와 차례로 꽃을 딴다. 아마 저녁 성적(成赤)[29]에 쓸 모양이다.

창대가 술 한 그릇과 초란 한 쟁반을 가지고 와서는 말한다.

"어딜 가셨습니까? 제가 기다리느라 죽을 뻔하였습니다."

짐짓 어리광을 떨며 충성을 나타내려는 것이 밉살스럽기도 하고 우습기도 하나, 술은 원래 내가 즐기는 것이요, 달걀 지진 것 역시 내가 좋아하는

---

[28]. **비희** 용의 새끼.
[29]. **성적(成赤)** 화장.

것이다.

이날 30리 길을 걸었다. 압록강에서 여기까지가 120리다. 이곳을 우리
나라 사람들은 책문이라고 하고, 이곳 사람들은 '가자문(架子門)'이라고
하고, 중국 사람들은 '변문(邊門)'이라고 한다.

28일.

아침에는 안개가 끼었으나 오후 늦게는 맑게 갰다.

변군과 같이 아침 일찍 먼저 길을 출발하였는데 대종이 멀리 큰 장원 하
나를 가리키며,

"저곳은 통관(通官)인 서종맹의 집입니다. 황성에서는 저것보다 더 큰집
을 갖고 있었답니다. 종맹은 원래 탐관(貪官)으로 불법적인 일을 행하고
조선 사람을 가혹하게 착취하여 큰부자가 되었습니다. 그런데 그가 다 늙
은 후에서야 예부(禮部)에서 이와 같은 사실을 알고 황성에 있던 집을 몰
수했답니다. 그래도 이것만은 그대로 남겨 두었답니다." 하고는 또 다른 곳
을 가리키며 말을 잇는다.

"저곳은 쌍림의 집이고, 그 바로 맞은편의 대문은 문 통관의 집이라 하
옵니다."

대종은 말솜씨가 아주 날카롭고도 능숙하며, 한 번 읽어 본 글은 외듯
한다.

그는 선천(宣川)에 살았던 사람으로 연경에 드나든 지 벌써 예닐곱 번이

나 된다고 한다.

봉황성에 도착하기까지 30리 가량이 남았다. 옷은 푹 젖고 길을 가는 사람들의 수염도 이슬에 젖어 볏모[秧針]에 구슬을 꿰어 놓은 것만 같다.

서쪽 하늘가로 짙은 안개가 트이면서 파란 하늘이 한 조각 조심스럽게 나타난다. 그 한 조각의 구멍으로 영롱하게 비치는 하늘이 조그만 창에 끼워 놓은 유리알 같다.

잠깐 동안 울 안의 안개가 모두 아롱진 구름으로 화한 듯하여 그 무한한 광경이 이루 말로 표현하기 어렵다. 돌아서서 동쪽을 바라보니, 이글이글 타고 있는 듯한 한 덩어리 붉은 해가 세 발 정도 올라왔다.

강영태의 집에서 점심을 먹었다. 나이는 스물셋으로 제 말로 민가(民家)[30]라고 한다. 희고 아름다운 얼굴로 서양금(西洋琴)을 잘 친다.

"글을 읽었느냐?"라고 물으니 그는,

"겨우 사서를 외기는 했지만 강의는 아직 못했습니다."라고 한다.

그들에게는 소위 '글 외우기'와 '강의하는 것'의 두 가지 길이 있어서, 우리 나라처럼 처음부터 음과 뜻을 함께 배우지 않는다. 그들은 처음 배울 때는 그저 사서의 장구(章句)만 배워 입으로 욀 따름이다. 이윽고 외우는 것이 능숙해진 후에 다시 스승에게 그 뜻을 배우는데 그것을 '강의'라고 한다. 설혹 죽을 때까지 강의를 못했다 하더라도 입으로 욀 장구가 날마다 상용하는 관화(官話)가 되기 때문에, 세계의 여러 나라 말 중에서도 중국

---

[30]. **민가(民家)** 한인은 민가라 하고, 만주인은 기하(旗下)라 부른다.

말이 제일 쉽다는 것이 일리가 있는 말이다.

영태가 사는 집은 깨끗하고 화려하며 여러 가지 기구가 모두 처음 보는 것이다. 구들 위에 깔아 놓은 것은 전부 용봉을 그린 담이고, 걸상이나 탁자에도 비단 요를 펴놓았고, 뜰에는 시렁을 매는 삿자리로 햇볕을 가렸으며 그 사면에는 노란색 발을 드리웠다. 그 앞에 석류 대여섯 분을 죽 늘어놓았는데 그 분들 중의 하나에는 흰 석류꽃이 활짝 피었다. 또 묘하게 생긴 나무 한 분(盆)이 있는데 잎은 동백 같고 열매는 탱자 비슷했다. 그 이름을 물어 보니 '무화과'라고 한다. 열매가 두 개씩 나란히 꼭지가 맞붙어 달렸는데, 꽃이 안 피고 열매가 그냥 맺히기 때문에 무화과라고 이름 지은 것이란다.

서장관 조정진(趙鼎鎭)이 찾아왔기에 서로 나이를 비교해 보니, 그가 나보다 다섯 살이나 많았다. 이어서 부사 정원시(鄭元始)도 찾아와서 먼길에 괴로움을 함께 해 온 정분을 말한다.

김자인[31]은,

"형님이 이 길을 떠나신 줄 알았습니다만 우리 나라의 지경에서 몹시 바빠 미리 찾아뵙지 못했습니다."라고 사과하기에 그에게,

"타국에 와서 이렇게 알게 되니 정말 이역의 친구로군요."라고 하니, 부사와 서장관이 모두 큰 소리로 웃으면서 말하였다.

"알 수 없지요. 어디가 이역이 될는지요."

[31] **김자인** 자인은 문순의 자.

부사는 나보다 두 살 위로 우리 조부님과 부사의 조부님은 지난날에 공령문(功令文)을 함께 공부한 동창으로 아직까지 동연록(同硏錄)[32]을 보존해 오고 있다. 우리 조부께서 한성부 당상관인 경조당상(京兆堂上)에 계실 때 부사의 조부님께서 경조랑(京兆郎)으로 찾아오셔서 통자(通刺)하고, 서로 지난날 함께 공부했던 일을 이야기하셨는데 내가 여덟 살인가 아홉 살 때에 그것을 옆에서 들었기 때문에 세의(世誼)가 있는 것을 안다.

서장관이 석류를 손으로 가리키며 묻는다.

"지금까지 이런 것을 구경해 본 적이 있소?"

"아직 본 일이 없소."했더니 서장관은 다시,

"내가 어렸을 때 우리 집안에 이런 석류가 있었는데 우리 나라 어디에도 같은 것이 없었소. 그런데 이 석류는 꽃만 피고 열매는 맺지 않는다고 하더군요."라고 한다.

그들은 대개 이런 한담을 나누고 일어났다.

강을 건너던 날 우거진 갈대밭 속에서 서로 대면했지만 이야기를 주고받을 사이가 없었다. 또 이틀간이나 책문 밖에 나란히 천막을 치고 노숙하였으나 서로 만날 기회가 없었다. 그러다가 이제서야 이렇게 이역 친구니 아니니 하고 서로 서먹서먹한 농담을 붙인 것이다.

점심식사까지는 아직도 시간이 이르다고 하기에 그냥 기다릴 수 없어 배고픔을 달래며 구경을 나섰다. 처음에는 오른편의 작은 문으로 들어왔

---

[32] **동연록(同硏錄)** 동창생끼리 기록한 문헌.

었기 때문에 이 집이 얼마나 웅장하며 화려한가를 몰랐었다.

그런데 지금 앞문으로 나가 보니 바깥 뜰이 수백 칸이나 되고, 삼사(三使)와 그 딸린 식구들이 다 함께 이 집안에 들었는데도, 도무지 다들 어디 있는지 알 수 없을 정도로 넓다. 비단 우리 일행이 거처하고도 남을 뿐만 아니라 오고가는 장수나 나그네들도 끊이지 않으며 수레도 스무여 대나 문이 차게 들어온다. 게다가 그 수레마다 말과 노새가 대여섯 마리씩 매어 있었으나 떠드는 소리라고는 조금도 들리지 않고 깊이 간직하여 텅 빈 것처럼 조용하다.

아마 그 모든 것이 배치된 것이 규모 있게 놓여서 서로 꺼리는 일이 없기 때문이리라. 밖에서 보아 이러하니 속속들이 세세한 것은 두 말 할 나위도 없을 것이다.

천천히 문밖으로 나와 보니 그 번화하고 가멸함이 비록 연경에 도착한들 이보다 더 할 수 있을까 싶다. 중국이 이처럼 번창한 것은 참으로 뜻밖의 일이다. 길의 좌우에 즐비하게 늘어선 상점들은 모두가 무늬를 아로새긴 들창과 비단을 드리운 문, 그림을 그린 기둥, 붉게 칠한 난간, 또 푸른빛 주련(柱聯)과 황금 빛깔 현판들이 현란하여 눈이 부실 지경이다.

상점 안에 펼쳐 놓은 것들은 모두가 중국 내의 진기한 물건들인데, 변문(邊門)의 보잘 것 없는 이곳에 이같이 세련되고 우아한 감식(鑑識)이 있을 줄은 몰랐다.

또 한 집에 들어가니 크고 화려한 것이 아까 본 강씨의 집보다도 더한 것 같고 그 제도는 거의 비슷하다. 보통 집을 세울 때에는 수백 보의 자리를 준비하여 길이와 넓이를 적당히 잡고, 사면을 반듯하게 다져서 측량기로 높고 낮음을 잰 다음, 나침반으로 방위를 잡은 후에 대를 쌓아올린다. 터전은 돌을 깔고 그 위에 한 층 혹은 두세 층의 벽돌을 놓고, 다시 돌로 다듬어서 대(臺)를 쌓는다. 그 위에 집을 세우는데 모두 한일자로 하여서 구부러지게 한다거나 계속해서 붙여 짓지 않는다.

첫째는 내실(內室)이고, 둘째는 중당(中堂)이며, 셋째는 전당(前堂)이고, 넷째는 외실(外室)이다. 외실 바깥은 한길이므로 상점이나 시전(市廛)으로 쓴다. 당(堂)마다 양쪽으로 곁채가 있으니, 이것이 곧 행랑과 재방(齋房)이다. 들보를 다섯이나 일곱으로 나누어 땅바닥에서 용마루까지의 높이를 따져 보면, 처마는 한가운데쯤 자리잡게 되므로 대부분 집들의 기왓골이 마치 병을 거꾸로 세운 것처럼 가파르다.

집의 좌우와 후면은 서까래 없이 벽돌로 담을 쌓아올려서 집 높이와 가지런히 하였으니 서까래가 아주 보이지 않을 정도다. 동쪽과 서쪽의 양쪽 담벽에는 각각 둥그런 창구멍을 내었고, 남쪽으로는 모두 문을 내었으며 그중 한가운데 한 칸을 드나드는 문으로 쓰되, 반드시 앞문과 뒷문이 마주보게 하였으므로 집이 서너 겹이 되면 문은 여섯이나 여덟 겹이 된다. 그래도 활짝 열어 놓으면 안채로부터 시작해서 바깥채에 이르기까지 문이 화살처럼 곧고 똑바르다.

그들이 말하는 바,

"저 겹문을 활짝 열어젖히니 내 마음을 통하게 하는구나."하는 것은 그 곧고 바르게 통한 문을 견주어 말한 것이다.

길에서 동지 이혜적[33]을 만났는데, 그가 웃으면서,

"궁색한 시골구석에서 볼 만한 게 있겠습니까?"라고 하기에,

"연경인들 이보다 더 나을 수가 있을까?"라고 하였더니, 이 군이 이렇게 말했다.

"그렇지요. 크고 작은 것과, 사치하고 검소한 것 정도의 차이는 있겠으나 그 모양은 거의 비슷합니다."

대부분 집을 짓는 데는 모두 벽돌을 사용한다. 벽돌의 길이는 한 자고 넓이는 다섯 치로 두 개를 나란히 놓으면 이가 꼭 맞으며 두께가 두 치다. 한 개의 네모진 벽돌박이에서 찍어낸 벽돌이건만 귀가 떨어진 것도 사용 못하고, 모가 이지러진 것도 사용하지 못하며, 바탕이 비뚤어진 것도 사용하지 못한다. 만일 벽돌 한 개라도 이것을 어기면 그 집 전체가 틀어지고 만다.

그래서 같은 기계로 찍어냈다 하여도 행여 어긋난 것이 있을까 걱정하여, 반드시 곡척(曲尺)으로 재고 자귀로 깎고 돌로 갈아, 공을 들여 가지런히 하므로 그 개수가 아무리 많아도 한 금으로 그은 듯싶다. 그 쌓아올리는 방법은 한 개는 세로로 하고, 한 개는 가로로 놓아서 자연히 감(坎)과 이(离)와 괘(卦)가 이룩된다. 벽돌과 벽돌의 틈 사이에는 석회를 이겨서 백지장처럼 엷게 붙이니 둘 사이가 겨우 붙을 정도여서 그 흔적이 실밥처럼 보인다.

---

[33]. **이혜적** 역관으로서 삼품 당상관임.

회를 이길 때는 굵은 모래나 진흙은 피한다. 왜냐하면 모래가 굵으면 섞이지 않고 흙이 진하면 터져버리기 쉬우므로, 반드시 검고 부드러운 흙을 회하고 섞어 이겨 쓰는데, 그 빛깔이 거무스름한 것이 새로 구워 놓은 기와의 색과 같다. 그 특성은 진흙도 사용하지 않고 모래도 사용하지 않으며 그 빛깔의 순수함만을 취할 뿐만 아니라, 삼의 일종인 어저귀 따위를 터럭처럼 가늘게 썰어서 거기에 섞는다. 이는 우리 나라에서 초벽하는 흙에 말똥을 섞는 것과 같은 이치니 질기게 하여 터지지 않도록 하기 위함이요, 거기에 동백기름을 섞어서 젖과 같이 번들거리고 미끄럽게 해서 떨어지거나 터지는 사고를 방지한다.

더구나 기와를 이는 방법은 본받을 만한 것이 많다. 모양은 동그란 통대를 네 쪽으로 쪼개서 놓은 것과 같고 그 크기는 두 손바닥만하다. 보통 민가에서는 원앙와는 사용치 않으며, 서까래 위에는 산자를 엮지 않는 대신 삿자리를 몇 잎씩 편다. 또 진흙을 바르지 않고 곧장 기와를 이는데 한 장은 엎치고 다른 한 장은 젖혀서 자웅으로 서로 맞춘 다음에 그 틈을 한층한층 비늘진 데까지 전부 회로 발라 붙인다. 이렇게 하면 쥐나 새가 뚫지 못하고 위가 무겁고 아래가 허한 폐단이 자연히 없어진다.

우리 나라에서 기와를 이는 방법은 이와는 아주 달라서 지붕에다가 진흙을 잔뜩 올리니 위는 무겁고, 바람벽은 벽돌로 쌓아서 회를 때우지 않았기 때문에 네 기둥이 기댈 데가 없어 아래가 허전하게 된다. 기왓장은 너무 크고 심하게 굽었기 때문에 자연히 빈 데가 많아져서 진흙으로 메우지 않을 수 없다.

따라서 진흙이 내리 누르게 되면 기둥이 휘는 병폐가 생기게 되고, 진 것이 마르게 되면 기와 밑은 자연히 들떠서 비늘진 곳이 물러나며 틈이 생기게 마련이다.

그래서 바람이 들어오고 비가 새며, 쥐나 새가 뚫고 들어오고 뱀이 자리를 잡거나, 고양이가 설치는 걱정을 면치 못하는 결과가 된다.

아무튼 집을 세우는 데는 벽돌의 공이 가장 크며, 단지 높은 담을 쌓는 것뿐만 아니라 집 안팎 할 것 없이 벽돌을 쓰지 않는 곳이 없다. 저 넓고 넓은 뜰에 눈이 가는 곳마다 번듯번듯해 바둑판을 그려 놓은 것처럼 보인다. 집 전체의 구조를 살펴보면 벽을 의지하여 위는 가볍고 아래는 단단하며, 기둥은 벽 속으로 들어가 비바람을 만나지 않는다. 그러므로 불이 번져 갈 염려도 없으며 도둑이 뚫을 염려도 없음은 물론, 쥐, 새, 뱀, 고양이 따위를 걱정할 필요도 없다. 가운데는 문 하나만 닫아버리면 자연히 굳은 성벽이 되어 집안에 있는 모든 물건은 궤 속에 간직한 것처럼 된다. 그러고 보면, 흙과 나무도 많이 들지 않고 또 못질과 흙 손질을 할 필요도 없이 벽돌만 구워 놓으면 집은 벌써 완성된 것이나 다름없다.

때마침 봉황성을 새로 쌓는데, '이 성이 바로 안시성인 것이다'라고 하니, 고구려의 옛 방언에 큰 새를 가리켜 '안시(安市)'라 했고, 지금도 우리나라의 시골말 중에 봉황을 '황새'라 하고, 사(蛇)를 '배암[白巖]'이라고 하는 것을 보아서 아래와 같은 전설이 자못 그럴 듯하다.

'수(隋)나 당(唐) 때에 이 나라의 말을 따라 봉황성을 안시성으로 하고, 사성(蛇城)을 백암성(白巖城)으로 고쳤다.'

또 옛날부터 전해오는 말에 의하면,

'안시성의 성주인 양만춘이 당 태종의 눈을 쏘아 맞혔으므로, 태종이 성 아래에서 군사를 모아 시위하였고, 양만춘에게는 비단 100필을 하사해서 그가 제 나라 임금을 위하여 성을 굳게 지킨 것을 칭찬하며 기렸다.'
라고 한다.

그래서 삼연 김창흡이 그의 아우인 노가재 창업을 보내어 연경으로 향하는 시에서,

만고에 크신 영웅 우리의 양만춘님
용의 수염과 범의 눈동자, 화살 하나에 떨어졌도다.

라고 하였고, 목은 이색은 「정관음(貞觀吟)」에 이르기를,

주머니 속에 든 작은 것이 보잘 것 없다 하더니,
검은 꽃이 흰 날개 위에 떨어진 줄을 어찌 알리오.

라고 하였으니, '검은 꽃'은 눈을 말하는 것이요, '흰 날개'는 화살을 말하는 것이다.

두 시인이 읊은 시는 옛날부터 우리 나라에 전해오는 이야기 중에 꼭 나오는 것이라 도대체 당 태종이 천하의 군사를 모두 뽑아, 이 하찮고 조그만 성 하나를 함락시키지 못하고 창황히 군사를 돌이켰다 함은 그 사실 여

부에 의심이 가지 않을 수 없다.

단지 김부식이 옛 글에 그의 이름이 전해지지 않는 것을 애석하게 여겼을 따름이고 보면, 아마 김부식이 『삼국사기』를 지을 때 단 한 번, 그것도 중국의 사서에서 골라 베껴 모든 사실을 중국의 사서 그대로 인정하였으며, 거기에 당의 학자 유공권의 소설을 인용하여 당 태종의 포위 사실을 증명하였을 뿐이다. 하나 『당서(唐書)』[34]와 사마광의 『통감(通鑑)』에는 이 일이 기록되지 않았으니, 아마 그들이 중국의 수치를 피하기 위하여 우리나라 본토에 전해오는 사실은 조금도 기록하지 않고, 믿을 만한 것이거나 그렇지 못한 것이거나 전해오는 사실을 모두 빼버리고 만 것이라고 여겨진다.

나는 그것에 대해, 당 태종이 안시성에서 눈을 잃었는지는 잘 알 길이 없지만 일반적으로 이 성을 '안시' 라고 하는 것은 잘못이다.

『당서』에 '안시성은 평양으로부터 500리 거리요, 봉황성은 또한 왕검성이라 한다' 하였고, 『지지(地志)』에는 '봉황성을 평양이라 하기도 한다' 라고 하였으나, 이것이 무엇을 뜻하는 것인지 모르겠다.

또 『지지』에 '옛날 안시성은 개평현(蓋平縣)의 동북쪽으로 70리 떨어진 곳에 있다' 라고 하였은즉 개평현에서 동쪽으로 수암하(秀巖下)까지가 300리이고, 수암하에서 다시 동쪽으로 200리를 가면 봉황성이 나온다. 이 성을 옛날 평양이라고 한다면, 『당서』에 500리라고 했던 말과 서로 일치

---

[34] 당서(唐書) 유후의 『구당서(舊唐書)』와 구양수의 『신당서(新唐書)』.

되는 것이다' 라고 생각한다.

그런데 우리 나라의 선비들은 지금의 평양만 알기 때문에 기자(箕子)가 평양에 도읍했다 하면 이것을 믿고, 평양에 정전(井田)이 있다고 해도 이것을 믿을 것이며, 평양에 기자묘가 있다고 해도 이것을 믿어서 '봉황성이 바로 평양이다' 라고 하면 깜짝 놀랄 것이다. 또 요동에도 평양이 하나 있었다고 하면 그것이 해괴한 말이라고 나무랄 것이다.

그들은 아직까지도 요동이 원래 조선의 땅이며, 숙신(肅慎), 예(穢), 맥(貊) 등 동이(東彝)35의 여러 나라가 모두 위만의 조선에 속해 있었다는 것을 알지 못하고, 또 오라(烏剌), 영고탑(寧古塔), 후춘(後春) 등지가 원래 고구려의 옛 땅인 것도 모른다.

아아, 먼 훗날의 선비들이 이러한 경계를 밝히지 못하고 함부로 한사군(漢四郡)을 압록강 이쪽에 모조리 몰아넣어서, 엉터리로 사실을 끌어대어, 일일이 분배하여 다시 패수(浿水)를 그 속에서 찾아, 압록강을 '패수' 라 하고 청천강을 '패수' 라 하였으며 또는 대동강을 '패수' 라고도 했다. 이렇게 하여 조선의 강토는 전쟁 한 번 하지 않고 자연히 줄어든 것이다. 어찌하여 이렇게 된 것인가.

평양을 한 곳으로 정해 놓고 패수의 위치를 앞으로 나갔다 뒤로 물렸다 하는 것은 그때 그때의 사정에 따르기 때문이다.

나는 일찍이 한사군의 땅은 요동에만 있는 것이 아니라 여진에도 있어

---

35. **동이(東彝)** 연암은 이(彝)는 야만족을 칭하는 것이라 하여 동이(東夷)라 하지 않았다.

야 한다고 했다. 왜냐하면 『한서(漢書)』나 『지리지』에도 현도나 낙랑은 있어도 진번이나 임둔은 보이지 않기 때문이다.

아마 한소제(漢昭帝)의 시원(始元) 5년에 사군을 합쳐서 2부로 했고, 원봉 원년에 2부를 2군으로 다시 고쳤을 것이다. 현도의 세 고을 중에는 고구려현이 있고, 낙랑 스물다섯 마을에는 조선현이 있으며, 요동의 열여덟 마을 중에는 안시현이 있는데, 다만 진번은 장안에서 7천 리, 임둔은 장안에서 6만1천 리에 있을 뿐이다.

이는 조선시대 세조 때의 학자 김윤이 말한 바,

"우리 나라의 국경 안에서는 마을들을 찾을 수가 없으니 그것은 응당 지금의 영고탑 등지에 있었기 때문이다."라는 것이 옳은 것이다.

이것으로 미루어 진번이나 임둔은 한말(漢末)에 바로 부여, 읍루, 옥저와 합쳐진 것이다. 왜냐하면 부여는 다섯이고 옥저는 넷이던 것이 변하여 물길(勿吉)이 됐고, 또 변해서 말갈이 되었으며, 다시 변해 발해도 되고, 또다시 여진으로 되었기 때문이다. 발해의 무왕(武王) 대무예(大武藝)가 일본의 성무왕(聖武王)에게 보낸 글 중에서,

〈고구려의 옛 땅을 다시 찾고 부여의 풍속을 계승받았다.〉

라고 하였으니, 이것으로 미루어 보더라도 한사군의 절반은 요동에 있고 그 절반은 여진으로 나누어 있어서 서로 포용하고 잇대어 있었으니, 이것은 원래부터 우리의 영토 안에 있었음이 더욱 명확한 일이 되었다.

그런데 한나라 이후로는 중국에서 말하는 패수가 어느 강인지 일정하지 않은 데다가 우리 나라의 선비들은 언제나 지금의 평양을 표준으로 하여

이러쿵저러쿵 해가며 패수의 자리를 찾으려고 한다. 더구나 옛날 중국 사람들이 요동 이쪽의 강을 모두 '패수'라고 하였는데 그 주장하는 것이 서로 다르므로 사실과 어긋나게 된 것이다.

옛날의 조선과 고구려의 국경을 알려면 먼저 여진을 우리 국경 안으로 생각하고 그 다음 요동에 가서 패수를 찾아야 할 것이다. 그렇게 해서 패수가 정해진 연후에는 강역이 뚜렷하게 밝혀지고 강역이 밝혀진 다음에야 고금의 사실과 부합될 것이다. 그리고 봉황성이 틀림없이 평양이라고 할 수 있느냐고 묻는다면, 이곳은 기씨(箕氏), 위씨(衛氏), 고씨(高氏) 등이 도읍한 곳으로 한 개의 평양이라고 대답할 수 있을 것이다.

『당서』「구전(裴矩傳)」에는,

'고려는 원래 고죽국(孤竹國)이었는데 주(周)나라가 고죽국에 기자를 봉하였던 바, 한(漢)나라 때 4군으로 나누었다.'

라고 되어 있다.

그러니 고죽국이란 지금의 영평부(永平府)에 있는 것이고, 또 광녕현(廣寧縣)에는 전에 기자묘가 있어서 우관[36]을 쓴 소상(塑像)을 받들었는데, 명나라의 가정(嘉靖)[37] 때 병화(兵火)에 불타 버렸다고 한다.

어떤 이들은 광녕현을 '평양'이라고 부르며, 원 순제의 명으로 쓰여진 『금사(金史)』와 원 나라의 마단림이 쓴 『문헌통고(文獻通考)』에,

'광녕이나 함평(咸平)은 전부 기자의 봉지(封地)이다.'

---

[36]. **우관** 은(殷)의 갓.

[37]. **가정(嘉靖)** 명(明) 세종(世宗)의 연호.

라고 하였으니 이것을 보더라도 영평이나 광녕의 사이가 하나의 평양이 된다.

원의 탁극탁의 저서인 『요사(遼史)』에는,

'발해의 현덕부(顯德府)는 원래는 조선 땅으로 기자를 봉한 평양성이었는데, 요가 발해를 함락시킨 후 이곳을 '동경(東京)' 이라고 고쳤다. 이것은 바로 지금의 요양현(遼陽縣)을 가리킨다.'
라고 하였으니, 요양현 역시 하나의 평양인 것이다.

나는, '기씨가 처음에는 영평과 광녕의 중간에 있다가 나중에 연(燕)나라의 장군인 진개에게 쫓겨서 땅 2,000리를 잃고 점점 동쪽으로 옮겨가니, 이것은 중국의 진(晉)이나 송(宋)이 남쪽으로 옮겨 간 것과 같다. 그래서 머무르는 곳마다 평양이라고 불렀으니 지금 우리 나라의 대동강 기슭에 있는 평양도 그중 하나일 것이다.' 라고 생각한다.

그리고 패수도 이와 같은 마찬가지의 이치로, 고구려의 국경선이 늘어나기도 하고 줄어들기도 하였는데 '패수' 란 이름도 그에 따라 달라지는 것이니 중국의 남북조 시대에 주(州)나 군(郡)의 이름이 서로 바뀌는 것과 같다. 지금의 평양을 평양이라고 하는 사람은 대동강을 가리켜,

"이 물은 '패수' 입니다."라고 하며, 평양과 함경 중간에 있는 산을 가리키며,

"이 산은 '개마대산' 입니다."라고 한다.

또 요양을 평양으로 생각하는 사람은 헌우낙수를 가리켜 이르기를,

"이 물이 '패수' 입니다."라고 하고, 개평현에 있는 산을 가리켜서,

"이 산이 '개마대산' 입니다."라고 한다.

그 어느 쪽이 옳은지 알 수는 없지만 지금의 대동강을 '패수'라고 하는 사람은 자기의 강토를 스스로 줄여서 말하는 것이다.

당나라 의봉(儀鳳) 2년에 항복한 고구려의 임금 고장(高藏)[38]을 요동주의 도독으로 삼고, 조선왕으로 봉해서 요동으로 돌려보낸 뒤 곧 안동 도호부를 신성(新城)으로 옮겨 이를 통치하였다. 이것을 보면 고씨(高氏)의 강토가 요동에도 있었는데 당이 정복하기는 했지만 그곳을 통치하지 못하고 고씨에게 도로 돌려준 것이니 평양은 원래 요동에 있었거나 아니면 이곳을 잠시 빌려 쓴 명칭이거나, 그것도 아니면 패수와 함께 때에 따라 들락날락해 온 것이다.

그리고 한의 낙랑군 관아는 평양에 있었다고 하는데 이것은 지금의 평양을 말하는 것이 아니라 요동의 평양을 말하는 것이다. 그뒤 승국(勝國)[39] 시대에 와서는 요동과 발해의 일경(一境)이 모두 글안[契丹]에 흡수되었으나 겨우 자비령과 철령을 경계로 삼아 선춘령과 압록강을 버리고 돌보지 못했으니 그 밖의 것은 한 발자취인들 볼 수 있었겠는가.

고려는 안으로 삼국을 합병하기는 했지만 그의 강토와 무력이 고씨의 강성함에까지는 미치지 못하였다. 후세의 옹졸한 선비들은 평양의 옛 이름을 그리워하면서도 중국의 사전(史傳)만을 믿고 흥미거리로 수나 당의 구적(舊蹟)을 이야기하기를,

[38]. **고장(高藏)** 보장왕.
[39]. **승국(勝國)** 왕씨(王氏) 고려를 말함.

'이곳은 패수고 저곳은 평양이다.'

라고 하나, 이것이 이미 사실과 어긋난 것임을 알 수 있으니, 이 성이 안시
성인지 또는 봉화성인지 무엇으로 분간할 수 있겠는가.

성의 둘레는 3리에 불과하지만 수십 겹의 벽돌을 쌓았는데 그 모양이 웅
장하고 네모가 반듯한 것이 모발을 놓은 것 같다. 지금은 겨우 절반밖에
쌓지 못해서 그 높낮이를 예측할 수 없으나 성문 위 다락을 세운 곳에 구
름다리를 놓은 것이 마치 허공에 높이 떠 있는 것처럼 보인다.

공사가 좀 어려워 보이기는 하지만 기계가 편리해서 벽돌을 나르거나
흙을 실어 오는 것은 모두 기계를 움직여 한다. 수레바퀴를 굴려 위에서
끌어올리기도 하고 저절로 밀기도 하며, 그 방법은 일정하지는 않지만 일
이 모두 간단하여 노력에 비해 효과는 배나 되는 기술이다.

그 어느 것 하나 본받지 않을 것이 없지만 갈 길이 바빠 더 자세히 살펴
볼 틈이 없었을 뿐더러, 설령 하루종일 살핀다 하여도 하루아침에 배울 수
는 있는 것이 아니니 참으로 애석한 일이라 하겠다.

식사 후 변계함과 정 진사와 함께 출발하였는데 강영태가 문 밖까지 따
라 나와서 인사하며 전송하는 모습이 석별을 무척 아쉬워하는 듯하였다.
그가 돌아올 때는 겨울이 될 것이니 책력 한 벌을 사다 달라고 부탁을 한
다. 나는 청심환 한 개를 주었다.

한 상점 앞을 지나가다 보니, 한쪽에 금으로 만든 '당(當)'자를 쓴 패(牌)
가 걸려 있고, 그 옆줄에 '유군기부당(惟軍器不當)'[40]이라는 다섯 글자가
씌어 있었다. 이곳이 바로 전당포였다. 미남인 청년 두세 명이 그 안에서

뛰어나오더니 길을 막고는 잠깐 동안이라도 좋으니 땀을 식히고 갈 것을 권한다. 말에서 내려 따라 들어가 보니 모든 시설들이 아까 본 강씨 집보다 더 훌륭했다. 뜰 가운데 큰 분(盆)이 두 개 놓여 있고, 그 속에는 서너 대의 연밥이 심어 있으며, 오색빛의 금붕어를 기르고 있었다. 청년이 손바닥만한 작은 비단 그물을 가지고 와서는 작은 항아리 쪽으로 다가가더니 빨간 벌레 몇 마리를 떠다가 분 속에 띄워 준다. 깨알처럼 작은 벌레들이 꼬물꼬물 움직이는데, 청년은 부채로 분의 가장자리를 두드리며 그때마다 고기를 부르니 고기가 모두 물 위로 나와서 물을 머금었다가 거품을 내뿜는다.

마침내 때는 한낮이라 불볕이 내리쬐므로 숨이 막혀서 더 오래 머무를 수 없어 몸을 일으켜 길을 재촉했다. 정 진사와 같이 앞서거니 뒤서거니 하면서 가다가 정 진사에게 물었다.

"그렇게 성 쌓은 방법을 어떻게 생각하나?"

"돌보다는 벽돌이 아무래도 못한 것 같습니다."

"그것은 자네가 잘 모르는 말일세. 우리 나라에서 성을 지을 때 벽돌을 쓰지 않고 돌만 쓰는 것은 잘못이네. 대개 벽돌은 한 개의 네모진 벽돌박이에서 박아내기 때문에 만 개의 벽돌이 똑같을지니, 다시 깎거나 다듬는 공력을 헛되이 하지 않아도 되네. 또한 아궁이 하나만 구워놓으면 만 개의 벽돌을 그 자리에서 얻어낼 수 있으니, 사람들을 시켜 일부러 운반하는 일

<hr>

40. **유군기부당(惟軍器不當)** '다만 군기는 전당잡지 않는다' 라는 뜻임.

도 없을 게 아니겠나. 또 하나하나가 고르고 반듯하기 때문에 힘을 별로 들이지 않고도 일의 양은 배가 되고, 나르기도 가볍고 쌓기도 쉬운 것으로는 벽돌만한 것이 또 있겠나.

돌로 말하자면 산에서 쪼개어 낼 때부터 몇 명의 석수(石手)가 필요하며 수레로 운반할 때도 몇십 명의 인부가 있어야 하고, 운반해 놓은 뒤에도 또 몇 사람의 손으로 깎고 다듬어야 하며, 다듬는 데 며칠을 소비해야 할 것임에 틀림없네. 또 쌓을 때도 돌 하나하나를 놓을 때마다 몇 명의 인부가 함께 힘을 합해 들어야 하네. 그런 후에 언덕을 깎아내고 돌을 놓으니 이것이야말로 흙의 살에 돌옷을 입혀 놓은 것이어서 겉으로 보기에는 번지르르하나 실제로는 속이 고르지 못한 법이네. 돌은 원래 모가 많이 나서 반듯하지 못하여 조약돌을 가지고 그 궁둥이와 발등을 받치고 언덕과 성 사이에는 자갈과 진흙을 섞어서 채우게 되니, 장마를 한 번 치르게 되면 속은 궁글고 배가 불러져서 만일 돌 한 개라도 튀어나와 빠져버리면 그 나머지는 앞을 다투어 무너질 것이 뻔한 일이요, 또 석회는 벽돌에는 잘 붙지만 돌에는 잘 붙지 않는 것이라네.

내가 전에 차수(次修)⁴¹와 같이 성제를 논할 때에 어떤 사람이 말하기를, '벽돌이 굳다 한들 어찌 돌을 당할까보냐' 하자 차수가 소리를 버럭 지르며 '벽돌이 돌보다 낫다는 것이 어떻게 벽돌 하나와 돌 하나를 두고 하는 말이겠소' 하더구먼. 이건 실로 철론(鐵論)이라고 볼 수 있지. 석회는 돌에

---

41. 차수(次修) 박제가의 자.

는 잘 붙지 않아서 돌에 석회를 많이 쓰면 쓸수록 더 터지기 쉽고, 돌과 배치하면 들떠 일어나기 때문에 항상 돌이 따로 돌아서 다만 흙과 겨루고 있을 따름일세. 벽돌은 석회로 연결해 놓으면 부레풀과 나무가 합하는 것이나 붕사(鵬砂)와 쇠를 붙이는 것과 같아서 아무리 벽돌이 많아도 한 뭉치로 엉겨져 굳은 성이 되므로 벽돌 한 장의 단단함이야 돌에 비할 수 없겠지만, 돌 한 개의 단단함은 벽돌 만 개의 단단함만 같지 못한 것이라네. 이것으로 미루어 생각해 본다면 벽돌과 돌 중 어느 쪽이 좋고 편리한가는 쉽게 알 수 있을 것이네."라고 하였다.

한데 정 진사는 말 등에서 꼬부라져 떨어질 것만 같았다. 그는 잠든 지가 이미 오래 된 모양으로 부채로 그의 옆구리를 꾹 찌르며,

"어른이 말씀하시는데 웬 잠을 그리 자느라 듣지를 않는가?" 하고 큰 소리로 마구 꾸짖었더니 정 진사는 웃으며,

"나는 벌써 다 들었습니다. 벽돌이 돌만 못하고, 돌은 잠만 못합니다."라고 한다.

나는 하도 화가 나 때리는 시늉을 해 보이고는 한바탕 호탕하게 웃었다.

시냇가에 이르러 버드나무 그늘 아래에서 땀을 식혔다. 오도하(五渡河)까지 5리에 하나씩 돈대가 있었다. 이른바 두대자(頭臺子), 이대자(二臺子), 삼대자(三臺子)라는 것이 모두 봉화대의 명칭이다. 성처럼 높이가 대여섯 길이나 되게 벽돌을 쌓아올렸는데 동그란 모양이 마치 필통처럼 생겼다. 봉화대 위에 성첩(城堞)이 설치되어 있는데, 형편없이 허물어진 채 내버려둔 것은 어찌된 것인가. 길가에 가다 간혹 널을 돌무더기로 두른 것

들이 보인다. 오랫동안 그냥 내버려둔 탓인지 나무 모서리가 썩은 것도 있는데 뼈가 오래되어 마르기를 기다려서 불사른다고 한다.

길에는 다니는 사람들이 조금밖에 없다. 걷는 이는 반드시 어깨 위에 침구의 일종인 포개를 짊어졌는데, 이는 포개가 없으면 여점에서 재워 주지 않기 때문이다. 안경을 쓰고 길을 가는 사람들이 있는데 이것은 눈의 정력을 기르기 위한 것이란다. 말을 타고 있는 사람은 모두 검은 비단신을 신었고, 걷는 사람은 일반적으로 푸른 베신을 신었는데 신바닥은 모두 베를 수십 겹씩 받쳐 만든 것이다. 그렇지만 미투리나 짚신은 볼 수 없었다.

송참(松站)에서 노숙을 했는데 이곳은 설리참이라 불리기도 하고 설류참이라고 불리기도 한다. 이날은 70리를 걸었다.

어떤 이가,

"이곳은 옛날의 진동보(鎭東堡)입니다."라고 말했다.

29일.

맑게 갰다.

배로 삼가하를 건넜다. 배는 모양이 마치 말구유처럼 생겼는데 통나무를 파서 만든 것이었다. 양편 강 언덕에 아귀진 나무를 세우고 큰 밧줄을 건너질렀다. 그 줄을 잡아당기며 따라가면 배가 자연히 오고 가기 때문에 상앗대가 필요 없는 것이다. 말들은 모두 물에 둥둥 떠서 헤엄쳐 건넜다.

또 다시 배를 타고 유가하를 건너 황하장(黃河庄)에서 점심식사를 했다.

한낮이 되자 극도로 더워졌다. 말을 타고 그대로 금가하(金家河)를 건너가니, 이곳이 바로 팔도하(八渡河)다. 임가대(林家臺)와 범가대(范家臺)와 대방신(大方身)과 소방신(小方身) 등지는 5리나 10리마다 마을이 있었고, 뽕나무와 삼밭이 무성했다. 올기장은 누렇게 무르익었으며 옥수수 이삭이 한창 피어 있다. 옥수수 잎은 모조리 베어내는데 잎을 말과 노새의 먹이로 사용하기 위한 일이기도 하고 옥수수의 대가 땅의 기운을 많이 받게 하기 위한 일이기도 하다.

지나가는 곳마다 관제묘(關帝廟)가 있었고, 몇 집 건너 반드시 벽돌을 굽도록 하기 위한 커다란 우리가 한 채 있다. 벽돌을 틀에 박아서 내어 말리는 것, 전에 미리 구워 놓은 것, 새로 구울 것들이 곳곳마다 산더미처럼 쌓여 있으니, 이것은 벽돌이 무엇보다도 일상 생활에 요긴한 물건이기 때문이다.

전당포에서 잠깐 앉아서 쉬려고 하는데, 주인이 중간방으로 초대해서 따뜻한 차를 한 잔 권한다. 그의 집안에는 진귀한 물건들이 진열되어 있었다. 시렁 높이는 들보에 닿았고 그 위로는 전당 잡은 물건들을 차례 차례로 얹어 놓았는데 모두 의복들이었다.

보자기로 싼 것에 종이쪽을 붙여서 물건 주인의 성명과 별호(別號)와 상표 또는 거주지 등을 적고, 다시 '모년 모월 모일에 어떠한 물건을 어떤 자호(字號)를 붙인 전당포에 분명이 전해주었다'라고 써두었다.

그 이자는 2할을 넘는 법이 없고, 기한이 지난 후 한 달이 되면 물건을 팔아버릴 권리가 있다.

금자(金字)로 쓴 주련(柱聯)을 보면 다음과 같이 적혀 있다.

'홍범(洪範)[42]의 구주에서는 먼저 부(富)를 논했고, 『대학』의 10장도 거의 반은 재(財)를 논한 것이다.'

이곳 사람들은 옥수숫대로 교묘히 누각 같은 것을 만들어서 그 속에 풀벌레 한 마리를 잡아넣고 그 울음소리를 듣는다. 처마 끝에는 조롱을 매달아 이상한 새 한 마리를 기르고 있다.

이날 50리를 행진하여 통원보(通遠堡)에서 노숙을 했다. 이곳을 곧 진이보(鎭夷堡)라고도 한다.

7월 1일.

새벽에 큰비가 내려 떠나지 못하였다.

정 진사와 주 주부, 변군, 내원, 그리고 조 주부 학동(學東)[43] 등이 노름판을 벌였는데 소일거리도 할 겸 술값도 벌자는 속셈이다. 그들은 내가 노름 솜씨가 없다고 한몫 넣어 주지 않고, 그저 가만히 앉아서 술이나 마시라고 한다. 이른바 속담처럼, 굿이나 보고 떡이나 먹으라는 셈이니, 은근히 화가 나기는 하지만 어쩔 수가 없었다. 혼자 옆에 물러나 앉아 지고 이기는 것을 구경이나 하고 술은 남보다 먼저 먹게 되었으니 별로 해롭지는 않은 일이다.

---

[42] **홍범(洪範)** 천하의 상도(常道)와 치세(治世)의 요도(要道)를 아홉 가지 범주로 제시한 법령.
[43] **학동(學東)** 상방의 건량판사(乾粮判事).

벽을 사이에 두고 때때로 여자의 말소리가 들려온다. 어찌나 가냘프고 아름다운 목소리인지 흡사 제비나 꾀꼬리가 노래하는 것 같다.

나는 마음속으로, '아마 주인집 처녀인 모양이지. 틀림없이 절세의 미인이리라.' 하는 생각이 들어 짐짓 담뱃불 붙이기를 구실 삼아 부엌에 들어가 본즉, 나이가 50도 넘어 보이는 부인이 평상을 의지한 채 문 쪽으로 앉았는데, 그 모양이 아주 사납고 초라했다.

나를 보더니 부인은,

"아저씨, 안녕하십니까?" 하고 인사해 오기에 나도 얼른,

"주인께서도 복 많이 받으시기 바랍니다."라고 대답하고 공연히 재를 파헤치는 체하며 그 부인의 모습을 곁눈질해 보았다.

쪽진 머리는 온통 꽃으로 장식했고, 금비녀며 옥 귀걸이에 분연지를 살짝 발랐고, 검은 긴 통바지에 은으로 만든 단추를 가지런히 단 웃옷에, 발엔 풀과 꽃과 나비를 수놓은 신발 한 쌍을 신었다. 다리에 붕대를 감지 않고 발에는 궁혜(弓鞋)를 신지 않은 것으로 미루어 짐작하건대 아마 만주 여자인 듯하다.

주렴 안에서 처녀 한 명이 나온다. 얼굴로 보아 나이가 스무 살쯤 되어 보이는데 그 여자가 처녀라는 것은 머리를 양쪽으로 갈라 위로 올려 튼 것으로 보아 알아낸 것이다. 생김새는 역시 억세고 사나운 편이나 살결만은 희고 깨끗했다.

쇠양푼을 가지고 와서 퍼런 질그릇에 수수밥을 한 그릇 수북하게 퍼담고, 양푼 속의 물을 부어 서쪽 벽 아래에 걸터앉아서 젓가락으로 밥을 먹

는다. 두어 자 정도 되는 파뿌리와 잎사귀를 장에 찍어 반찬 삼아 밥과 번 갈아 씹어 먹는다. 처녀의 목에는 계란만한 혹이 달렸는데 밥을 먹고 차를 마시는 동안 조금도 수줍어하지 않았다. 아마도 이것은 매년 조선 사람을 보아 온 탓으로 아주 낯이 익어 예사로 생각하기 때문인 듯하다.

뜰의 넓이가 수백 칸이나 되는데 장마비로 수렁이 되어버렸다. 시냇물에 씻긴 바둑돌이나 참새알 같은 조약돌이 처음에는 필요 없는 물건이었겠지만, 모양과 빛깔이 비슷한 것들을 간추려 문간에 아롱진 봉새의 모양처럼 무늬지게 깔아서 수렁을 막았다. 그들은 버리는 물건이 없다는 것을 이것으로도 충분히 짐작할 수가 있다.

꼬리와 털을 모조리 뽑히고 양쪽 겨드랑 밑의 털까지 뜯겨서 고깃덩어리만 남아 있는 닭이 이따금 절름거리며 다닌다. 이것은 빨리 키우기 위한 하나의 방법이요, 또한 이[蝨]가 생기는 것을 막기 위한 것이기도 하다. 여름에 닭에 검은 이가 생겨서 꼬리와 날개에 붙으면 꼭 콧병이 생기고 주둥이로 물을 토해내고 목에서는 가래 소리가 난다. 이런 증상을 계역(鷄疫)이라고 하는데 꼬리와 털을 미리 뽑아서 시원한 기운을 통해 준다고 한다. 그런데 그 꼴이 하도 흉해서 도저히 눈뜨고 볼 수가 없다.

2일.

새벽에 비가 많이 내렸지만 나중에 갰다.

앞의 시냇물이 불어 건널 수 없게 되어 떠나지 못했다. 정사가 내원과

주 주부를 시켜 시내로 가서 물이 불었는지 줄었는지 보고 오라고 하기에 나도 따라 나서기로 하였다. 몇 리도 가지 못하여 큰 물이 앞을 가로막아 잘 보이지 않았다. 헤엄 잘 치는 사람을 시켜 물 속에 들어가 수심을 재게 하였는데 열 발자국도 채 가지 못하여 어깨가 잠기고 만다. 돌아와 이것을 알리니 정사가 걱정하며 역관과 각 방의 비장들을 전부 불러모아서 시내를 건너갈 방법을 말하라고 하였다. 부사와 서장관도 함께 참석했다.

부사가,

"문짝과 수레를 빌려서 뗏목을 만들어 건너는 게 어떻겠습니까."라고 하니 주 주부가,

"그거 정말 좋은 생각올시다."라고 한다.

수역관이 이에 대해,

"문짝이나 수레를 그렇게 많이 구할 수는 없을 것이오. 이 부근에 집을 짓기 위해 놓아 둔 목재가 10여 칸 분 있기는 합니다. 한데 그것을 구할 수는 있겠지만 얽어맬 칡덩굴은 얻기가 힘들 것 같습니다."라고 하자 다들 여러 가지 의견을 더 이야기했다.

내가,

"뭐 그렇게 뗏목까지 맬 것 있겠소. 내게 마상이 한두 척(隻)이 있는데, 노도 있고 상앗대도 있어 모두 갖추었지만 단지 한 가지가 없소."라고 하니 주 주부가 말하기를,

"그래요, 없는 것이 무엇이오?"라고 묻기에 나는,

"다만 그것을 잘 저을 사공이 없을 뿐이오."하였더니 모든 사람이 허리

를 잡고 웃었다.

주인은 아주 추솔하고 멍청해서 눈을 부릅떠도 고무래 '정(丁)' 자도 모를
정도였지만, 책상 위에는 번연히 『양승암집(楊昇菴集)』[44]과 『사성원(四聲
猿)』[45] 같은 책들이 놓여 있었고, 길이가 한 자도 넘을 듯싶은 정남색(正藍
色) 자기병에 명나라 희종 때의 이부상서였던 조남성(趙南星)의 철여의(鐵
如意)[46]가 비스듬히 꽂혀져 있으며, 운간(雲間)[47] 호문명(胡文明)이 만든 조
그만 납다색(蠟茶色)의 향로며 그 밖에 교의며 탁자, 병풍, 장자(障子) 등
이 모두 운치가 있어서 궁색한 시골티가 보이지 않았다.

내가,

"주인 살림살이는 좀 넉넉한 편인가요?" 하고 물으니 그는,

"1년 동안 늘 부지런히 일을 해도 빈곤에서 벗어나지를 못합니다. 만약
귀국의 사신 행차가 아니라면 살아갈 방도가 당장 막혀버릴 형편입니다."
하고 말한다.

내가 다시 물었다.

"자식들은 몇이나 두었는지요?"

"도둑놈 하나가 있을 뿐, 아직 뜻대로 되지 않았습니다."라고 하기에 내
가 다시 물었다.

---

44. **양승암집(楊昇菴集)** 명나라의 학자 승암 양신(楊愼)의 문집.
45. **사성원(四聲猿)** 명의 서위(徐渭)가 지은 전기(傳奇).
46. **철여의(鐵如意)** 쇠로 만든 손에 지니는 완상물의 일종.
47. **운간(雲間)** 강소성(江蘇省) 송강현(松江縣)의 옛 이름.

"그게 무슨 뜻이오? 도둑이 하나 있다니?"

"예, 딸을 다섯 둔 집에는 도둑도 들어오지 않는다 하였으니, 이것이 집 안의 좀도둑 아니고 무엇이겠습니까."라고 한다.

오후에 밖으로 나가 바람을 쏘이는데 수수밭 가운데서 새총 소리가 났다. 주인이 급히 뛰어나가기에 보았더니 밭 가운데서 어떤 사람이 한 손에는 총을 들고 또 다른 한 손에는 돼지의 뒷다리를 잡아끌고 나와 주인을 흘겨보며 화난 목소리로 말한다.

"왜, 이 짐승을 밖에 내놓아서 밭에 들여보내는 거요?"

주인은 그저 미안해하는 모습으로 공손히 사과를 한다. 그러자 그자는 피가 마구 떨어지는 돼지를 끌고 가버린다. 주인이 못내 섭섭한 듯이 우두 커니 서서 거듭 한탄만 하기에 내가 물었다.

"그자가 잡아가는 돼지는 뉘 집에서 먹였던 것인가요?"

"우리 집에서 기르던 것입니다."라고 주인이 답한다.

내가 다시,

"아니 그렇다면 설사 잘못해서 남의 밭에 좀 들어갔다고 하여도 수숫대 하나 다치지 않았는데 그놈이 어찌하여 멋대로 돼지를 잡아죽인단 말이오? 그자에게 마땅히 돼지 값을 물어내라고 요구해야 하지 않겠소?"

라고 하니까 주인이 대답한다.

"돼지 값을 물어내라고 하다니요? 돼지우리를 단속을 하지 못한 이쪽 잘못이지요."

청나라 4대 황제인 강희제(康熙帝)가 농사를 아주 소중히 생각해서, 마소가 남의 곡식을 밟으면 갑절로 물어주어야 하고 마소를 함부로 놓아기르는 자는 곧장 60대의 벌을 받을 것이며, 양이나 돼지가 밭에 들어가게 되면 밭주인이 바로 그 짐승을 잡아가도 양이나 돼지의 주인은 감히 제가 주인이라고 하지 못한다.

그러나 수레만은 자유로이 다닐 수 있다라는 법을 정하였다. 그래서 길이 수렁이 되면 밭이랑 사이로도 수레를 끌고 들어가기 쉬우므로 밭 주인은 항상 길을 잘 닦아 밭을 지키는 데 애를 쓴다고 한다.

마을의 주변에 벽돌 굽는 가마가 둘이 있는데, 하나는 마침 거의 굳어서 아궁이에 흙을 이겨 붙이고 수십 통의 물을 길어다 가마 위에 연달아 들이 부으니 가마 위가 움푹 패서 물을 부어도 넘쳐흐르지 않는다. 가마가 한창 달아올라서 물을 부으면 곧 마르므로 가마가 달아올라 터지지 않도록 물을 붓는 것 같다.

또 한 가마는 벌써 벽돌을 다 구워 식은 벽돌을 가마에서 끌어내고 있다. 그런데 중국의 벽돌 가마의 제도와 우리 나라의 기와 가마의 제도는 아주 다르다. 우선 우리 나라 가마의 좋지 않은 점을 알아야 이 차이를 이해할 수 있을 것이다.

사실 우리 나라의 기와 가마는 뉘어 놓은 아궁이의 일종이기 때문에 엄밀히 말하자면 가마라고 할 수 없다. 이것은 가마를 만드는 데 필요한 벽돌이 없기 때문에 그 대신 나무를 세워 흙을 바른 뒤 큰 소나무를 연료로 사용하여 흙을 말리는 데 비용이 많이 들뿐만 아니라 아궁이는 길기만 했지 높지 않으므로 불이 위로 타오르지 못하여 불기운의 세력이 약하고, 불

기둥에 힘이 없기 때문에 항상 잔솔을 때서 불꽃을 세게 해야 된다.

그런데 솔을 때서 불꽃을 세게 하면 불길이 고르지 못하므로 가까이에 놓인 기와는 이지러지는 것이 보통이며 먼데 놓인 것은 잘 구워지지 않게 마련이다. 자기를 굽거나 옹기를 구울 때, 어느 것을 막론하고 모든 요업의 방식이 다 이와 같으며 그 솔을 때는 방법도 역시 한 가지뿐이다.

그러나 솔은 한 번 베면 새 움이 돋아나지 않는 나무라서 옹기장이를 한 번 잘못 만나면 사방의 산이 벌거숭이가 되고 만다. 백년을 두고 기른 것을 옹기장이가 하루아침에 다 없애버리고는 다시 새처럼 솔을 찾아서 흩어져 가버린다. 나라의 좋은 재목이 날로 줄어들고 질그릇점도 날로 어려워지는 것은 오로지 기와 굽는 방법 한 가지가 잘못되어서이다.

이곳의 벽돌 가마를 보니 벽돌을 쌓고 회를 봉하여 애초에 말리고 굳히는 비용이 들지 않고, 또 마음대로 높고 크게 할 수 있어 마치 모양이 인경을 엎어놓은 것 같다. 가마 위는 연못처럼 움푹 패게 하여 물을 몇 섬이라도 부을 수 있고, 옆구리에 너댓 개의 연기 구멍을 내어 불길이 잘 타오르게 하였으며, 그 안에 벽돌을 놓되 서로 기대어 불꽃이 잘 통하도록 하였다. 요약해서 말하자면 그 방법의 좋은 점은 벽돌을 쌓는 데 있다 하겠다. 이제 내게 직접 손수 만들라 하면 쉬울 듯하나 말로 설명하기는 어렵다.

4일.

어젯밤부터 밤이 새도록 비가 너무 많이 와서 길을 떠나지 못하였다.

『양승암집』도 보고 바둑도 두면서 심심풀이 소일거리를 했다.

부사와 서장관이 상사의 처소로 모이고, 다른 여러 사람들도 불러서 물을 건너갈 방도를 의논하다가 한참 뒤에 돌아갔는데 특별한 묘안이 없는 모양이다.

5일.

날은 맑게 개었으나 물에 막혀서 하루를 또 묵었다.

주인이 방고래를 열어 놓고 기다란 가래로 재를 긁어모은다. 그리하여 구들제도를 대략 엿볼 수 있었다. 한 자 높이 남짓하게 구들바닥을 쌓고 반반하게 만든 다음, 부순 벽돌로 바둑돌을 놓듯이 굄돌을 하고 그 위에 벽돌을 깔았을 뿐이다.

벽돌의 두께가 똑같기 때문에 깨뜨려서 굄돌로 사용해도 절름발이가 되지 않고, 벽돌의 생김새가 원래 가지런해서 나란히 깔아 놓으면 틈이 생길 리가 없다. 고래의 높이는 겨우 손이 드나들 정도고, 굄돌은 서로 번갈아 들어서 불목이 되어 있다. 불이 불목에 닿으면 넘어가는 힘이 마치 불꽃이 재를 휘몰아 빨아들이듯 해서 불목을 메울 듯이 아주 세차게 들어가 버린다.

그리고는 여러 불목이 서로를 잡아당겨 도로 나올 사이가 없이 재빠르게 굴뚝으로 빠져나간다. 굴뚝의 높이는 한 길이 넘는데 이것이 바로 우리가 말하는 개자리다. 언제나 불꽃이 재를 몰아가 고래 속에 가득 떨어뜨리기 때문에 3년만에 한 번씩은 고랫목을 열어서 재를 쳐내야 한다.

부뚜막은 바닥을 한 길쯤 파고 그 위를 돌 덮개로 덮어서 봉당 바닥과 똑같은 높이로 한다. 그 움푹 판 곳에서 바람이 일어나 불길을 불목으로 몰아넣기 때문에 연기는 조금도 새나오지 않는다. 땔나무를 거꾸로 집어넣는다.

굴뚝을 만드는 방법은 큰항아리만큼 땅을 파서 벽돌을 탑처럼 쌓아올린다. 지붕과 비슷하게 하기 때문에 연기가 그 항아리 속으로 끌려 들어가서 서로 잡아당기고 빨아들이듯 한다. 이것이 가장 묘하다. 대개 굴뚝에 틈이 생기면, 아주 약한 바람에도 아궁이의 불은 꺼지는 법이다. 우리 나라 온돌은 항상 불을 때도 방이 골고루 데워지지 않는 것은 그 잘못이 모두 굴뚝을 만든 방식 때문이다.

싸리로 엮은 바구니에 종이를 바르거나 나무 판자를 가지고 통을 만든다. 처음 세운 굴뚝은 흙에 틈이 생기거나 종이가 벌어지면 연기가 새는 것을 막을 길이 없고, 바람만 한 번 크게 불면 연통은 있으나마나 아무런 소용이 없게 된다. 나는,

"우리 나라에서는 집안은 비록 가난하나 글을 읽는 것을 좋아하는 몇 백 몇 천이나 하는 선비들이 겨울이 되면 코끝에 항상 고드름이 달릴 지경이니, 구들 놓는 방법을 배워 가서 삼동의 그 고생을 면했으면 좋겠구려."라고 했더니 변계함이 이렇게 말했다.

"이곳의 구들은 이상해서 우리 것만 못할 것 같습니다."

"그 이유가 무언가?"

"이것이 어찌 빛은 화제(火齊)[48]와 같고 번드레하기는 수골(水骨)과 같은 기름 장판지 넉 장을 반듯하게 깐 것 같을 수가 있겠습니까."

"이곳의 벽돌 장판이 우리 나라의 종이 장판만 못하다는 것은 그럴 듯한 이야기다. 하지만 이 구들 놓는 방법을 본받아 가서 우리 나라 온돌 놓는 방법을 개선하고 그 위에는 기름 먹인 장판지 까는 것을 누가 금할 리가 있겠는가. 우리 나라의 온돌 놓는 방법은 여섯 가지의 단점이 있으나 아무도 이를 개량하려는 사람이 없으므로 내가 연습 삼아 한번 논할 테니, 자네 조용히 들어보게나. 진흙을 이겨 벽돌을 쌓고 그 위에 돌을 얹어 구들을 만드는데, 돌의 크기와 두께가 처음부터 고르지 않아서 조약돌로 네 귀퉁이를 괴어 한편으로 기울어지는 것을 막으려 하나 돌이 타고 흙이 마르면 쉽게 허물어지는 것이 첫 번째 단점이고, 돌이 울퉁불퉁하니 움푹한 곳은 흙으로 메워 평평하게 만들기 때문에 불을 때도 고루 데우지 못함이 두 번째 것이며, 불고래가 불쑥 높아서 불길이 서로 호응하지 못하는 것이 세 번째 것이겠고, 벽이 성기고 얇아 쉽게 틈이 생기므로, 바람이 새고 불이 내쳐서 연기가 방안으로 가득히 들어오는 것이 네 번째 단점이 될 것이요, 불목이 목구멍처럼 되어 있지 않아서, 불길이 안으로 빨려 들어가지 못하고 땔나무 끝에서만 남실거리는 것이 다섯 번째 단점이라 할 수 있고, 방을 말리려면 땔나무가 적어도 백 단은 드는 데다, 열흘 안으로 입주하지 못하는 것이 여섯 번째 단점이라 하겠네. 이제 곧 자네와 함께 벽돌 수십

[48] **화제(火齊)** 붉은 빛이 나는 운모.

개만 깔아 놓으면, 웃고 이야기하는 사이에 곧 몇 칸의 온돌이 완성되어 그 위에 누워 잘 수 있는 것이니 얼마나 간편한가."

하고 설명을 해주었다.

저녁에 여럿이 모여 술을 몇 잔 나누다가 밤이 이슥하여 술에 취해 돌아와서 누웠다. 정사의 맞은편 방인데, 방이랄 것도 없이 다만 베 휘장을 중간에 쳤을 뿐이다. 정사는 벌써 깊이 잠들었고, 나 혼자 담배를 피워 물고 정신이 몽롱해 있는데, 별안간 머리맡에서 발 소리가 들리는지라 깜짝 놀라서 버럭 소리를 질렀다.

"누구냐?"

"도이노음이오."

말소리가 하도 수상하여,

"이놈! 누구냔 말이다."하고 거듭 소리치니,

"소인 도이노음이오."하면서 대답한다.

시대와 상방(上房)에 있던 하인들이 모두 놀라서 일어난다. 곧이어 뺨을 때리는 소리가 들렸는데 덜미를 잡아 문 밖으로 끌고 가는 모양이다. 아마 매일 밤마다 우리 일행의 숙소를 순찰하면서 사신과 모든 사람의 수를 헤아렸던 것을, 늘 깊이 잠든 후의 일이라서 지금까지 모르고 지냈던 것이다. 갑군(甲軍)이 제 스스로 '도이노음'이라 한 것은 더욱 포복절도할 일이다. 우리 나라 말로 오랑캐를 '되놈'이라 하니, 이것은 원래 '도이(島夷)'의 준말이고, '노음(老音)'은 지체가 낮고 아주 천한 자를 가리키는 말이며, '이오(伊吾)'란 지체가 높은 어른에게 여쭈는 말이다. 갑군이 오랫동안

83

사행(使行)을 치러 왔기 때문에 우리 나라 사람들에게 말을 배우기는 했으나, '되'란 말이 귀에 익었기 때문에 그리 말한 것이다. 한바탕의 실랑이가 있는 바람에 잠이 달아난 데다, 벼룩에 시달려서 정사도 같이 잠을 못 자고 촛불을 켜둔 채 날을 밝혔다.

6일.

맑았다.

시냇물이 조금 줄어들어 길을 떠났다. 나는 정사의 가마에 같이 탔는데 하인 30여 명이 맨몸으로 가마를 메었다. 강 한가운데 이르러 물살이 격해지자 갑자기 왼쪽으로 기울어져서 하마터면 떨어질 뻔했다. 형세가 실로 위급하기 짝이 없었는데 정사와 서로 부둥켜안고 겨우 물에 빠지는 것을 면했다.

저쪽 강 언덕에 도착하여 물을 건너오는 사람들을 바라보니 사람의 목을 타고 건너오기도 하고, 좌우에서 서로 부축하여 건너오기도 하며, 나무로 떼를 엮어서 위에 올라탄 것을 네 사람이 어깨에 메고 건너오기도 한다. 말을 타고 떠서 건너는 사람은 모두 허리를 쳐들어서 하늘만 바라보거나 두 눈을 꼭 감기도 하고, 억지로 웃음을 지어 보이기도 한다. 하인들은 모두 안장을 끌러서 어깨에 메고 오는데 행여나 젖을까 염려를 하는 눈치다. 이미 건너왔다가 다시 건너가려는 사람들도 무엇인가를 어깨에 지고 물에 들어가므로 그 이유를 물으니,

"빈손으로 물을 건너면 몸이 가벼워서 떠내려가기 쉽기 때문에 무거운 것으로 어깨를 누르는 것이랍니다."라고 한다.

몇 번 왔다갔다한 사람들은 모두 부들부들 떠는데 산 속의 물이라 몹시 차기 때문이다.

초하구(草河口)에서 점심을 했다. 답동[49]이라고 하기도 하는데 이곳이 언제나 진창이 되어 있기 때문에 우리 나라 사람이 그렇게 이름을 지었다고 한다. 분수령, 고가령, 유가령을 넘어서 연산관에서 묵었다. 이 날은 60리를 갔다.

밤에는 조금 취해서 잠깐 잠이 들었는데, 심양 성중에 가 있었다. 궁궐과 성지(城址)와 여염과 시정들이 아주 번화하고 장려해서 나는 혼자말로,

"이곳이 이렇듯 훌륭한 경치를 이루고 있는 줄은 상상도 못했는데, 집에 돌아가게 되면 본 것을 자랑해야지."하고는 훨훨 날아갔다.

산과 물이 모두 내 발꿈치 밑에 있고 나는 소리개처럼 날쌨다. 눈 깜짝할 사이에 야곡(冶谷)[50]의 옛 집에 도착해서 안방 남창 밑에 앉았다.

"심양은 어떻더냐?"고 형님께서 물으시기에 나는,

"듣던 것보다 훨씬 나았습니다."라고 하며, 그곳의 아름다움을 수없이 자랑했다.

남쪽에 있는 담장 밖을 내다보았더니 옆집의 회나무 가지가 무성하게

---

[49] **답동** 답동(畓洞)은 논골. 답(畓)은 본시 없던 글자였으나 우리 나라 아전들이 '물이 있는 밭'이라는 뜻으로 씀.
[50] **야곡(冶谷)** 연암의 집안이 대대로 살아왔던 곳.

우거졌는데, 그 위로 큰 별 하나가 휘황하게 번쩍이고 있었다.

나는 형님에게 물었다.

"저 별이 무엇인지 아십니까?"

"이름조차 모른다."

"저 별은 노인성입니다."라고 말하고 일어나 형님께 절하고,

"제가 잠깐 집에 들른 것은 심양에 대한 이야기를 자세히 해드리기 위해서입니다. 갈 길이 바쁘니 이제 하직하겠습니다."하고 안문을 나와서 마루를 지나 사랑의 일각문을 열고 나섰다.

머리를 돌려서 북쪽을 바라보니 서울 서쪽에 있는 길마재[51] 여러 봉우리가 똑똑히 얼굴을 드러낸다.

그때야 스스로 깨닫고,

"아, 나는 바보로구나. 내가 어떻게 혼자 책문에 들어갈 수 있단 말인가. 여기서 책문까지는 천여 리나 되는데 누가 나를 위해 기다리며 머물러 있겠는가."라고 큰 소리로 외쳤다.

안타깝기 짝이 없어 문을 열고 밖으로 나가려고 했으나 문 지도리가 너무 빡빡하여 열리지 않았다. 곧 큰 소리로 장복을 부르려 했으나 목소리가 잠겨 나오지 않았다. 할 수 없이 있는 힘을 다해 문을 밀다가 잠을 깨었다.

정사가 때마침,

"연암."하고 부르니 도리어 내가 어리둥절하여,

---

51. 길마재 무악재의 본 이름

"여기가 어디요?" 하니 정사는,

"가위에 눌린 지가 오래 되었소." 한다.

일어나 앉아서 이를 부딪쳐 보고 머리를 두드려 정신을 가다듬었더니 그제서야 비로소 상쾌해졌다. 한편으로는 섭섭하고 한편으로는 기꺼워서 한참 동안이나 마음이 뒤숭숭했다. 다시 잠들지는 못하고 자리에서 뒤척이며 공상에 잠겨 있다가 날이 밝는 줄을 몰랐다. 연산관은 다른 말로 아골관이라고도 부른다.

7일.

맑았다.

2리를 행진하여 말을 타고 물을 그냥 걸어갔다. 강이 비록 넓지는 않으나, 물살이 세기는 어제 건넜던 곳보다도 더 센 듯하다. 무릎을 움츠리고 두 발을 꼭 모아 안장 위로 옹송그리고 앉았다.

창대는 말머리를 꽉 껴안고 장복은 있는 힘을 다하여 내 엉덩이를 부축하며 서로 목숨을 의지해서 잠시 동안의 행복을 마음속으로 축원할 뿐이다. 말을 모는 소리마저 오호(嗚呼)[52]하니 몹시 서글프게 느껴진다. 말이 강의 한가운데에 이르자, 별안간 말 몸이 왼쪽으로 기울어진다.

말은 보통 물이 배에까지 닿으면 네 발굽이 저절로 떠올라 누워서 건너

---

[52] **오호(嗚呼)** 말을 모는 소리로 원래 호호(好護)이나 우리 나라에서는 오호와 비슷하게 소리남.

게 되는 모양이다. 내 몸이 나도 모르는 사이에 오른편으로 쏠려져서 하마
터면 물에 빠질 뻔했다. 마침 앞에 있는 말의 꼬리가 물 위에 떠있는 것을
보고 재빨리 그 말꼬리를 붙들고 몸의 균형을 잡으며 고쳐 앉아서, 겨우
떨어지는 것을 면할 수 있었다.

　나 역시 내 자신이 이토록 재빠를 수 있을 줄은 예상치 못했다. 창대도
말 다리에 채여서 하마터면 욕을 볼 뻔했으나, 말이 얼른 머리를 들고 몸
을 바르게 가누더니 곧 물이 점점 얕아져서 발이 땅에 닿았다는 것을 알
수 있었다.

　마운령을 넘어 천수참(千水站)에서 점심식사를 했다. 오후가 되니 몹시
무덥다. 청석령을 넘는 고갯마루에 관제묘가 있는데 그 관제묘가 매우 성
스럽게 느껴진다고 하여 역부와 마부들은 앞을 다투어 탁자 앞에 다가가
머리를 조아리거나 참외를 사서 바치기도 했다. 역관들 중에는 향을 피우
고 제비를 뽑아 평생 신수를 점쳐 보는 이도 있었다.

　한 도사(道士)가 바리때를 두들기면서 돈을 구걸한다. 머리를 깎지 않고
상투를 튼 그 도사의 모양이 우리 나라의 속환중 같다. 머리에는 등립(藤
笠)을 썼고, 몸에는 야견사(野繭紗)의 도포 한 벌을 입은 것이 복장은 우리
나라의 선비 복장과 같은데, 검은빛 나는 방령(方領)이 다를 뿐이었다. 다
른 한 도사는 참외와 달걀을 파는데, 참외는 매우 달고 물이 많았고 달걀
은 맛이 삼삼했다.

　밤에는 낭자산에서 묵었다. 이날은 큰 재를 둘이나 넘어서 80리를 행진
하였다. 마운령은 다른 말로 회령령이라고도 부르는데 그 높이나 가파른

것이 우리 나라 관북의 마천령 못지 않다고 한다.

8일.

맑았다.

정사와 같이 가마를 타고 삼류하를 건넌 후 냉정(冷井)에서 아침 식사를 했다. 10리 남짓 가서 산마루 하나에 접어들게 됐는데, 정 진사의 마두인 태복이가 갑자기 몸을 굽히며 말 앞으로 달려나와 땅에 엎드리며,

"백탑(白塔)이 멀리 보임을 아뢰옵니다."하고 큰 소리로 말한다.

백탑은 아직 산마루에 가려 보이지 않는데 말을 채찍질하여 빨리 갔더니 수십 보도 채 가지 않아서 겨우 모롱이를 벗어나자, 안광(眼光)이 어른거리고 별안간 한 덩이 흑구(黑毬)가 오르내린다.

내 오늘에야 처음으로, 인생이란 원래 아무것도 의탁할 것이 없이 다만 머리에는 하늘을 이고 발로는 땅을 밟은 채 떠돌아다니는 존재인 것을 깨달았다. 말을 세우고 사방을 돌아보다가 자신도 알지 못하는 사이에 손을 들어서 이마에 얹고,

"참으로 그럴 듯한 울음터로다. 정말 한 번 울만 하도다."라고 하니 정 진사가,

"이렇게 천지간의 커다란 안계(眼界)를 만나서 갑자기 울고 싶다니, 무슨 말씀인가요?"라고 묻기에 나는 이렇게 대답했다.

"맞소, 나는 그렇소. 천하의 영웅은 잘 울고 절세미인은 눈물이 많다고

하지만, 그들은 소리 없이 몇 줄기의 눈물을 흘렸기 때문에 웃음소리가 천지에 가득 차서 금(金)이나 석(石)으로부터 나오는 듯한 울음소리는 되지 못하였소. 사람들은 칠정[53] 중에서도 다만 슬플 때에만 우는 것인 줄 알지, 칠정의 모든 정에서 울 수 있는 것을 모르는 탓이오. 사실상 사람은 기쁨이 복받치면 울게 되고, 노여움이 사무치면 울게 되고, 사랑이 그리워도 울게 되고, 욕심이 지나쳐도 울게 되는 것이오. 불평과 억울함을 푸는데 우는 것보다 더 빠른 것이 없고, 울음이란 천지간에 있어서 우렛소리와도 같은 것이오. 지정(至情)이 우러나오는 곳에서는 이렇게 되는 것이 자연적으로 이치에 맞는데 울음이 웃음과 뭐가 다르겠소. 사람들이 평범한 인생에서 보통 감정으로는 이러한 극치를 겪지 못하고, 교묘히 칠정을 늘어놓긴 하였소. 슬픔에는 울음을 배치했으므로, 단지 그 이유로 상고(喪故)를 당했을 때는 억지로 '애고', '어이' 등의 소리를 외쳤으나, 참된 칠정에서 우러나오는 지극하고도 참된 소리는 참고 눌러서 저 천지 사이에 서리고 엉겨서 감히 나타내지 못하는 것이오. 그래서 저 가생(賈生)[54]은 그 울음터를 얻지 못해서 참다못해 별안간 선실(宣室)[55]을 향해서 길게 한 소리 외쳤으니, 이 어찌 듣는 사람들이 놀라고 괴상망측하게 여기지 않았겠소."

"지금 이 울음터가 저렇게 넓으니, 나도 응당 신과 더불어 한번 실컷 울

---

[53] **칠정** 『예기』에서 말한 일곱 가지 감정. 곧 희(喜), 노(怒), 애(哀), 구(懼), 애(愛), 오(惡), 욕(慾)을 말함.
[54] **가생(賈生)** 한(漢)의 신진 문학가 의(誼)로 나이가 젊어 가생으로 불렸다. 그가 문제(文帝)에게 '치안책'이라는 정견을 올리며 시사(時事)를 통곡하고 눈물을 흘리며 길게 한숨을 쉴 만하다고 말함.
[55] **선실(宣室)** 한의 미앙궁(未央宮) 전전(前殿)의 정실(正室). 문제가 가의에게 귀신(鬼神)에 대한 이론을 물었던 곳.

어야 할 것이나 우는 이유를 칠정 중에서 고른다면 어느 정에 해당되겠는 지요?"

"저 갓난아기에게 물어 보시오. 그가 처음 태어날 때 느낀 정이 무슨 정이냐고. 그는 해와 달을 먼저 보고, 다음으로 부모와 친척들이 많이 모여 있으니 어찌 기쁘지 않겠소. 이런 기쁨이 늙어서도 변함없다면, 원래 슬퍼하고 노여워할 까닭도 없고, 마땅히 즐겁게 웃어야 할 정이 있는 것 아니겠소. 그렇지만 웃지는 않고 자주 울부짖기만 할 뿐더러 또 원한이 가슴에 사무친 듯 하니, 사람은 결국은 죽어야만 하고, 또 그때까지 모든 근심과 걱정을 골고루 겪어야 하므로, 그 아기가 태어난 것을 후회해서 저절로 울음을 터뜨리고 스스로를 조상하는 것이라고 생각하시오.

그러나 갓난아기의 본래의 정이란 것은 결코 그런 것은 아닐 것이오. 그가 어머니의 태 중에 있을 때는 캄캄하게 갇혀 갑갑하게 지내다가, 갑자기 넓고 환한 곳으로 빠져나와 손을 펴고 발을 펴므로, 그의 마음이 시원할 것인즉 어찌 한 마디 참된 소리로 마음껏 외치지 않겠소. 우리는 마땅히 저 갓난아기의 가식 없는 소리를 본받아 저 비로봉의 산마루에 올라가서 동해를 바라보며 한바탕 울만 하고, 장연(長淵) 바닷가의 금모래밭을 걸으며 한바탕 울만도 하오.

또한 이제 요동 벌판인 여기서부터 시작하여 산해관(山海關)까지 천 200리 길의 사방에는 산도 한 점 없이 하늘 끝과 땅 변두리가 마주 닿은 곳이 아교풀로 붙여 놓은 듯, 실로 꿰매 놓은 듯 옛날이나 지금이나 오고 가는 비구름만이 가득할 뿐이니 이것도 또한 한바탕 울어 볼 만한 곳이 아니겠소."

한낮은 아주 무더웠다. 말을 달려 고려총(高麗叢)의 아미장(阿彌莊)을 지난 후부터 두 패로 나누어 길을 갔다.

나는 조 주부 달동과 변군, 내원 및 정 진사와 하인 이학령(李鶴齡)과 같이 구요양(舊遼陽)에 들어섰다.

그 번화하고 장려한 것이 봉황성에 비해 열 배나 더했다. 그것에 대해서는 다른 곳에 『요동기(遼東記)』를 쓰기로 한다.

9일.

맑고 매우 더웠다.

새벽의 서늘함을 틈타 일찍 길을 출발하여 장가대(張家臺)와 삼도파(三道巴)를 지나 난니보(爛泥堡)에 이르러 점심식사를 했다.

요동 땅에 들어서면서부터 마을이 끊이지 않는데 길의 넓이가 수백 보에 달하고 길을 따라서 양편으로는 수양나무가 즐비하였다. 집들이 마주 보고 늘어선 곳의 문과 문 사이에는 장마 때에 물이 고인 탓으로 여기저기 자연히 큰 못이 이루어졌다.

집집마다 기르는 거위와 오리가 수없이 그 못 위에 떠다니고, 양쪽의 시골집들이 모두가 물가의 누대처럼 붉은 난간과 푸른 헌함이 좌우에 어리어 영롱한 것이 강호(江湖) 생각이 나게 한다. 군뢰가 세 번의 나팔을 불고 난 후에 몇 리를 앞서가면, 전배(前排)의 군관이 군뢰를 따라서 먼저 출발

한다.

나는 행지가 자유롭기 때문에 변군과 더불어 매양 서늘할 때를 기다렸다가 새벽에 출발했으나 10리도 채 못 가서 전배가 뒤쫓아와서 만나게 되었다. 그들과 말머리를 나란히 하고 재미있는 이야기와 농담을 하면서 매일 이렇게 행진하였다.

마을이 가까워질 때마다 군뢰는 나팔을 불고 네 사람은 권마성(勸馬聲)[56]을 합창한다. 그러면 집집마다 여인네들이 문이 꽉 차도록 뛰어나와 구경을 하는데 늙거나 젊거나 간에 옷차림은 거의가 비슷하다. 머리에 꽃을 꽂고 귀고리를 했으며 성적(成赤)은 살짝 한 듯 만 듯하였다. 입에는 하나같이 담뱃대를 물었고, 손에는 신바닥에 대는 베와 바늘과 실을 들었으며, 어깨를 비비면서 손가락질들을 해가며 깔깔거리고 웃는다. 한나라 여자를 이곳에서 처음 보았는데, 발을 감고 궁혜(弓鞋)를 신었는데 자색은 만주 여자보다 못했다. 만주 여자 중에는 화용월태(花容月態)가 많다.

만보교(萬寶橋), 연대하(烟臺河), 산요포(山腰鋪)를 지나 십리하에서 묵었다. 이날은 50리를 행진했다.

비장과 역관들이 말 등에 앉아서, 맞은편에서 이쪽을 향해 오는 한나라 여자와 만주 여자들 중에서 첩 하나씩을 저마다 결정하는데, 만약 남이 먼저 제 것으로 결정하면 또다시 제 것으로는 정하지 못하는 것이 전례로서 놀이의 법이 몹시 엄격했다. 이것을 구첩(口妾)이라고 하며, 가끔 서로 시

---

[56] 권마성(勸馬聲) 높은 관리의 행차길에 하인이 앞서며 일반 행인을 물러서게 하기 위해 길게 외치는 소리.

샘도 하고 화도 내며 욕을 하기도 하고 웃고 떠들기도 한다. 이것도 역시 먼길 가는 데 심심풀이 중 하나인 것이다. 내일 곧바로 심양(瀋陽)에 들어 갈 예정이다.

盛
京
雜
識

성경잡지

가을 7월 10일.

비가 오다 곧 맑았다.

십리하에서 일찍 출발하여 판교보(板橋堡)까지 5리, 장성점(長盛店) 5리, 사하보(沙河堡) 10리, 폭교와자(暴交蛙子) 5리, 전장포 5리, 화소교 3리, 백탑보 7리를 모두 합하여 40리를 행진하여 백탑보에서 점심을 먹고, 또다시 일소대(一所臺)까지 5리요, 홍화포(紅火鋪)가 5리, 혼하(渾河) 1리, 혼하를 배로 건너서 심양(瀋陽)까지 9리까지, 합하여 20리 길로 이날은 모두 60리를 갔다. 저녁에는 심양에서 묵었다.

이날은 몹시 무더웠다. 요양성 밖을 돌아다보니 숲이 울창하게 우거지고 새벽 까마귀 떼가 들녘을 날아다녔다. 하늘 저편으로 한 줄기 아침 연기가 짙게 끼었는데 붉은 해가 솟아오르자 안개가 곱게 피어오른다.

주위를 둘러보니 넓은 벌판에 거칠 것이라곤 하나도 없다.

아아, 이곳이 바로 옛 영웅들이 수없이 싸우던 그곳이로구나.

'범이 달리고 용이 날아갈 때 높고 낮은 것은 제 생각에 달렸다.'[1]

라는 옛말도 있으나, 천하의 안위(安危)는 요양의 이 너른 들판을 달렸으니 이곳이 편안하면 세상의 풍파가 잠잠하고 이곳이 시끄러우면 세상의 싸우는 북 소리 또한 요란스레 울리는데 그것은 무엇 때문인가? 평평한 벌판과 넓은 들녘이 한눈에 보여 천 리가 탁 트인 것 같은 이곳을 지키자니 힘이 들고, 버리자니 오랑캐가 쳐들어와 방어할 수가 없으니 중국으로서는 천의 병력을 기울여서라도 이곳을 지켜야 천하가 편안하다 할 것이다.

지금까지 100년 동안 아무 일이 없었던 것은 그들의 덕화와 정치가 전대(前代)보다 더 나았기 때문이고, 심양은 원래 청(淸)이 일어난 자리에서 동쪽으로는 영고탑(寧古塔)과 마주보고 있고, 북쪽으로는 열하(熱河)를 끌어당기며, 남쪽으로는 조선을 감싸고 있어 보이는 곳마다 완벽하게 하니 그 역대에 비해 훨씬 좋기 때문이다.

요양에 들어서니 뽕나무와 삼밭이 가득하고 개나 닭 우는 소리들이 끊이지 않으니, 100년 동안 사고가 없었다. 청의 황제는 오히려 할 걱정이 없어 걱정할 지경이다.

몽고의 수레 수천이 벽돌을 심양으로 실어 나르는데 소 세 마리가 수레 하나를 끌고 있다. 그 소는 흰빛에 푸른빛이 나기도 하는데 찌는 듯한 무더위가 힘에 겨운 듯 짐을 끄느라고 코에서 피까지 흐른다. 몽고 사람들의

---

[1] **범이 달리고 용이 날아갈 때 높고 낮은 것은 제 생각에 달렸다** 『후한서(後漢書)』 「하진전(何進傳)」에 있는 말, 큰 권세를 혼자 잡았으니 모든 일이 자신의 뜻에 따라 이루어진다는 것.

코는 오똑하고 눈은 움푹 패여서 험상궂어 보이는데 그 사납고 날쌘 모습이 사람 같지 않아 보인다. 거기에다 옷과 모자는 다 떨어지고 얼굴에서 땟국이 줄줄 흐르면서도 버선은 꼭 신고 다닌다.

우리 하인들이 정강이를 내놓고 다니자 이상스럽게 생각을 하는 듯하다. 우리 말몰이꾼들은 매년 몽고인들을 만나보았기 때문에 그 성격을 잘 알아 서로 농담까지 하며 길을 간다. 채찍 끝으로 그들의 떨어진 모자를 벗겨 길가로 던져버리기도 하고, 공처럼 차버리기도 한다.

그러나 몽고인들은 성을 내지 않고 부드러운 말씨로 웃으면서 돌려달라고 오히려 부탁을 한다. 하인들은 그들의 벙거지를 벗겨서 쫓기는 체하며 밭 가운데로 가다가 갑작스럽게 몸을 돌이켜 그들의 허리를 잡고 다리를 걸어차는데 틀림없이 넘어지고 만다. 그리고 그 가슴에 올라타고 앉아 입에 흙먼지를 넣는다. 되놈들은 가던 수레를 멈추고 이 광경을 보고 한바탕 웃는다. 밑에 깔렸던 몽고인도 따라 웃으며 일어나서 입을 닦아내고 벙거지를 털어 쓰고 덤벼들지는 않는다.

길에서 수레 하나를 만났는데 일곱 사람이 타고 있었다. 붉은 옷을 입고 어깨와 등을 쇠사슬로 얽어매어서 목덜미에 채웠는데 한쪽 끝은 손에 매고 한쪽 끝은 다리를 묶었다. 이들은 금주위(錦州衛)의 도둑으로서 사형시킬 것을 한 등급 감하여 멀리 흑룡강 수자리 터로 귀양보내는 것이라고 한다. 그들의 입과 눈의 생김새는 무서워 보였으나 수레 위에서 서로 웃고 떠들어대는데 괴로워하는 표정은 찾아볼 수가 없다.

수백 필의 말이 길을 휩쓸고 지나가는데 맨 끝의 사람은 좋은 말을 타고 손에는 수숫대 가지 하나를 쥐고 말 떼의 뒤를 따라간다. 말들은 굴레와 고삐도 없이 가끔 한 번씩 뒤를 돌아보며 걸어간다.

탑포(塔鋪)에 다다르니 탑은 동네 한가운데 우뚝 솟아 있는데 높이가 20여 자에 13층 여덟 모다. 층마다 동그란 네 개의 문이 열려 있어 그 안으로 말을 타고 들어가서 올려다보니 어릿어릿하였다. 뒤돌아 나오자 일행이 벌써 사관에 들어가서 얼른 후담으로 뒤쫓아 들어갔다. 주인의 턱 밑에서 갑자기 강아지 소리가 나서 깜짝 놀라 주춤거리니 주인이 미소를 지어 보이면서 앉으라고 권한다. 긴 수염이 희끗희끗한 늙은 주인은 방안에 있는 나지막한 걸상에 우뚝 걸터앉았다.

할멈 하나가 창 밖에 의자를 마주하고 앉아 있는데 붉은 촉규화(蜀葵花) 한 송이를 머리에 꽂고, 옷차림새는 짙은 청빛에 복숭아꽃 무늬가 놓여 있는 치마를 입었다. 할멈의 품속에서 강아지 한 마리가 사납게 짖어대자 주인 영감이 가슴속에서 토끼만한 삽살 강아지 한 마리를 천천히 끄집어냈다. 털은 한 치쯤이나 되게 길어 보이며 눈같이 희고, 등은 옅은 푸른 빛깔이며 눈은 노랗고 입가는 불그스름했다. 할멈도 옷자락을 벌려 강아지 한 마리를 꺼내 보이니 털빛이 똑같았다.

할멈이 웃으면서 말하기를,

"손님, 이상하게 생각하지 말아요. 우리 할멈과 영감이 아무 하는 일 없이 집안에 처박혀 있으니 긴 하루해를 보내기가 지루하기 짝이 없어, 이것들을 안고 놀다가 가끔 남들의 놀림거리가 된답니다."라고 한다.

그래서 내가,

"주인댁은 자손이 없는 모양이군요."하고 물으니 주인이 대답하기를,

"아들 셋과 손자 하나가 있지요. 맏아들은 올해 서른한 살로 지금은 성경장군(盛京將軍)을 모시고 가는 장경(章京)이고, 둘째아들은 열아홉 살이고, 막내는 열여섯 살인데 둘 다 서당에 다니며 글을 배웁니다. 아홉 살 된 손자는 저기 버드나무에서 매미를 잡는다고 온종일 나가 노는데 해가 지도록 코빼기도 구경하기 힘들 정도랍니다."라고 한다.

조금 있으니 주인의 어린 손자가 손에 웬 나팔을 하나 쥐고 숨이 차게 뛰어들어와 후당으로 가서 노인의 목을 끌어안고 그런 나팔을 사 달라고 졸라댄다. 노인은 얼굴에 사랑을 가득 담은 미소를 띠고,

"이런 것은 쓸모가 없단다."하고 타이르지만 목이 희고 맑은 그 아이는 살굿빛 무늬가 놓인 비단 저고리를 입은 채 갖은 재롱과 어리광을 다 떨며 여기저기 뛰어다닌다.

노인이 손자에게 손님을 향해 인사드리라고 가르치는데, 이때 군뢰가 눈을 부라리며 후당으로 쫓아 들어와 나팔을 홱 낚아채고 호통을 치니, 노인이 일어나 말하기를,

"죄송하오. 손자 놈이 장난감인 줄 알고 가져온 것 같은데 다행히 물건은 상하지 않았소이다."하고 정중히 사과한다. 나도,

"물건은 이미 찾았는데 구태여 소란을 피워 사람을 무안케 하다니 너무 지나치지 않은가."하고 군뢰에게 점잖게 말한 다음 다시,

"이 개는 어디에서 나는 것입니까?" 하고 물으니 주인은 말하기를,

"운남(雲南)에서 나는 것인데 촉중(蜀中)에도 이와 같은 강아지가 있답

니다. 이 강아지는 옥토아(玉兎兒)라 부르고 저 강아지는 설사자(雪獅子)라고 부르며 둘 다 모두 운남산이랍니다."

하며 주인이 옥토아를 불러 인사하라고 하니 그 강아지는 똑바로 서서 앞발을 가지런히 모아 치켜들고 절하는 흉내를 내고 다시금 머리가 땅에 닿도록 까딱거린다.

장복이 와서 식사를 물어보기에 나는 일어났다.

주인이 말하기를,

"손님, 영감이 무척 귀여워하는 것이나 이 강아지를 손님께 드릴 테니 방문을 바치시고 돌아오실 때 가져가셔도 좋습니다."라고 하기에 나는,

"고마운 말씀이시지만 어떻게 감히 함부로 받겠습니까?" 하며 급히 돌아왔다.

일행은 벌써 나팔을 불며 떠날 준비를 완료하였으나 나의 행방을 몰라서 장복을 시켜 찾아다닌 것이다. 밥은 지은 지 오래 되어 식었고, 또 마음이 바빠 목에 넘어가지 않으므로 장복과 창대에게 나눠 먹으라 이르고, 다른 음식점으로 가서 국수 한 그릇과 소주 한 잔과 삶은 계란 세 개와 참외 한 개를 사 먹고 마흔두 닢을 세어 주고 나니 상사가 문 앞을 막 지나가고 있다.

변군과 더불어 고삐를 나란히 하고 길을 떠났다. 배가 불러 20리 길을 거뜬히 갔다. 해는 벌써 사시(巳時)[2]에 가까워 볕이 아주 따가웠다.

---

2. **사시(巳時)** 오전 9시부터 11시 사이.

요양에서부터는 길가에 버드나무를 많이 심어 놓아 울창한 그늘에서 더위를 조금씩 피할 수 있다. 버드나무 밑에 물이 괸 웅덩이가 가끔 있어 그곳을 피하려고 돌아 나오면 따가운 햇살과 후끈거리는 흙 기운으로 가슴이 꽉 막히고 갑갑해진다. 저쪽 버드나무 그늘 밑을 보니 말과 수레가 웅성웅성 모여 있어 그쪽으로 가서 잠깐 쉬기로 하였다. 수백 명의 장사꾼들이 짐을 내려놓고 땀을 식히기도 하고, 버드나무 가지에 걸터앉아 옷을 벗은 채 부채질을 하면서 차나 술을 마시고, 머리를 감거나 깎기도 하고, 골패도 치며 팔씨름을 하기도 했다.

짐 속에는 그림을 그린 자기가 들어 있고, 껍질을 벗긴 수숫대로 조그맣게 누각 모양을 만들어 그 속에 우는 벌레나 매미를 넣은 것들도 열 짐 정도 되었다. 항아리에 빨간 벌레와 파란 마름을 넣어 주니 빨간 벌레는 작은 새우의 알처럼 물 위에 둥둥 떠다니는데, 이것은 모두 고기밥으로 쓰이는 것이다. 다른 30여 채의 수레는 모두 석탄을 실었다. 음식을 파는 사람들이 버드나무 그늘 밑에 있는 걸상에 술과 차와 떡과 과일 등을 갖가지 쭈욱 늘어놓았다.

여섯 푼을 주고 양매차 반 사발을 사서 목을 축이니 그 맛이 달고 시어서 제호탕[3]과 비슷했다. 태평차[4] 한 채에 두 사람이 타고 있는데 그것을 한 마리의 나귀가 끌고 간다. 나귀는 물통을 보자 수레를 이끈 채 통으로

---

[3] **제호탕** 오매육(烏梅肉)·백단향(白檀香)·사인(砂仁)·초과(草果) 등의 가루를 꿀에 넣어서 끓인 청량음료.
[4] **태평차** 청나라의 탈것의 하나.

달려들었다. 한 여인은 나이들었고 다른 여인은 젊은데, 앞을 가린 발을 걷어올리고 바람을 쏘이고 있었다. 꾀꼬리 무늬가 수놓인 파란 웃옷에 주황 빛깔 치마를 입고 똑같이 옥잠화와 패랭이꽃과 석류화로 머리를 장식했는데 한(漢)나라 여자인 것 같았다.

변군이 술을 마시자고 하기에 한 잔씩 마시고 다시 길을 떠났다. 얼마 안 가서 불탑(佛塔)이 군데군데 눈에 환히 들어오는 것을 보니 심양이 가까워진 모양이다.

어부가 손을 드니 강성(江城)이 이곳이요,

뱃머리에 우뚝 솟은 탑 볼수록 높아지네.

라고 했던 옛 시가 문득 떠올랐다.

그림을 모르는 사람이 시를 알 리가 없는데 그림에는 옅고 짙음이 있으며, 멀고 가까움이 있기 때문이다. 지금 이 탑의 모양을 보니 옛날 사람이 시를 지을 때 그림 그리는 방법을 충분히 알고 지었을 것을 짐작할 수가 있는데, 성의 멀고 가까움을 탑의 길고 짧음으로 나타나고 있다.

혼하는 아리강(阿利江)이라고도 하고, 소요수(小遼水)라고도 한다. 장백산에서 흘러 내려와 사하와 합쳐져서 성경성(盛京城) 동남쪽을 돌아 태자하와 다시 합하여 흐르다 갈라져 요하와 삼차하가 되어 바다로 흘러내린다.

혼하를 건너서 얼마 안 가면 토성이 있는데 별로 높지는 않다. 그 성 밖으로 수백 마리의 소가 있는데 그 빛깔이 무척 새까맣게 보였다. 100경(頃)이나 되는 큰못에는 붉은 연꽃과 많은 거위와 오리 떼가 떠다닌다. 그 못가에는 천여 마리의 흰 양이 물을 먹기도 하고 머리를 쳐들고 사람을 보기도 했다. 문안으로 들어서니 수많은 사람과 상점들이 요양보다 열 배나 크고 호화로웠다.

관문에 들러 잠깐 쉬고 있는데 삼사(三使)가 벌써 관복을 갖추었다. 이때 수화주(秀花紬)로 지은 홑적삼을 입고 이마는 벗겨지고 뒷머리는 땋아 내린 한 노인이 나에게 다가와 읍하고 나서,

"여기까지 오시느라고 수고하셨습니다."라고 하기에 내가 손을 들어 답례하였다.

노인이 내가 신고 있는 가죽신을 눈여겨보며 만드는 법을 알고 싶어하는 것 같아 한 짝을 벗어 보여주었다. 사당 안에서 한 도사(道士)가 뛰어나오는데, 야견사(野繭絲) 도포를 걸치고 머리에는 등갓을 쓰고 신발은 검은 공단신을 신고 있었다.

도사가 갓을 벗어 들고 상투를 매만지면서 말하기를,

"이것이 영감님의 것과 꼭 같은 것입니다."라고 하자 노인은 자기 신과 내 신을 번갈아 신어 보면서 물었다.

"이 신은 어떤 가죽으로 만들었습니까?"

"당나귀 가죽으로 만들었습니다."

내가 대답하자 그가 다시 묻는다.

"밑창은 무슨 가죽으로 하셨는지요?"

"쇠가죽에 들기름을 발라서 만들었습니다. 흙물을 밟아도 젖지 않는답니다."라고 대답하였다.

노인과 도사는 참 좋다고 한마디씩 칭찬을 하면서 다시 물었다.

"이 신이 물 있는 데서는 좋아도 마른 땅에서는 발이 부르터 불편하지 않나요?"

"실은 그렇기도 하지요."

내가 대답했자 노인이 나를 사당 안으로 인도하고, 도사가 차 두 주발을 따라오더니 마시기를 권했다. 노인은 자기를 복녕(福寧)이라고 하며 만주 태생으로 지금은 성경 병부낭중(兵部郎中)의 벼슬자리에 있는데 나이가 63세라 하였다. 성밖으로 구경나와 큰못에 만발한 연꽃을 둘러보다가 지금 돌아가는 길이라고 한다. 그는 다시 계속해서 말하기를,

"영감의 벼슬은 몇 품이시며 춘추는 몇이십니까?"

"나는 평범한 선비의 몸으로 중국에 유람하러 온 것입니다. 나이는 정사생(丁巳生)이오."라고 대답하니 그는 다시,

"월일과 생시는 어떻게 됩니까."한다.

이에 나는,

"2월 5일 축시(丑時)입니다."라고 하니 그는 다시,

"그렇다면 하마경인가요?" 하고 묻기에 나는,

"아니오."라고 했다.

복녕이 다시,

"옆자리에 앉아 계신 분은 지난해에도 오셨습니다. 그때 제가 서울서 막

내려오다가 옥전(玉田)에서 며칠 동안 객사에서 함께 묵은 일이 있는데 아마 한림 출신인가 보지요?" 하고 묻기에 나는,

"한림이 아니고 부마도위(駙馬都尉)인데 나와는 삼종 형제 사이지요." 라고 답했다.

부사와 서장관에 대해 다시 묻기에 일일이 성명과 관품을 가르쳐주었다. 사행들이 옷을 갈아입고 떠나려 하는 것을 보고 복녕에게 작별 인사를 하였다. 복녕이 앞으로 나와 손을 잡고서,

"행차에 몸 보중하십시오. 앞으로 더위가 점점 더하게 될 것이니 찬 음료수를 함부로 먹지 마십시오. 서문 안에서 마장거리 남쪽으로 우리 집이 있습니다. 문 위에 병부낭중이란 패가 있고, 금자로 계유문과(癸酉文科)라써 붙였으니 찾기 쉽지요. 그런데 언제쯤 오시지요?" 라고 하기에 나는,

"9월중에나 성경으로 돌아올 것 같습니다." 라고 하니 복녕은 다시,

"그때 별로 급한 일이 없으시면 꼭 한 번 들러 주십시오. 당신의 사주(四柱)를 이미 알았으니 가만히 운수를 헤아려 두었다가 반갑게 맞이하겠습니다."

그 말이 너무나 정중하여 몹시 서운한 생각에 젖게 했다. 도사는 코끝이 뾰족하고 눈이 우뚝하며 행동이 불순해 보여 차분한 맛이라고는 전혀 없었는데 복녕은 털털하며 서민적이었다.

문무관이 반(班)을 짜서 삼사(三使)가 말을 타고 차례차례 성안으로 들어갔다. 성 둘레는 10리이며 벽돌로 여덟 개의 문루를 쌓았고, 누는 모두세 층으로 옹성을 쌓아서 보호했다. 좌우에는 동, 서로 대문이 두 개 있어

네거리가 서로 통하도록 돈대를 쌓고, 그 위에 세 층으로 문루를 세워 두었다. 문루 밑은 열십자로 벌어 있는데 수레바퀴가 서로 부딪치고 어깨가 서로 닿아 바닷물처럼 그 소란스러움이 굉장하다. 그림을 그려 넣은 2층집과 길 하나를 사이에 두고 상점이 있는데 창문에 빨갛게 간판을 써 붙이고 푸른 방(榜)을 붙여 두었으며 갖가지 보화가 가득히 진열되어 있다. 상점을 보는 사람들의 얼굴은 핏기가 없었으나 옷과 갓을 차려 입은 모양새는 단정했다.

심양은 원래 우리 나라 땅이었는데 혹자는 이르기를,

"한(漢)이 4군을 두었을 때는 낙랑의 군청이었지만 원위(元魏)[5], 수(隋), 당(唐)나라 때에는 고구려에 속했다."라고도 한다.

지금은 성경이라고 부르는데 봉천 부윤(奉天府尹)은 백성을 다스렸으며, 봉천 장군인 부도통(副都統)은 팔기(八旗)를 통합하고, 승덕지현(承德知縣)은 각부(各部)를 만들어 좌이아문(左貳衙門)을 세웠다. 문의 맞은편에는 조장(照墻)[6]이 있고 거기에 옻칠한 나무를 어긋나게 맞추어 난간을 만들어 세웠다. 장군부(將軍府)의 앞에는 패루(牌樓)[7] 한 채를 크게 세웠는데, 그 지붕의 울긋불긋한 유리 기와는 길에서도 바라볼 수 있었다.

내원, 계함과 같이 행궁(行宮) 앞을 지나가다가 짧은 채찍을 손에 쥐고 바삐 걸어가는 관인(官人) 하나를 만났는데 내원의 마두인 광록(光祿)이

---

[5]. **원위(元魏)** 북위. 선비족(鮮卑族)의 탁발부(拓跋部)가 중국 화북지역에 세운 북조(北朝) 최초의 왕조.
[6]. **조장(照墻)** 병문(屛門)의 담. 「박영철본」에는 향장(響墻).
[7]. **패루(牌樓)** 우리 나라 홍살문 같은 기념용 장식 건물.

관화(官話)를 잘 하므로 얼른 그 관인을 쫓아가서 한 무릎을 꿇고 머리를 조아리니 그는 광록을 일으켜 세우면서,

"아, 형님. 갑자기 왜 이러십니까? 편히 쉬십시오."하자 광록은 절을 한 번 하며,

"저는 조선의 방자(幇子)이온데 우리 상전께서 큰 임금님이 계신 궁궐을 구경해 보는 것이 다락같이 높은 소원이시니, 영감께서 이 소원을 풀어 주시겠습니까?"라고 하자 관인은 웃으면서,

"그쯤이야 어려울 것 없으니 날 따라오시오."라고 하기에 곧 따라갔는데, 걸음이 날아갈 듯이 빨라 쫓아갈 수가 없을 지경이었다. 막다른 길에 이르자 붉은 목책 앞에서 관인이 돌아다보며 채찍으로 한 곳을 지적하며,

"여기서 조금만 기다리시오."하고는 몸을 돌이켜 그 안으로 들어가 버렸다. 내원이,

"어차피 들어가 보지 못할 텐데 우두커니 이렇게 서 있는 것은 싱거운 노릇이니 겉으로 한 번 바라본 것만이라도 다행이라고 생각하고 그만 돌아가지."라고 하며 계함과 같이 술집으로 돌아갔다.

내가 광록과 같이 목책 안으로 들어가다 보니 정문에 태청문(太淸門)이라고 씌어 있다. 안에 들어선 광록이 하는 말이,

"금방 만났던 관인은 수직장경(守直章京)이 틀림없을 것입니다. 작년에 하은군(河恩君)[8]을 모시고 왔을 때도 행궁 여기저기를 구경했는데 막는 사

8. 하은군(河恩君) 이광.

람이 아무도 없어서 마음놓고 구경할 수 있었습니다. 만약에 우리를 발견하고 쫓아낸다면 그냥 밖으로 나와버리면 되지요."라고 하기에 나는 곧,

"그래, 네 말이 옳다."라고 했다.

그리고 전전(前殿)으로 걸어 들어가 숭정전(崇政殿)과 정대광명전(正大光明殿)이라고 씌어진 현판을 보았다. 왼쪽은 비룡각(飛龍閣)이고 오른쪽은 상봉각이라 하였다. 그 뒤로 봉황루라고 하는 높은 3층 다락이 있었고 좌우로는 익문(翼門)이 나 있었는데, 문안에 수십 명의 갑군(甲軍)이 길을 막아섰다.

어쩔 수 없이 멀리 문 밖에서 바라보니 누각 겹전과 겹겹이 둘러싼 회랑들이 휘황찬란한 유리 기와로 높은 지붕을 이었다. 여덟 모가 난 2층집은 대정전(大政殿)이라 하였고, 태청문 동쪽으로 있는 신우궁(神祐宮) 안에는 삼청(三淸)[9]의 소상을 모시고 있는데, 강희황제(康熙皇帝)의 친필로 '소격(昭格)', 옹정황제(雍正皇帝)[10]의 친필로 '옥허진제(玉虛眞帝)'라고 써 붙여 두었다.

다시 돌아나와 내원과 술집으로 들어왔다. 기(旗)에 금색 글씨로 시가 씌어 있었다.

하늘 위에는 하나의 주성(酒星)이 반짝반짝 빛나고,
인간들의 주천[11] 마을은 하릴없이 알려져 있네.

9. **삼청(三淸)** 원시천존(元始天尊)·태상도군(太上道君)·태상노군(太上老君).
10. **옹정황제(雍正皇帝)** 강희황제의 아들.
11. **주천** 경북에 있는 예천(醴泉).

붉은 난간에 문은 파랗고 하얀 벽에는 그림이 그려져 있고, 찬장 위에는 층계마다 놋으로 만든 술통을 나란히 늘어놓고 술 이름을 붉은 종이로 써 붙였는데 다 셀 수 없을 만큼 많았다.

조 주부(趙主簿) 학동이 사람들과 술을 마시고 있다가 웃으면서 일어나 나를 반긴다. 방안에는 멋진 걸상이 오륙십 개 있고, 이삼십 개의 탁자가 놓여 있으며 수십 개의 화분에 아침저녁으로 물을 주고 있었다. 추해당과 수구화가 만발하였는데 그 밖의 다른 꽃들은 다 생소한 것들이다.

조군이 나에게 불수로 석 잔을 권하였다. 계함은 어디로 갔느냐고 물어보았으나 모른다고들 대답했다. 나는 곧 자리를 털고 일어섰다.

한길로 나가서 조 주부 명회를 만났는데 무척 반가워하면서 술을 실컷 마셔 보자고 하기에, 지금 나온 술집을 가리키며 가서 마시자고 하니 조가 말했다.

"꼭 저 집이 아니더라도 그 정도 술은 어디에나 있습니다."

우리는 다른 술집으로 들어갔다. 어둡지만 호화로움은 옆집보다 더했다. 달걀부침 한 접시와 사괴공[12] 한 병을 시켜 싫증이 날 정도로 마시고 나왔다.

골동품을 취급하는 상점에 들어갔다. 그 집은 예속재(藝粟齋)라 하고, 수재(秀才) 다섯 사람이 동업을 하는데 나이가 모두 어리고 얼굴이 고운 젊은 청년들이었다.

---

[12] **사괴공** 술 이름. 「박영철본」에는 사국공(史國公).

밤에 그 집을 다시 찾아가 이야기를 나누기로 약속하고 나왔는데 그 자세한 내용은 「속재필담(粟齋筆談)」에 따로 실었다.

다른 상점에 들렀다. 먼 곳에서 온 선비들이 갓 낸 비단 포목집으로 가상루(歌商樓)라고 부르며, 안에는 여섯 사람이 있는데 의관 차림이 깨끗해 보이고 말과 행동이 얌전하여 밤에 예속재에 나와 다시 이야기하기로 약속하였다.

형부(刑部) 앞으로 지나가니 아문이 활짝 열려 있는데 아문 앞에 있는 나무를 어긋나게 맞추어 둘러쳐서 아무나 함부로 출입하지 못하게 해놓았다. 관부(官府)의 제도를 낱낱이 보아 두기 위해 여러 아문 중 열려져 있는 문 안으로 들어갔으나 타국 사람인 나는 막는 사람이 하나도 없어 아무런 방해도 받지 않고 들어갈 수 있었다.

관인 한 사람이 걸상 위에 걸터앉아 있고 그 뒤로 한 사람이 지필을 손에 든 채 보호하고 있었다. 뜰 아래는 죄인 한 사람이 꿇어앉아 있고, 그 양쪽으로는 사령 한 쌍이 큰 곤장을 짚고 서 있는데, 명령이나 거행 등의 호통도 없이 관인은 죄인을 내려다보며 조용히 묻고 있었다.

얼마 지난 후 큰 소리로 치라고 호통하자, 섰던 사령이 손에 들고 있던 곤장을 내던지고 죄인을 향해 달려가서 손으로 뺨을 네댓 번 후려치고는 다시 제 위치로 돌아가 곤장을 들고 선다. 다스리는 방법이 아무리 간단하다 해도 따귀를 때리는 벌은 들어보지 못했다.

저녁식사 후, 달이 밝아 약속대로 가상루에서 여러 사람들을 만나 예속 재로 가서 밤이 늦도록 이야기하다가 헤어져 돌아왔다.

11일.

맑고 아주 더웠다. 심양에서 묵었다.

아침 일찍부터 성안에서 우레 같은 대포 소리가 들린다.

상점들이 아침에 문을 열 때 종이 딱총을 터뜨리는데 바로 그 소리라고
한다. 얼른 일어나서 가상루에 가니 벌써 사람들이 많이 모여 있었다. 그
들과 담소하다 사관으로 돌아가 아침을 먹고 같이 시내 구경을 하러 갔다.
팔을 꼭 끼고 지나가는 두 사람을 보니 유순하게 생겨서 혹시 글 하는 사
람인가 하여 따라가 목례를 하였다. 하나 팔을 풀고 아주 공손히 답례를
하고는 그냥 약방으로 들어가 버린다. 뒤따라 들어가니 빈랑[13] 두 개를 가
지고 넷으로 쪼갠 후 나에게 한쪽을 주며 먹어보라고 하면서 그들도 먹기
시작했다. 그들의 이름과 주소를 글로 써서 물었더니 들여다보고는 어리
둥절하며 나가버린다. 아마 글을 모르는 모양이다.

매년 연경에서 심양의 아문과 팔기(八旗)의 월급을 모아 지불하면 심양
에서는 흥경(興京)과 선창(船廠), 영고탑 등지로 다시 나눠 보내는데 모두
합하여 125만 냥이라고 한다.

저녁에는 달빛이 유난히 밝았다. 변계함에게 가상루로 가자고 했다. 변
군이 쓸데없이 수역(首譯)에게 가도 괜찮으냐고 물으니 수역이 눈이 휘둥
그레지며,

---

[13] **빈랑** 한약의 일종으로 소화제.

"성경은 연경과 비슷한 곳인데 어찌 함부로 밤에 돌아다닌단 말이오."하고 말하자 변군이 시무룩해졌다.

수역은 아마도 어젯밤의 우리들의 일을 모르고 있는 모양이다. 만약 알게 되는 날이면 나까지 붙잡힐 것 같아서 혼자 빠져나와 장복에게 혹시 나를 찾는 사람이 있거든 금방 뒷간에 간 것처럼 대답하라고 해두었다.

속재필담

粟
齋
筆
談

　　몇몇 사람들과 같이 이틀 밤을 놀았다. 내가 목소정에게,

　　"그림 같은 얼굴을 하신 분이 이렇게 어려서부터 멀리 고향
을 떠나와 있음은 어인 까닭이오? 인재와 온공(溫公)[1]과는, 서
로 같은 촉의 사람이라니 무슨 친척 관계는 아닌지요?" 하고
물으니 인재가,

　　"그에겐 묻지 마시오. 그는 얼굴은 비록 아름다우나 마치
관옥(冠玉)과 같아서 그 속엔 아무것도 없이 비었소이다." 한
다. 나는,

　　"말씀의 정도가 너무 지나친 것 아니오?" 하자 인재가,

　　"온형과 수환과는 종모(從母) 형제 사이지만 나와는 아무런
관계가 없소. 우리 세 사람이 병신년(청의 건륭 41년) 한 봄날
에 배에 서촉 비단을 싣고 촉을 떠나, 배로 삼협(三峽)을 거쳐

---

[1] **온공(溫公)** 온백고.

113

오중(吳中)에서 팔아 넘기고 장삿길을 좇아서 구외(口外)로 나와 이곳에
가게를 낸 지도 벌써 3년이 되었소."한다.

내 목춘을 못내 아쉬워하여 그와 함께 필담(筆談)을 하고자 하였더니,
이생(李生)[2]이 손을 저으면서,

"온, 목 두 분은 입으로는 봉황새라도 읊을 수 있으나, 눈으로는 돼지 시
(豕)와 돼지 해(亥)도 구별 못하는 무식쟁이라오."한다. 나는,

"그럴 리가 있나요."하자 배관이,

"허튼 소리가 아니오. 귀로는 이유(二酉)[3]의 많은 서적을 간직했으나 눈
으로는 고무래 정(丁)자 하나도 보이지 않는답니다. 하늘에는 글 모르는
신선은 없어도 인간 세속엔 말 잘하는 앵무새가 있다오."한다. 나는,

"과연 이와 같으니 비록 진림(陳琳)[4]에게 격문(檄文)을 짓게 하여도 아픈
골치가 낫지 않겠군요."

"이것이 요즘 흔한 세태입니다. 한(漢)[5]이 육국(六國)을 세운 뒤에 문득
이 법의 그릇됨을 깨달았다 합니다. 이는 이른바 '귀로 들어가서 입으로
새나오는 학문'이라는 것이니, 지금 향교나 서당에서도 한낱 글 외기에만
골몰할 뿐 강의는 하지 않으므로 귀로는 똑똑히 들으나 눈으로 보는 것은
아득해서, 입으론 제자백가가 술술 나오지만 글을 손으로 쓰려면 한 글자
도 어려워 엉성할 뿐이랍니다."한다.

2. **이생(李生)** 이귀몽.
3. **이유(二酉)** 대유산(大酉山)과 소유산(小酉山). 산 밑에 석굴이 있어서 책 천 권을 간직하였다 함.
4. **진림(陳琳)** 유명한 문장가로, 그가 격문을 지으면 아픈 사람도 읽고 나았다고 함.
5. **한(漢)** 서한.

이생이,

"귀국에선 어떤지요?" 하기에 나는,

"책을 펴놓고 읽는 법을 가르치되 소리와 뜻을 함께 익힙니다."고 하자 배생이 관주(貫珠)[6]를 치면서,

"그 방법이 정말 옳습니다."한다.

"비공(費公)은 촉나라를 언제 떠나셨습니까?" 하고 내가 묻자 비생이,

"이른봄이었죠."한다.

내가,

"촉나라에서 여기까지는 거리가 얼마나 됩니까?" 하자 비는,

"한 5천여 리 정도 된답니다."한다.

"비씨(費氏)의 여덟 용(龍)은 모두 한 어미가 낳았나요?"라고 내가 묻자 비는 다만 빙그레 웃을 뿐이다.

배생이,

"아니지요, 소실 두 분이 좌우에서 도와드렸답니다. 난 저 사람에게 부러운 것은 여덟 아들보다는 작은마누라나 하룻밤 빌렸으면 그만이겠다 하는 것이오."한다.

그 말에 온 방안 사람들이 모두 한바탕 웃었다. 내가,

"오실 때 검각(劒閣)의 험준한 절벽길을 지나셨나요?" 하고 묻자 비는,

"그랬죠. 위험하고 좁아 새나 다닐 수 있는 길을 천 리. 하루 내내 줄곧

6. **관주(貫珠)** 시문 등을 읊을 때 잘 된 시구 옆에 치던 동그라미.

원숭이 소리뿐이었습니다그려."한다.

배생이,

"촉까지 가는 길은 정말, 배로 가나 뭍으로 가나 어렵긴 마찬가지로 소이다. 이것이 이른바 '하늘에 오르기보다 더 어렵다'는 것이지요. 내가 요전 신묘년(청의 건륭 36년)에 강을 거슬러 타고 촉으로 들어갈 때 74일 만에 겨우 백제성(白帝城)에 이르렀소이다. 배를 탔을 때가 마침 늦은 봄철이어서 강 양쪽 언덕에는 여러 가지 꽃이 피어 한창이고, 쓸쓸한 창 속의 나그네 외로운 밤 길기도 하니 소쩍새 슬피 울고 원숭이 외로이 우짖으며, 학의 눈물, 매의 웃음, 이것은 고요한 강물 위의 달 밝은 경치였소. 곧 낭떠러지 위의 큰 바위가 무너져 강으로 떨어지자 두 돌이 서로 부딪쳐서 번갯불이 번쩍하고 일어나니 이것이 여름 장마 때의 소위 아름다운 풍경이오. 비록 이 길을 걸어 황금과 비단이 많이 생긴다 할지라도 머리칼이 희어지고 가슴이 타는 이 고생을 어찌 하겠소?"한다.

나는 또,

"비록 고생하신 것은 그러하지만 저 육방옹(陸放翁)의 『입촉기(入蜀記)』를 읽을 때면 미상불 즐거워 가볍게 춤이라도 너울너울 추고 싶소이다."하자 배생은,

"반드시 그런 것만은 아니라오."한다.

이날 밤은 달이 낮처럼 밝았다. 전생이 술과 먹을 것을 차리느라고 이경(二更)에야 비로소 돌아왔다. 보리떡 두 소반, 양곱창 곰국 한 동이, 익힌 오리고기 한 소반, 닭찜 세 마리, 돼지 삶은 것 한 마리, 신선한 과실 두 쟁

반, 임안주(臨安酒) 세 병, 계주주 두 병, 잉어 한 마리, 백반(白飯) 두 냄비,
잡채 두 그릇이니, 돈으로 친다면 열두 냥 어치나 된다. 전생(田生)[7]이 앞
으로 나와 공손히 말하길,

"이 변변치 못한 걸 장만하느라 오늘 밤 선생님의 좋은 말씀을 듣지 못
하였습니다."한다.

나는 교의에서 내려서며,

"이렇게 수고하시니 대접받기가 황송하오이다."라고 하자 여러 사람들
도 일어서면서,

"귀하신 손님이 오셨는데 도리어 부끄럽소이다."한다. 이에 일제히 일어
나서 다른 좌석으로 옮기고 이내 점방 문을 닫았다.

들보 위에 부채 모양의 사초롱 한 쌍을 달았는데, 겉에는 모두 꽃과 새
를 그렸고, 또 이름 있는 사람의 시구(詩句)도 적혀 있다. 또 네모난 유리
등 한 쌍이 낮처럼 밝게 비춘다.

여러 사람들이 각기 한두 잔씩 권하는데 닭이나 오리는 주둥이도 발도
떼지 않았고, 양고기국도 몹시 비려서 비위에 맞지 않으므로 오직 떡과 과
일만 먹었다.

전생이 필담한 종이쪽을 두루두루 열람하고,

"좋네, 좋아."하며 거듭 감탄한다.

그리고 그는 또,

---

7. **전생(田生)** 전사가.

"선생께서 아까 저녁 전에 골동품을 구하셨으면 하시더니, 어떤 진품을 구하시렵니까?"라고 묻는다

내가 말하길,

"비단 골동품만이 아니라 문방(文房)의 사우(四友)까지도 사고 싶습니다. 정말 희귀하고 고아한 것이라면 값은 상관하지 않으렵니다."

전생이 말하기를,

"선생께서 이제 곧 오래지 않아 북경에 가시면 골동품 가게 유리창(琉璃廠) 같은 데도 들르실 터이니 물건 구하기는 어렵지 않으리다. 다만 진짜와 가짜를 분간하기 어렵사온데, 잘 모르겠습니다만 선생의 감상력이 어떠하십니까?"

내가 말하기를,

"궁벽한 바다 속에 살고 있는 이 사람의 감식이 고루하니, 어찌 진짜와 가짜를 잘 분간할 줄 알겠소이까?"

전생이 말하되,

"이곳은 말이 도회이지 중국에선 한구석이므로, 모든 거래는 다만 몽고나 영고탑이나 또는 선창 등지에 의뢰할 뿐더러, 변방의 풍습이 몹시 무뎌서 아담한 취미를 갖지 못하였습니다. 여러 가지 신비스런 빛깔을 갖추거나 고아한 그릇조차도 이곳에는 나온 일이 드물지요. 하물며 은(殷)의 그릇과 주(周)의 솥 같은 것이야 어디서 볼 수 있겠소이까? 보아하니 귀국에서 골동품을 다루는 방식이 이곳과는 많이 다를 것입니다. 예전에 귀국의 장사하는 이들을 본즉, 비록 차와 약재 따위이기는 하였지만 상품의 좋고

나쁨을 가리지 않고 다만 값싼 것만 따지더이다. 그러고서야 무슨 진짜 가짜를 논할 수 있겠소이까? 그뿐 아니라 모두들 물건이 무거우면 싣기 어려우니까 대개 변문(邊門)에서 사 가지고 돌아가더군요. 그러므로 북경 장사패들이 내지(內地)에서 쓰지 못할 물건들을 미리 변문으로 넘겨 보내서 서로 속여서 이익을 취한답니다. 이제 선생께서 구하시는 것은 속류(俗流)에서는 훨씬 벗어난 것이고, 또 우연히 이 타향에서 만나 불과 몇 마디 말을 나누었더라도 벌써 우리는 지기의 벗이 되었으니, 비록 정성을 다하여 물건을 드리진 못할 망정 어찌 잠깐이라도 그 마음을 저버릴 수 있사오리까?"

"선생의 지금 말씀은 참으로 마음속에서 우러나오는 것이군요. 이는 가히 이미 '술로 취하게 하고 또 덕(德)으로써 배부르게 했다' 고 일컬을 만하군요."하니 전생이,

"너무 지나치신 사랑이 아닐는지요. 내일 아침 다시 오셔서 점포에 있는 물건들을 두루 구경하시죠."하니 배생이,

"내일 아침 일을 미리 이야기할 수는 없소. 다만 선생을 모시고 이 밤의 즐거움을 다하면 그만이오."하니 여러 사람이 모두,

"옳소."한다. 전생은 또,

"옛날 공자께서도 '구이(九夷)의 땅에 살고 싶다' 하셨고 또한 '군자가 그곳에 산다면 무엇이 고루함이 있겠느냐' 하셨으니, 상공께서 비록 먼 나라에 계시오나 기개와 도량이 우러러볼 만하고, 또 글은 공(孔)과 맹(孟)의 끼치신 글을 통하시며, 예법에는 주공(周公)의 도(道)를 닦았사온즉 이미

곧 한 분의 군자이시니 다만 한스러운 것은 우리들이 다른 하늘 밑에 살고 있어서 서로 마음에 있는 것을 다 풀지 못한 채 만나자마자 바로 헤어지게 되는 것이니, 이를 어이하오리까?" 하니 이귀몽이 그 대목에 수없이 동그라미를 치면서,

"은근하고도 애처로움이 꼭 내 마음 같소." 하고 감탄한다.

술이 다시 두어 순배 돌자 이생이,

"지금 이 술맛이 귀국의 것과 비교하여 어떻게 다르오이까?" 하고 물어 나는,

"이 임안주는 너무 담백하고 계주주는 지나치게 향기로워 둘 다 애초부터 지니고 있는 술의 맑은 향기는 아니라 생각됩니다. 우리 나라엔 법주(法酒)가 있습니다." 하니 진생이 물었다.

"그러면 소주도 있습니까?" 하고 묻기에 나는,

"예, 있소이다." 하고 답하였다.

전생이 곧 몸을 일으켜 벽장에서 비파를 꺼내 두어 곡조를 뜯었다. 나는,

"옛날에도 연(燕)과 조(趙)엔 슬피 노래 부르는 이가 많다고 일컬었으니 여러분도 응당 노래를 잘하시겠군요. 원컨대, 한 곡조 들려 주시지요." 하니 배생은,

"잘 부르는 사람은 없소이다." 하고 이생은,

"옛날의 이른바 연과 조의 슬픈 노래는 곧 궁벽하고 작은 나라의 선비로서 뜻을 잃은 이들에게서 나온 것이었지만, 이제는 사해가 한 집이 되고

성스런 천자(天子)가 위에 계시니, 사민(四民)이 업을 즐거이 여겨 어진 이는 밝은 조정의 상서로운 인물이 되어 임금과 신하가 노래를 창수(唱酬)하며, 어린 백성들은 강구(康衢)의 연월(烟月) 속에서 밭 갈고 우물 파며 노래 불러 어떤 불평도 있을 리 없으니, 어찌 슬픈 노래가 있을 수 있겠나이까."한다. 내가,

"성스런 천자가 위에 계시면 나아가 섬김이 의당할 것인데, 여러분으로 말하면 모두 당대의 영걸이시라 재주가 높고 학문이 넉넉하거늘, 어찌 세상에 나아가서 열심히 구하지 않으시고 이다지 녹록하게 이 시정 사이에 잠겨 지내시나요?" 하고 물으니 배생이,

"이런 자격은 다만 전공께서나 감당하실 수 있겠죠."하니 한자리에 앉은 사람의 웃음보가 터졌다. 이생은,

"이야말로 때와 운수가 있는 것인즉, 함부로 구할 수는 없겠지요?"하고 그는 곧 책꽂이에서 선문(選文) 한 권을 뽑아서 나에게 한 번 읽기를 청한다. 나는 곧 「후출사표(後出師表)」를 읽는데 우리 나라 식의 언토(諺吐)를 달지 않고 높은 소리로 읽었다. 여럿이 둘러앉아 듣다가 무릎을 치며 좋아하지 않는 이가 없다. 이생이 내가 다 읽기를 기다려서 유량(庾亮)의 「사중서감표(辭中書監表)」를 골라 읽는데, 그의 높았다 낮았다 하는 음절이 분명해서 비록 글자를 일일이 알 수는 없어도 지금 어느 구절을 읽고 있는가를 넉넉히 알 수 있었다. 그의 목청이 맑아서 마치 관현을 듣는 듯하였다.

8. 순가(巡邏) 야경꾼.

121

이때 벌써 달은 지고 문 밖에는 인기척이 끊이지 않는다.

내가,

"성경에는 순가(巡邏)[8]가 없습니까?" 하고 물으니 전생은,

"예, 있습니다." 한다. 내가 또,

"그럼, 길에 행인이 끊어지지 않는 것은 무슨 까닭입니까?" 하였더니 전생은,

"다들 긴한 볼일이 있는 게죠." 한다. 내가 다시,

"아무리 볼일이 있다 한들, 어찌 밤중에 나다닐 수 있겠습니까?" 하자 전생은,

"밤인들 다니지 못할 이유가 무에 있겠습니까? 등불이 없는 사람은 못 다니겠지만, 거리마다 파수보는 곳이 있어서 갑군이 지키고, 창과 곤봉으로 나쁜 놈을 적발하여 낮과 밤의 구별이 없거늘, 어찌 밤이라고 다니지 못하오리까?" 한다. 나는,

"밤도 깊고 졸리니 제가 사관으로 돌아가는 것이 어떻겠습니까?" 하였다. 그러자 배와 전이 함께,

"아닙니다. 그렇지 않습니다. 파수꾼에게 검문을 당할 것이 분명합니다. 어찌해서 이렇게 깊은 밤에 혼자서 다니느냐고 물으며 오가면서 들르신 처소까지 밝히라 할 것이고, 그리하면 몹시 귀찮을 것입니다. 선생이 벌써 졸리신다면 이 누추한 곳에서나마 잠시 눈을 붙이십시오." 한다.

그러자 목춘(穆春)이 일어나서 탑(榻) 위의 털방석을 말끔히 털고 나를 위해서 누울 자리를 마련하는 것이었다.

"이젠 졸음이 갑자기 깨는군요. 다만 저 때문에 여러분께서 하룻밤 잠을 잃으실까 그것이 두려울 따름이오이다."라고 내가 말하니 여럿이,

"아닙니다. 조금도 졸리지는 않소이다. 이토록 귀하신 손님을 모시고 하룻밤 아름다운 이야기로 새우는 건 한평생 가도 얻기 어려운 참으로 좋은 인연이 아닐까 합니다. 이렇게 세월을 보낸다면 하룻밤은 물론 석 달이 넘도록 촛불을 돋우어 밤을 새워도 어찌 싫증이 나리까?" 하고, 모두들 흥이 도도하여 다시 술을 더 데우고 안주를 다시 가져오게 한다.

내가,

"술을 다시 데울 필요는 없습니다." 하니 그들은,

"찬술은 폐(肺)를 해칠 우려가 있을뿐더러 독이 이[齒]에 스밉니다."라고 한다.

그중 오복(吳復)은 밤새도록 단정히 앉았는데 눈매가 범상치 않다. 내가,

"일재(一齋) 선생께선 오중을 떠나신 지 몇 해나 되시오이까?" 하니 오생(吳生) 오복은,

"열한 해나 되오이다."라고 한다. 내가,

"무슨 일로 고향을 떠나 이다지도 서서(棲棲)히 다니십니까?"라고 하니 오생은,

"장사로 살아가고 있습니다." 한다.

내가 또,

"가족이 이곳에 따라와 계십니까?" 하니 오생은,

"나이는 벌써 40입니다만, 아직껏 장가들지 못했습니다."한다. 내가,

"오서림(吳西林) 선생의 휘(諱)는 영방(穎芳)이옵고, 항주의 고사(高士)이신데 혹시 노형의 일가 되시지나 않는지요?" 하니 오생은,

"아닙니다."하기에 나는 또,

"육해원(陸解元) 비(飛)와 엄철교(嚴鐵橋) 성(誠)과 반향조(潘香祖) 정균(庭筠)은 모두 서호(西湖)[9]의 이름 높은 선비들인데 노형이 혹시 잘 아시나요?"하니 오생은,

"모두들 서로 통성명한 적도 없습니다. 제가 고향을 떠난 지 오래 되었으니까요. 다만 육비가 그린 모란을 본 기억은 납니다. 그는 호주(湖州) 사람이더군요."

조금 뒤에 이른 닭이 우니 이웃들이 움직인다. 나는 고단한 데다가 술까지 취하여, 의자 위에 걸터앉은 채 꾸벅꾸벅 하다가 이어 코를 골고 잠이 들었다. 그리하여 훤하게 밝을 무렵에야 놀라서 잠을 깨니, 모두들 서로 걸상에 의지하여 베고 눕기도 하며, 혹은 의자에 앉은 채로 잠이 들어 있었다. 나는 홀로 두어 잔 술을 기울이고 배생을 흔들어 깨워서, 간다고 말하고는 곧 사관으로 돌아오니 해가 벌써 솟았다.

장복은 아직 곤히 잠들어 있어 일행 상하가 모두 모르는 모양이다. 장복을 툭 하고 건드려 깨워서,

"누가 나를 찾는 이가 있더냐?" 하고 물었더니,

---

[9]. **서호(西湖)** 절강에 있는 명소.

"아무도 없었습니다." 한다.

곧 세숫물을 재촉하여 망건을 두르고 바삐 상방으로 가니, 여러 비장과 역관들이 바야흐로 아침 문안을 아뢰는 중이었다. 아무도 간밤의 일을 눈치채지 못한 듯한 모양이므로 안심하며 다시 장복을 불러,

"삼가 입밖에 내지 마라." 고 당부하였다.

아침 죽을 약간 먹고 곧 예속재에 가니 모두들 일어나 나가고, 다만 전생과 이인재가 골동품을 벌여놓고 있다가 나를 보더니 놀라 반기면서,

"선생은 밤새 고단하시지 않았습니까?" 하기에 나는,

"밤낮을 헤아릴 것 없이 게으름증은 나지 않소이다." 하니 전생은,

"그럼, 차나 한 잔 드시죠." 한다.

조금 앉았으려니 잘생긴 청년이 들어와 찻잔을 받들어 내게 권한다.

내가 그의 이름을 물었더니 그는,

"저는 부우자입니다. 집은 산해관에 있사옵고 나이는 열아홉 살이옵니다." 한다.

전생이 골동품들을 다 늘어놓고 나에게 감상하기를 청한다. 호(壺), 정(鼎), 이(彝) 등 모두 열하나인데, 큰 것, 작은 것, 둥근 것, 모난 것이 제각기 다르고, 그 새김과 빛깔이 모두 고아하며 관지(款識)[10]를 살펴보니 모두 주(周), 한(漢) 시대의 물건들이었다.

전생이,

---

[10]. **관지(款識)** 골동품에 새긴 글자. 관은 음각(陰刻), 지는 양각(陽刻).

"그 무늬는 고증할 것이 없습니다. 이들은 모두 오새 금릉(金陵), 하남 (河南) 등지에서 새로 꽃무늬를 새긴 것이라, 관지는 비록 옛날 식을 본떴 더라도 꼴이 벌써 질박하지 못하고, 빛깔이 또한 순하지 못해서, 만일 이 것들을 진짜 골동품 사이에 놓는다면 필시 그 천박함이 대번에 드러날 것 입니다. 내 비록 몸은 시전(市廛)에 잠겼더라도 마음은 늘 배움터에 있던 차에 선생을 뵈오니, 마치 여러 쌍 보배를 얻은 듯싶으니, 어찌 조금이라 도 서로 속여서 한평생을 두고 마음에 부담을 갖겠습니까?"

나는 여러 그릇 중에서 창 모양의 귀가 달리고 석류 모양으로 발을 단 통화로 하나를 들고 자세히 훑어본즉, 납다색(臘茶色) 빛깔에 제법 꼼꼼하 고 아름답게 만들었다. 화로 밑을 들춰보니 대명선덕년제(大明宣德年製) 라고 양각으로 새겨져 있다.

나는,

"이것은 제법 좋은 듯싶소이다."하니 전생은,

"실상 그대로 말씀드린다면 이는 선로(宣爐)가 아닙니다. 선로는 대체 납다색 수은으로 잘 문질러서 속속들이 스미게 한 뒤 다시 금가루를 이겨 칠하였으므로, 불을 담은 지 오래 되면 저절로 붉은빛이 되니, 이거야 어 찌 민간에서 함부로 흉내낼 수 있으리까?" 한다.

나는 또,

"오래 된 도자기에 주사의 얼룩인 청록색 주반이 생기는 것은 흙 속에 오래도록 파묻혀야 하므로, 무덤 속에 묻혔던 것이 좋다고 하지 않습니까? 이 그릇들이 만일 갓 구운 것이라 하면 어떻게 이런 빛깔을 낼 수 있습니까?" 하고 물었다.

그러자 전생은,

"이건 알아두어야 합니다. 대체로 골동기는 흙에 들면 청색이 나고, 물에 들면 녹색이 나는 법입니다. 무덤 속에서 파낸 그릇들은 흔히 수은빛을 내는데, 어떤 이는 시체 기운이 스며들어서 그렇다고 하지만 그렇지 않소이다. 아득한 옛날에는 흔히 수은으로 염(殮)을 했기 때문에 제왕의 능묘에서 나오는 그릇은 수은이 옮아서 오래 된 것일수록 속속들이 스며드는 법이므로 대체 갓 구운 것인지 옛것인지, 또는 진짜인지 가짜인지를 가리기 쉽소이다.

옛 그릇은 다만 살이 두껍고 질이 좋을 뿐만 아니라, 자기 본체에서 나는 빛이 대체로 천연의 맑은 윤기를 띠며, 수은빛 역시 그릇 전체에 고루 퍼지는 게 아니라, 반쪽에서나 귀에서만 나기도 하고, 또는 다리에서만 나거나, 가끔 번져 나간 것도 있습니다. 뿐만 아니라 청록색 얼룩도 역시 그러하여서 전체에 있는 것이 아니라 반만 짙게도 들고 여리게도 들며, 맑거나 흐리기도 합니다.

그러나 흐리다고 더러운 느낌은 아니므로 머리카락 같은 무늬가 투명하게 보이며, 맑다고 하나 너무 메마르지는 않아서 어른어른함이 마치 물오른 듯 하오이다. 가끔 주사 얼룩점이 속속들이 깊이 스며든 것이 있는데, 그중에서 갈색이 나는 것이 가장 고귀한 것이어서, 흙 속에 오랫동안 있으면 청(靑), 녹(綠), 취(翠), 주(朱)색의 점들이 알록달록하며, 혹은 버섯 무늬 같기도 하고, 혹은 구름 속 햇무리 같기도 하고, 또는 함박눈 조각 같기도 합니다. 그런데 그렇게 되려면 흙 속에 천 년은 묻혀 있어야 될 것이니 이건 정말 상품(上品)으로 치는 것입니다.

옛날 명나라 선종(宣宗)이 갈색을 무척 좋아하여 선로에 갈색이 그토록 많은 것입니다. 한데 근년에 섬서(陝西)에서 갓 지은 것도 일부러 선덕 대의 것을 본뜨려 하였으나, 선로는 아예 꽃무늬가 없는 것을 알지 못한 채 일부러 꽃무늬를 새겼으니, 이것은 모두 가짜로 만들어진 것입니다. 그들이 빛깔을 이렇게 위조하는 방법은, 대체로 그릇을 구운 뒤에 칼로 무늬를 새기고 관지(款識)를 파서 넣은 다음 땅속에 구덩이를 파서 거기에다 소금물 두어 동이를 들이붓고 마르기를 기다려 그릇을 그 속에 묻어 두었다가 몇 해 만에 꺼내 보면 자못 고의(古意)가 있어 보입니다. 하나 이는 가장 하품이며 서투른 솜씨입니다. 이보다 더 교묘한 방법은, 붕사(鵬砂), 한수석(寒水石), 망사, 담반(膽礬), 금사반(金砂礬)을 가루로 만들어 소금물에 풀어서, 붓으로 골고루 그릇에 먹여 말린 뒤, 깨끗이 씻은 다음 다시 붓질을 합니다. 이렇게 하기를 하루에 서너 번 한 뒤에 땅을 깊게 파서 그 속에 숯불을 피워 구덩이를 화로처럼 달구어 짙은 초를 뿌리면, 구덩이가 펄펄 끓으면서 곧 말라버립니다. 그 다음 그릇을 그 속에 넣고 초 찌꺼기로 두껍게 덮고, 또 흙을 다져서 빈틈없이 하여 15일 가량 지난 뒤에 보면 여러 가지 새로운 반점이 나타나 있습니다. 다시 댓잎을 태워 그 연기를 풍겨서 푸른빛을 더 짙게 하고 밀랍으로 문지릅니다. 수은빛을 내려고 한다면 바늘로 가루를 만들어 문지르고 그 위에 백랍으로 닦으면 그럴 듯한 옛날 색이 납니다. 그리고 일부러 한쪽 귀를 떼기도 하고, 또는 몸에 흠집을 내기도 해서 상(商), 주(周), 진(秦), 한(漢)나라 시대의 유물이라고 속이는데, 이것은 정말 더욱 얄미운 짓입니다. 뒷날 창(廠) 중에 가시면 모두 먼 곳에서 온 장사치들이오니 물건을 사실 때 진짜와 가짜를 분간치 못해 우물쭈물하다가 웃음거리가 되지 않도록 하시옵소서."하기에 나는,

"감사합니다, 선생이 이렇게 진심을 보여 주시다니. 저는 내일 아침 일찍 북경으로 떠날 테니, 바라건대 선생은 문방, 서화, 정이(鼎彝) 등 여러 가지에 대하여 고금의 같은 점과 다른 점, 명목(名目)의 옳고 그름을 기록하셔서 소생을 어둠에서 이끌어 가르쳐 주시면 어떻겠습니까?" 하니 전생은,

"선생께서 만일 그것이 필요하시다면 그건 어렵지 않습니다. 곧 『서청고감(西淸古鑑)』과 『박고도(博古圖)』 중에서 제 소견을 첨가하여 깨끗이 써서 드리겠소이다."

이에 달이 뜨면 다시 오기로 약속하고 사관으로 돌아왔다. 그러나 이미 아침밥을 올렸으므로 잠깐 상방에 다녀와 재빨리 조반을 치르고 다시 나왔다.

그때 정 진사가 역시 계함, 내원과 함께 구경을 따라나서며 나에게,

"홀로 다니며 무슨 재미난 구경을 그리 하시는지요?" 하고 나무라니 곁에서 내원이 또,

"저로서는 실은 아무것도 구경할 게 없습니다. 옛날 광주골 생원님이 처음 서울에 와서 이리저리 두리번거리며 인사 한 마디도 똑똑히 못하여 서울 사람들의 웃음거리가 되었다더니, 이제 우리들이 꼭 그와 무엇이 다르

겠습니까. 난 더군다나 두 번째라 아무런 재미도 느끼지 못했습니다."

길에서 비치(費穉)를 만났더니 나를 이끌고 담자리전으로 들어가서 오늘 밤 가상루에서 모이자고 부탁한다. 나는 이미 어제 저녁에 모였던 여러 분들이 다 모여 예속재에서 만나기로 전포관(田抱關)과 약속했다고 말했더니 비생이,

"아까 포관과도 이야기가 잘 되었습니다. 이제 선생이 외국의 손님으로 「녹명(鹿鳴)」[11]을 노래하며 북경으로 가시는 길이니, 우리들이 선생을 위해서 「백구(白駒)」[12]의 옛 시를 읊는 심정은 누구나 다 같은 것입니다. 배공이 이미 촉의 온공(溫公)과 함께 주식을 장만하였으니, 이 약속을 어기시면 안 될 것이오이다."한다.

나는,

"어제 저녁에 여러분께 너무 많은 폐를 끼쳤는데 오늘 밤은 그러지 말아주셨으면 좋겠소이다."

비생은,

"저 뫼에 아름다운 나무가 있다면 공장(工匠)이 자로 잴 것이요, 백로가 날아 멀리서 찾았으니 피차 서로 싫지 않을 것입니다. 열두 행와(行窩)[13]엔 애초부터 정한 바 약속은 없을 것이며, 사해가 모두 형제이니 누구에게 후박이 있겠습니까?" 한다.

---

[11]. **녹명(鹿鳴)** 『시경』의 편. 임금이 여러 신하와 잔치할 때 불렀음.
[12]. **백구(白駒)** 『시경』의 편. 어진 선비를 여의는 노래.
[13]. **행와(行窩)** 『송사』 「소옹전」에, 소옹을 기다리던 자가 소옹의 거처 옆에 비슷하게 지어 살던 집.

마침 내원 등이 거리를 배회하다가 나를 찾아 점방으로 들어왔다. 나는 황급히 필담하던 종이쪽을 걷어치우고 고개를 끄덕여서 응낙하였다. 비생 역시 내 뜻을 눈치채고 빙그레 웃으면서 턱을 끄덕였다. 계함이 종이를 찾으며 말을 하고 싶어하기에 내가 먼저 일어나면서,

"그와 더불어 이야기할 게 못 되네."하니 계함이 웃으며 일어선다.

비생이 문까지 나와서 내 손을 넌지시 잡고 은근한 뜻을 비치므로 나는 고개를 끄덕이고 나왔다.

太學留館錄

태학유관록

가을 8월 9일.

사시(巳時)에 태학에 갔다. 사시 이전의 것은 길에서의 일을 적었고, 사시 이후의 것은 관(館)에서 있었던 일을 기록한다.

날씨가 매우 더웠다. 말에서 내려 후당(後堂)으로 들어가니 한 노인이 모자를 벗고 교의에 앉아 있다가 나를 보더니 교의에서 일어나며,

"수고가 많으십니다."라고 말하며 맞아준다.

나도 같이 답례를 하고 앉으니 그 노인이,

"벼슬이 몇 품쯤 되시는지요."라고 묻기에 나는,

"나는 아직 선비의 몸으로 삼종형 대대인(大大人)과 함께 귀국을 유람하고 다니던 길에 이곳에 오게 되었습니다."하고 답했다.

중국에서는 정사를 대대인이라 부르고, 부사를 을대인(乙

大人)이라고 부르는데 을은 둘째라는 뜻이다. 그가 나의 성명을 묻기에 써 주었다.

"영형(令兄) 대인의 존함과 관직, 품계는 무엇입니까?"라고 그가 묻기에 내가

"명함은 박명원(朴明源)이고 일품 벼슬인 부마이며 내대신(內大臣)입니다."라고 대답해 주었다.

그가 다시,

"영형 대인께선 한림 출신입니까?" 하기에 나는 이렇게 대답했다.

"아니옵니다."

노인은 붉은색 명함 한 장을 꺼내 보이면서 말한다.

"나는 이러한 사람입니다."

명함을 보니 오른쪽으로 가느다란 글씨로,

〈통봉대부(通奉大夫) 종삼품 대리시경(大理寺卿) 치사(致仕) 윤가전 (尹嘉銓).〉

이란 글이 씌어 있었다.

내가 묻기를,

"공(公)이 이미 공사(公事)에서 물러나셨다면 어떤 일로 이런 변방 밖까지 나오셨습니까?"하자 그가 대답하기를,

"황제의 명을 받들고 나왔습니다."라고 한다.

다른 한 사람이 말하기를,

"나도 역시 조선 사람이옵니다. 보잘것 없으나 제 이름은 기풍액(奇豊

額)이라 하옵고, 경인년에 문과에 장원으로 급제하여, 오늘날 귀주 안찰사
의 일을 보고 있습니다."라고 한다.

윤공(尹公)이 묻기를,

"사해(四海)가 이제는 한집안이라, 문 밖을 나서면 모두 우리 동포 형제
가 아니겠습니까? 고려 박인량(朴寅亮)이라는 분이 혹시 공(公)의 가문의
명망 있는 어른이 아니신지요?"라고 하기에,

"아니옵니다. 주죽타(朱竹垞)의 『채풍록(採風錄)』에 이름이 오른 박미라
는 어른이 저의 5대조이십니다."라고 대답하니 기공(奇公)이,

"과연 문망(文望) 높으신 상경(上卿)이시군요."하며 윤공이 다시 말하기
를,

"왕어양(王漁洋)의 『지북우담(池北偶談)』 가운데는 그 어른의 시문이 자
세히 적혀 있습니다. 제비와 기러기가 서로 등지고, 소와 말이 상관없는
곳인데, 이제 하늘의 연분이 공교하여 이곳 새북(塞北)에서 평수(萍水)의
종적이 같이 만나게 되니, 이는 곧 책에 있는 어른의 후손입니다."한다.

모였던 사람들이 감탄하여,

"그의 시를 읊고 책을 읽으면서도 그의 인품을 몰랐다니 이게 될 말입니
까."하니 기공은,

"비록 옛 어른은 가셨으나 그의 전형은 남아 있지 않습니까?"라고 하고
는 다시,

"귀국의 연사(年事)는 어떠한가요."라고 하기에 나는,

"가을이 되기 전인 6월에 압록강을 건너왔기 때문에 잘 모르겠습니다만

떠나올 때에는 우순풍조하였습니다."라고 하니 모여 있던 사람들 중에 황민호라는 거인(擧人)이 묻기를,

"조선 땅의 넓이는 얼마나 되나요?"라고 하기에 내가,

"옛 기록에 의하면 5,000리라고 하나 단군 조선은 당요(唐堯)와 같은 때였으며, 기자 조선은 주무왕(周武王) 때에 봉한 나라였고, 위만 조선은 진(秦)나라 때 연(燕)나라 사람들이 피란을 와서 부분적으로 한쪽을 차지하였으니, 5,000리의 땅을 차지하지는 못하였을 것이고, 전조(前朝) 때에는 고구려·백제·신라 등을 합해서 고려가 세워졌으니 남북이 3,000리이고 동서가 천 리였습니다. 중국의 역사책에 적혀 있는 조선의 민물(民物) 및 노래, 습속은 사실과 달라 모두가 기자와 위만 때의 조선을 적은 것이니 오늘의 조선은 아닙니다. 역사를 적는 사람들이 대체로 외국 일에 생소하여 겨우 옛날의 기록에 의하였을 뿐이므로 모름지기 그 토풍(土風)과 나라의 풍속은 시대에 따라 각기 다른 것입니다. 우리 나라는 오직 유교를 숭상하여 예악, 문물이 전부 중국을 본받았기에 예로부터 소중화(小中華)라는 이름이 붙었고, 나라의 규모나 사대부의 행실과 범절이 조송(趙宋)[1]과 아주 똑같습니다."라고 대답하자 왕군(王君)은,

"가히 군자지국(君子之國)이라 할 수 있군."이라고 하였다.

윤공이,

"태사(太師)의 유풍(遺風)이 아직 찬란하게 남아 있으니 가히 존경할 만

---

[1] **조송(趙宋)** 조광윤이 세운 송(宋).

합니다. 『시종(詩綜)』에 적혀 있는 영존선공(令尊先公)께서는 어찌하여 소
전이 없었습니까?" 하기에 나는,

〈우리 선인의 자호(字號)와 관작(官爵)이 빠졌고, 그중 소전이 있으
나 대개는 잘못된 것입니다. 나의 5대조의 휘(諱)는 미(瀰)요, 자는 중
연(仲淵), 호는 분서(汾西)라 하며 네 권의 문집이 국내에서 만들어졌
습니다. 명나라 만력(萬歷)[2] 때의 어른이시며, 소경왕(昭敬王)[3]의 부마
이신 금양군(錦陽君)이시며 시호는 문정공(文貞公)이라고 하옵니다.〉

라고 적었다.

윤공은 이것을 몸 속에 집어넣으면서 말하기를,

"이것으로 빠진 곳을 보충하겠습니다."라고 하였다.

왕거인(王擧人)이 이르기를,

"또 잘못된 곳이 있으면 바로잡아 주십시오."하였다.

기공도,

"옳은 말씀입니다. 하늘이 주신 좋은 기회라고 생각합니다."라 하였다.

"나는 원래 기억력이 분명치 못하니 책을 놓고 고증을 하면 더욱 좋겠
습니다."하니 기공이 왕거인을 돌아보며 무어라 하고, 윤공과도 역시 이
야기를 한 끝에 마침내 왕거인이 즉석에서 '명시종(明詩綜)'이란 세 자를
써서,

"이리 오너라."하고 불렀다.

---

2. **만력(萬歷)** 중국 명(明)나라 제14대 황제
3. **소경왕(昭敬王)** 선조.

그러자 어떤 청년이 앞에 와서 절을 하니 왕거인이 그 종이쪽지를 청년에게 주자 청년이 받아들고 급히 어딘가로 갔다. 아마도 다른 곳에 빌리러 보낸 것 같았다. 그 청년이 곧 되돌아와 꿇어앉으며,

"없습니다."라고 한다.

기공이 다시 다른 사람을 불러 그 종지쪽지를 주니 곧 나갔다가 다시 돌아와서 무어라고 말을 했다.

그러자 왕 거인이,

"새외(塞外)에는 책점이 없군요."라고 말했다.

"우리 나라에 이달(李達)이라는 사람이 있는데, 그의 호는 손곡(孫谷)입니다. 그런데 한 책에서는 이달이라는 이름으로 시를 싣고, 또 손곡이라는 이름으로 시를 실었으니 이것은 그의 호와 이름을 각각 서로 다른 사람의 것으로 잘못 알고 나누어 적은 것입니다."

라고 하니 세 사람이 크게 웃고는 서로 돌아보며 말하기를,

"옳거니, 바로 그랬었구면. 치이(鴟夷)나 도주(陶朱)도 원래 같은 사람인 범라(范蠡)였으니까요."라고 한다.

윤공이 급하게 일어나면서 붉은 명함 세 장과 자기가 지은 『구여송(九如頌)』이란 책을 보이며,

"선생에게 수고를 끼쳐 영형 대인을 뵈옵고자 합니다."하니 좌중의 다른 사람들도 일어나면서 말하기를,

"윤대인(尹大人)께서는 지금 조정에 나가시니 다음날 또다시 만나기로 합시다."라고 한다.

윤공은 벌써 모자와 복장을 갖추어 입고 조주(朝珠)를 걸으며, 나를 따라나와 정사의 방 앞에 도착하였다. 조금 전에 문에서 나오는 길에는 나는 그가 이곳에 들를 것을 몰랐다. 대부분의 다른 사람들이 윤공이 지금 조정에 나가신다고 했을 뿐이니, 윤공이 명함을 내놓고 나서 곧 나를 따라올 줄은 미처 생각지 못했던 것이다.

정사는 주야로 격무에 시달린 나머지 겨우 눈을 붙였으며 부사와 서장관은 여기에 소개할 것이 못 되며, 더욱이 우리 나라 대부들은 억지로 존귀한 체하는 것이 대단하였으므로 중국 사람들을 보면 만주 사람, 한나라 사람을 구분하지 않고 모두 되놈으로 보아, 예전부터 사람을 알지 못하고 오로지 도도한 체하는 것이 몸에 배어 버릇이 되었다. 그러했으므로 그가 어떤 호인(胡人)이며 무슨 신분인가를 알기 전에는 그를 반겨 맞이할 까닭도 없거니와 또한 서로 만난다 하더라도 틀림없이 개돼지와 같이 푸대접할 것이며, 또한 나를 불쾌하게 여길 것이다.

그런데 윤공이 뜰에 서서 오래 기다리므로 일은 몹시 난처하게 되었다. 나는 그제야 정사에게 들어가 말하였다.

정사는,

"나 혼자서는 만날 수 없으니 어쩌면 좋겠는가?"라고 한다.

나는 나이 많은 분이 뜰에 오래 서 있는 것이 안타깝게 생각되어 뜰로 나가,

"정사께서 주야로 먼 길을 오시느라 몹시 피곤하시어 삼가 맞이하지 못하오니, 다음날에 직접 나아가 사례하려 한다 하나이다."

"아, 그렇습니까."라고 하고는 한 번 읍하며 나가는데, 그 표정을 살펴보니 매우 멋쩍어 하는 표정이었다.

그는 표연히 가마를 타고 가버렸다. 그가 탄 가마의 모습은 정말 휘황찬란한 것으로 귀인이 타는 것이었다. 시종군 10여 인이 모두 비단옷에 수놓은 안장을 하고 가마를 호위하며 가는데, 향기로운 바람이 멀리까지 풍겨 나왔다.

통관이 담당인 역관에게,

"귀국에서도 부처님을 숭배하는지요. 또 나라 안에 있는 절은 모두 얼마가 되는지요?"라고 물으니 수역이 들어와 사신에게 여쭙기를,

"통관의 이 말은 아무 뜻 없이 그냥 하는 질문이 아닌 듯하니 어떻게 대답하리이까?" 하고 묻는다.

삼사가 의논하여 수역에게 말하기를,

"우리 나라 관습으로는 원래부터 부처를 숭배하지 않으므로 시골에는 절이 있으나 서울이나 도회지에는 없습니다."라고 대답하라고 지시했다.

잠시 후에 군기장경(軍機章京) 소림(素林)이 관중(館中)에 왔기 때문에, 삼사가 캉⁴에서 내려와 동쪽으로 앉았다. 이것은 땅의 형세를 따른 것이었다. 소림이 황제의 조서(詔書)를 읽어 전달하기를,

"조선 정사는 이품 끝의 반열(班列)에 서라."고 말하였다.

이것은 잔칫날 조정에서 좌석 순서를 미리 일러주는 것으로, 전에 없던

---

⁴ **캉** 온돌방.

일이라고 하였다. 소림은 곧 나는 듯이 재빨리 몸을 돌려 가버렸다. 또 예부에서 관중의 말을 전해왔다.

"사신이 오른쪽 계열에 오르는 것은 이제까지는 없던 특전인데 당연히 황감하다는 인사 절차가 있어야 할 것이니, 이러한 뜻으로 예부에 글월을 낸다면 즉시 황제께 올려 드리겠소."라고 하자 사신이,

"배신(陪臣)이 이곳에 사신으로 와서 황제의 지극하신 은혜를 받자온즉 황감하기 이를 데 없사옵니다. 하나, 개인적으로 인사 절차를 차린다는 것은 오히려 도리에 합당치 못하다고 생각하옵니다."라고 했더니 예부에서,

"합당치 못할게 무엇이란 말이오?" 하며 연이어서 빗발치듯 독촉한다.

황제가 황제 자리에 오른 지 오래 되어 나이가 많이 들었는데도 모든 권력을 한 손에 쥐고 총명이 쇠하지 않았고 몹시 혈기왕성하였다. 그런데 세상이 태평하고 임금의 권세가 차차 높아짐에 따라서 날로 시기하는 마음이 커지고 일의 처리에 있어 사납고 엄격하고 가혹한 사례가 많아졌을 뿐 아니라, 희로애락을 절제 없이 나타냈다.

이에 따라 조정에 있는 신하들은 모두가 무조건 순간순간을 잘 꾸며 모면하는 것을 상책으로 삼고, 오로지 황제의 마음을 기쁘게 하는 것만을 합당하다고 생각하니, 지금 예부에서 글월을 이렇게 독촉하는 것도 바로 그런 뜻에서 나온 것이다. 그래서 그들이 온 사정을 자세히 알아보니 그 지시는 단지 예부로부터 나온 것에 불과하였다.

담당 역관이 말하기를,

"지난해 심양에 사신으로 갔을 때도 역시 글월을 올려 사례한 일이 있었

던 만큼 이번 일도 지난번과 다를 바 없을 듯하옵니다."라고 한다.

그래서 하는 수 없이 부사와 서장관이 서로 상의하여 글월을 지어서 예부에 보내 즉시 황제께 올리도록 하였다. 예부에서는 또 내일 오경(五更)에 대궐에 들어가서 황제의 은총을 사례하라고 하였다. 이것은 이품과 삼품으로서 좌석의 오른쪽 반열에 참석하게 한 특전을 사례하라는 것이었다. 저녁식사를 한 후에 다시 윤공의 처소를 찾아갔더니 왕군(王君)은 벌써 다른 방으로 옮겨갔고, 기공은 아직 중당(中堂)에 머물고 있었으니 윤공과 함께 기공의 처소에 들러 이야기하였다. 윤공은 얌전하고도 소탈한 사람이었다. 그는 말하기를,

"아까는 매우 바빠 이야기를 끝내지 못하였는데, 원하건대 『시종』에서 빠지거나 잘못된 곳이 있거든 알려 주시어 선배의 소홀한 점을 보완하도록 하여 주십시오."라고 하였다. 나는,

"고국의 선배들이 바다 저쪽 한구석에서 태어나 늙어 병들어 죽을 때까지 태어난 곳을 떠나지 못하면서도, 반딧불같이 잠시 번뜩이거나 마른 버섯 모양으로 말라빠진 보잘것없는 시편(詩篇)을 가지고도 대국의 책에 실리게 된 것은 매우 영광스럽고 다행스런 일이옵니다. 그러나 우물에 빠진 모수(毛遂)가 있다거나 모인 사람들을 모두 놀라게 한 진공(陳公)이 있다고 하는 것은 지나친 것이 아닌가 싶습니다. 고국의 유학자 중에 이이라고 하는 선생님이 있으니 그분의 호는 율곡(栗谷)이요, 또 이상공(李相公) 정구(廷龜)라는 분이 있으니 그의 호는 월사(月沙)입니다. 그런데 『시종』이란 책자에는 이정구의 호가 '율곡'이라고 적혀 있고, 월산대군(月山大君)

은 공자이신데 그의 이름이 '정(婷)'봉이므로 여자인 것으로 오해하고 있었습니다. 또한 허봉(許篈)의 누이동생 허씨는 호가 난설헌(蘭雪軒)으로서, 그 책자에서는 여관(女冠)이라 하였는데, 우리 나라에는 원래부터 도관(道觀)이라거나 여관이라고 하는 것은 없으며, 또 그녀의 호를 경번당(景樊堂)이라고 하였는데, 이것은 더더욱 사실과는 틀린 것입니다. 허씨가 김성립(金誠立)에게 시집을 갔는데 김성립의 얼굴이 무척 못생겼기 때문에 그의 친구들이 그를 놀리려고 그의 아내가 두번천(杜樊川)을 연모한다고 희롱한 것입니다. 대부분 주중(周中)의 음영(吟詠)이 원래부터 못생겨 억울한데 거기다가 두번천을 연모한다는 말이 떠돌았으니 어찌 원통하지 않았겠습니까."라고 말했더니 윤, 기 두 사람이 몹시 웃었다.

그랬더니 문 밖에 있던 아이놈들이 영문도 알지 못한 채 모두들 늘어서서 따라 웃는 것이었다. 이것은 이른바 웃음소리만 듣고도 따라 웃게 된다는 속담의 경우와 마찬가지다. 그들이 왜 그렇게 웃었는지 알지 못하였지만 나 역시 나오는 웃음을 참을 수가 없었다.

영돌(永突)이 찾아와서 밖으로 나오니, 두 사람이 문 밖까지 나오며 전송해 주었다. 달빛은 뜰에 가득히 비치고 때마침 담 너머 장군부에서는 벌써 초경(初更)을 알리는 야경 소리가 고요를 깨뜨린다.

상방(上房)에 가보니 하인들이 이미 휘장 밖에 드러누워서 코를 골며 잠들었고, 정사도 벌써 잠들어 있는데, 짧은 병풍 하나를 사이에 두고 나의 잠자리도 보아져 있었다. 윗사람 아랫사람 할 것 없이 일행 모두가 닷새 밤을 꼬박 새운 뒤였기 때문에 이제야말로 깊은 잠이 든 모양이었다. 정사

머리맡에 술병이 둘 있어 흔들어 보니, 하나는 텅 비고 하나는 남아 있었다. 달이 이토록 밝은데 어느 누가 마시지 않겠는가. 나 역시 가만가만히 잔에 가득 따라서 마시고는 촛불을 끄고 방에서 나왔다.

홀로 뜰 한가운데 서서 교교한 달빛을 바라보고 있으니 괴이한 소리가 담 밖으로부터 들려왔다. 이것은 장군부에서 낙타가 우는 소리임에 틀림없었다. 마침내 명륜당으로 나와 보았더니 제독과 통관의 무리들이 저마다 탁자를 끌어다 두 개씩 한데 붙여놓고 그 위에서 잠들어 있었다. 저들이 아무리 되놈이로서니 무식함이 정말 심하구나 싶었다.

그들이 누워 자는 탁자는 선성(先聖), 선현(先賢)께 석전(釋奠)이나 석채(釋菜)를 거행할 때만 사용되는 것으로 어떻게 감히 그 탁자를 침상 대신으로 쓸 수가 있으며, 또 어떻게 감히 그 위에 누워 잠을 잘 수 있단 말인가. 그 탁자들은 모두가 붉은색으로 칠을 하였는데 전부 100여 개였다.

오른쪽의 행각에 들어가 보니 역관 세 사람과 비장 네 사람이 한 방에 누워 자는데, 머리와 다리를 서로 뒤섞였고 아랫도리를 채 가리지도 않고 누워 있었다. 코 고는 소리가 천둥 소리처럼 우악스러웠는데 코를 골지 않는 자가 하나도 없었다. 어떤 자는 물병을 거꾸로 세워 물을 쏟아내는 그런 소리요, 어떤 자는 나무를 켜는 톱을 긁는 소리였으며, 어떤 자는 혀를 쉴 새 없이 차며 사람을 호되게 나무라는 소리요, 어떤 자는 투덜거리면서 남을 원망하는 소리를 내고 있었다.

만 리 길을 떠나와 함께 고생하며 자나깨나 함께 하니 그 정분이야말로 친형제와 다름없고 생사를 함께할 그들인데도 불구하고, 그 잠든 모습을 보니 비록 같은 자리를 차지하고는 있으나 그 마음은 갖가지요, 마치 초나라와 월나라처럼 멀다는 것을 깨닫게 하였다.

담뱃불을 붙이고 나오다 보니 장군부에서부터 개 짖는 소리가 마치 표범소리처럼 들려온다. 그리고 이경을 알리는 야경 소리가 마치 깊은 산중에 사는 접동새 울음소리처럼 들려왔다. 뜰 한가운데를 홀로 오거니 가거니 하며 달리기도 하고 발자국을 크게 떼어 보기도 하면서 그림자와 더불어 희롱했다. 명륜당 위에 서 있는 고목들은 짙은 그늘을 만들고, 서늘한 이슬은 잎사귀 끝에 방울방울 맺혀 달빛이 어린 모습이 영롱한 구슬을 드리운 듯하였다.

담 밖에서는 또 삼경을 알리는 소리가 울렸다. 아아, 아깝도다. 이 아름다운 달밤을 함께 구경할 사람이 없으니. 이 시간에 어찌하여 모두 하나같이 잠이 들었단 말인가. 이렇게 생각하며 즉시 방에 들어가 쓰러지듯 드러누우니 베개에 머리가 닿자마자 저절로 잠이 들었다.

10일.

맑았다.

영돌이 나를 깨웠다. 당번 역관과 통관이 모두 문 밖에 모여 늦는다고 자꾸만 시간을 재촉한다.

나는 막 눈을 붙였다가 떠드는 소리에 잠이 깼다. 야경 소리는 아직도 들려온다. 몹시 피곤한 몸에 달콤한 졸음이 몰려와서 꼼짝도 하기 싫은데 아침국이 벌써 머리맡에 놓여 있다. 간신히 깨어나서 따라가 보니 광피사 표패루(光被四表牌樓)가 있다. 등불빛에 좌우의 시전(市廛)이 보이는데 연경에는 어림도 없고 심양, 요동에도 역시 미치지 못하였다.

대궐 밖에 이르렀는데도 날이 아직 밝지 않았으므로 통관은 사신을 안내하여 묘당에 들어가 쉬도록 하였다. 이것은 작년에 새로 지은 관제묘로 겹겹이 들어선 누각과 깊은 전당, 굽은 행각, 겹친 곁채 등 모두가 조각이 공교하고 단청이 현란하였다. 중들이 모여 와서 앞다투어 구경하고 있다. 연경의 관리들이 와서 묘 안 여기저기에 머무르고 있으며, 여기에는 왕자들도 또한 많이 와 있다고 한다.

당번 역관이 오더니,

"어제 역부에서 알려온 것은 다만 부사와 부사의 사은(謝恩)만을 말한 것으로 이것은 황제가 어명을 내려 정사, 부사만을 오른쪽 계열의 좌석에 참여케 하는 것입니다. 바로 그 은혜를 사례하는 것이므로 서장관이 따로 사례할 일은 없을 듯합니다."라고 한다.

그래서 서장관은 관제묘에 그대로 남아 있기로 하고, 정사와 부사가 궐 내에 들어갈 때 나도 따라 들어갔다. 전각은 단청을 모두 입히지는 않았고, '피서산장(避暑山莊)'이라는 편액이 붙었다. 오른편 곁채에 예부 조방(朝房)[5]이 있어 통관이 그곳으로 안내한다. 한인(漢人) 상서(尚書) 조수선(曹秀先)[6]이 교의에서 내려와 정사의 손을 잡고 매우 반기는 뜻을 보이며,

---

5. **조방(朝房)** 조회 때의 대기실.
6. **조수선(曹秀先)** 당시 예부상서.

"대인은 앉으시지요." 하며 청한다.

사신이 손을 들어 사양하며 주인이 먼저 앉기를 청하였지만 조공(曹公) 역시 손을 설레설레 흔들면서,

"대인께서 먼저 앉으셔야지요." 라고 사양한다.

사신이 굳이 네댓 차례나 사양하고 조공 역시 끝까지 사양하여 하는 수 없이 정사와 부사가 먼저 캉에 올라앉았다. 그제야 조공도 교의에 걸터앉아 서로 인사를 나누었다. 우리 사신의 의관은 그의 모자와 복장에 비하면 훨씬 풍채가 있어 선인(仙人)이라 부를 수 있겠으나 말이 잘 통하지 않고 태도가 서툴러 인사예절에 있어 뻣뻣하고 서먹하였다. 한데 그네들의 세련되고 은근한 솜씨와 비교하여 더 생소하고 딱딱한 것이 오히려 무게 있고 진중한 태도로 보이게 되었다. 정사가,

"서장관의 거취는 어떻게 하오리까." 라고 하자 조공은,

"오늘 사례는 함께할 것이 아니니, 뒷날 하반(賀班)에 함께 오셔도 좋겠습니다." 라고 하고는 즉시 일어나서 나간다.

통관이,

"만주인 상서(尙書) 덕보(德甫) 들어옵니다." 라고 하기에 사신이 문에 나와서 맞아 읍하니, 덕보 역시 읍하여 답례하고 말을 멈추며,

"먼길에 무탈하신가요? 어제 황제께서 내리신 각별한 은혜를 잘 아시는 지요?" 라고 하므로 사신이,

"황제께서 베푸신 은혜가 거룩하와 그 영광이 그지없소이다." 라고 하였다.

덕보가 웃으면서 무엇인지 지껄였으나, 그 목소리가 목에 걸린 것처럼 맑지 못하여 옹인지 앙인지 분간하기 어려웠다. 대부분 만주 사람들의 말투는 그 모양이었다. 그도 역시 말을 마치고 즉시 나가버렸다. 내옹관(內饔官)이 찬합 셋을 내왔는데 백설기와 돼지고기 적과 과실이었다. 떡과 과실은 누런 찬합에 담겼고 돼지고기는 은 찬합에 담겨 있었다. 예부 낭중(禮部郎中)이 곁에 있다가 말하기를,

"이것은 황제의 아침 찬에서 세 그릇을 남겨 온 것입니다."라고 한다.

조금 있다가 통관이 사신을 안내하여 전문 밖에 나가서 삼 배(拜)와 아홉 번 머리를 조아리는 구고두(九叩頭)의 예를 드리고 돌아왔다.

한 사람이 앞으로 나와 읍하면서,

"이번 황제의 은총은 그야말로 망극한 일이오."라고 하더니 다시,

"귀국은 당연히 예단을 더 보내야 할 것이오. 그렇게 하면 사신과 종관(從官)들에게도 두 번째로 상품이 내려질 것이외다."라고 한다.

그 사람은 만주인으로서 예부 우시랑(禮部右侍郎) 아숙(阿肅)이었다. 사신은 대기실인 조방으로 다시 들어가고 나는 먼저 나왔다. 대궐 밖에는 수레와 말이 꽉 들어찼고 말은 모두 담을 향하여 나란히 늘어서 있었다. 그런데 말들이 모두 굴레도, 고삐도 없어서 말의 모습이 마치 푸른 나무로 깎아 만들어 세워 둔 것 같았다. 문 밖에서 홀연히 사람들이 좌우로 쫙 갈라서는데, 갑자기 떠드는 소리가 하나도 들리지 않았다.

곧이어 모두들,

"황자(皇子)께서 오십니다."한다.

그 소리에 바라보니 사람들이 대궐 안으로 들어가는데 한 사람은 말을 타고 가고 다른 사람들은 모두 말에서 내려 따라 들어가고 있었다. 이 사람이 바로 황육자(皇六子) 영용(永瑢)이다. 얼굴을 흰데 몹시 심하게 얽었으며 콧날은 낮고 작은데 볼이 몹시 넓고 흰 눈자위에는 눈꺼풀이 세 겹이나 지고, 어깨는 넓고 가슴은 떡 벌어져서 체격이 건장해 보였으나 귀인다운 모습은 전혀 없어 보였다. 그러나 그는 글을 잘했고 글씨와 그림에도 통달하였으므로 사고전서(四庫全書) 총재관(總裁官)으로 백성들의 촉망을 받고 있다 한다.

얼마 전에 강녀묘(姜女廟)에 들어갔을 적에 그 벽 위에 황삼자(皇三子)와 황오자(皇五子)의 시를 깊이 새겨 잘 보존한 것을 본 적이 있다.

황오자의 호는 등금거사(藤琴居士)라 불리는데, 시는 매우 스산한 내용이었고 글씨조차 매우 가늘어 재주는 있지만 황왕가(皇王家)로서의 부유하고도 존귀한 기상은 엿볼 수가 없었다.

또한 등금거사 황오자는 호부시랑(戶部侍郎) 김간(金簡)의 생질이 되며, 간은 또 상명(祥明)의 증손이 된다. 상명의 조부는 원래 의주 사람으로서 중국에 들어갔으며, 상명은 예부 상서의 벼슬에까지 올랐고, 후일 간의 누이동생이 궁중에 들어가 귀비가 되어 총애를 받은 것이다.

건륭제는 이 황오자에게 뒷일을 맡기려고 생각했지만 황오자가 몇 해 전에 일찍 죽어, 지금은 영용이 건륭제의 총애를 독차지하여 작년에 서장[7]

(西藏)에 가서 반선(班禪) 교주를 맞이해 왔다고 한다. 지금은 죽고 없는 황오자가 읊은 시들은 내용이 몹시 스산하고, 살아 있는 황육자의 시들은 귀한 기운이 전혀 없으니, 건륭제의 집안 일이 장차 어찌 되어갈지 모를 노릇이다.

가산(嘉山) 사람 득룡(得龍)은 마두로 연경에 드나든 지 무려 40년이 되었으므로 중국 말에 매우 능숙하였다. 이날 많은 사람 가운데 그가 멀리서 나를 불러서 사람들을 헤치고 가까이 가보니, 마침 한 늙은 몽고 왕과 서로 손을 맞잡고 이야기를 하고 있었다.

그 몽고 왕은 모자에 홍보석을 달고 공작 깃을 꽂고 있었는데 나이는 여든 하나쯤이요, 키는 거의 한 길이나 되는 장신이었으며 허리가 구부러지고 얼굴 길이가 한 자 정도인데, 검은 피부에 회색 반점이 희끗희끗 보이며 몸을 부들부들 떨며 머리를 흔들어댔다. 따라서 도무지 볼품이 없어 마치 곧 무너지려는 나무 등걸 같았다. 또한 온몸의 원기를 마치 모두 입으로 내보내는 듯하였다. 그 늙은 모습이 이러했으므로 그가 혹 흉노족일지라도 두려울 것이 못 되었다. 그를 뒤따르는 자가 수십 명인데도 아무도 그를 부축하지도 않는다.

역시 또 다른 몽고 왕이 있는데 그는 건장하고 기운도 있어 보이므로 득룡과 함께 가서 말을 붙였더니, 그는 내 갓을 손으로 가리키며 무엇인지 알아듣지도 못할 말로 몇 마디 묻더니만 그대로 가마를 타고 가버린다.

득룡이 그들 귀인들마다 가까이 다가가 읍하고 말을 붙이니 모두들 읍하면서 답례하고 대답해 준다. 득룡이 나보고도 자기처럼 해보라 하였으나 나는 처음이라 어색한 데다가 말이 서툴러 도저히 할 수가 없었다. 곧 관제묘에 들어가 보니 사신은 나와서 벌써 옷을 갈아입고 있었다. 우리는 마침내 함께 관(館)으로 돌아왔다.

아침식사를 마치고 후당으로 들어갔더니 왕거인(王擧人) 민호가 나와서 맞이한다.

왕거인의 호는 혹정(鵠汀)이고, 산동도사(山東都司) 학성과 한 방에 거처하고 있다. 또 함께 온 성(成)의 자는 지정(志亭)이요, 호는 장성(長城)이라 한다. 혹정이 우리 나라의 과거제도를 물었다.

"어떤 글자로 무슨 글월을 지어 바치는지요?"

나는 과거제도에 대해서 대강 설명해 주었다.

그가 다시 혼인에 대한 예식을 물으므로,

"관(冠)·혼(婚)·상(喪)·제(祭)는 모두 주자(朱子)의 가르침인 가례를 따릅니다."라고 하였더니 혹정은,

"주자의 가례는 주부자(朱夫子)가 완전히 끝을 내지 못한 책이므로, 중국에서는 꼭 이것만을 따르지는 않습니다."하고는 다시,

"귀국의 훌륭한 점 몇 가지를 말해 주신다면 고맙겠습니다."라고 하기에 나는,

"우리 나라는 비록 바다 저편 한귀퉁이에 자리잡고 있으나 네 가지의 좋은 점이 있습니다. 나라의 모든 풍습이 유교를 숭상함이 첫째요, 땅에 황하 같은 홍수를 일으킬 걱정거리가 없음이 둘째요, 고기와 소금이 많아 딴나라에서 얻어오지 않아도 되니 그것이 셋째요, 아낙네가 두 지아비를 섬

기지 아니하는 것이 그 네 번째 좋은 일입니다."라고 하였다.

지정(志亭)이 혹정을 돌아보며 둘이 무어라 주고받더니 이윽고 혹정이,

"참으로 좋은 나라요."하고 지정은,

"아낙네가 지아비를 바꾸지 않는다 하였는데 온 나라 모두가 그럴 수야 있겠습니까?"라고 한다.

나는,

"온 나라의 천한 농민이나 하인배들까지 모두 그렇다는 것은 아닙니다. 다만 명색이 선비 집안이라 하면 설사 아무리 가난하더라도, 또 삼종(三從)의 길이 이미 끊어졌다 하더라도 죽을 때까지 과부의 절개를 지킵니다. 이러한 기품이 아래로 비복이나 하인들에게까지 영향을 주어 관습이 된 지 이미 400년이 되었습니다."라고 하였더니 지정이,

"혹시 금지법령이라도 정해져 있는지요?"라고 묻기에 나는,

"별로 정해진 금지법령은 없습니다."라고 하였다.

혹정은,

"중국에서도 이런 관습이 있어 막심한 폐단이 되었습니다. 어떤 이는 납채(納采)만 하고 초례(醮禮)를 하지 않았거나, 또 다른 이는 성례만 하고 첫날밤을 채 치르지 않았는데도 불구하고 불행스런 사고가 생기면 일생 동안 과부의 절개를 지켜야 합니다. 그러나 이것은 차라리 나은 편이고, 심한 경우로는 대대로 사귀어 오고 정의가 두터운 집안 사이에는 아이가 태어나기 전에 미리 언약을 하거나, 또는 어릴 때 부모끼리 혼담을 정하였다가 불행히 남자에게 사고가 생기면 독약을 마시게 하거나 같이 무덤에

들어가도록 하니, 이것은 오히려 도리에 어긋나는 일입니다. 군자(君子)들은 그런 일을 시분(尸奔)[8]이라 하여 나무라기까지 하고, 혹은 절음(節淫)이라고 하여 옳지 않게 여겼습니다. 그러나 국법으로 이를 엄격히 단속하고 그 부모에게는 죄를 주기도 했지만 관습이 되어버렸고 동남 지방에서는 더욱 심해졌습니다. 그러므로 학식 있는 집안에서는 여자가 다 큰 뒤에야 비로소 혼담을 꺼내게 되었으니, 이것은 최근의 일입니다."라고 한다.

내가,

"『유계외전(留溪外傳)』을 읽어보면, 효자가 자신의 간을 꺼내어 어버이의 병을 치료했고, 효자 조희건(趙希乾)은 가슴을 가르고 염통을 꺼내다가 잘못하여 창자에 한 자 가량의 상처까지 내고도 염통을 삶아서 그 어머니의 병환을 고쳤는데, 그 상처가 곧바로 아물어 아무 일도 없었다고 합니다. 이것에 비한다면 손가락을 끊었다거나 똥을 먹었다고 하는 것은 오히려 대수롭지도 않은 일이 되고, 눈 속에서 죽순을 딴 것이나 얼음 구멍에서 잉어를 잡았다는 것은 오히려 미욱한 사람이라 여겨집니다."라고 하였더니 혹정이,

"그러한 일이 많습니다."하자 지정이,

"최근에도 산서(山西) 지방에서는 어떤 효자의 정문(旌門)을 세웠다는데 그가 한 일이 이상하더군요."라고 말하였다.

혹정이 다시,

---

8. **시분(尸奔)** 시체를 따라서 음분(淫奔)함.

"눈 속에서 죽순을 캐고 얼음 구멍에서 잉어를 잡은 일이 사실이라면, 이것은 천지의 조화가 온통 문란해졌다는 것이군요."라고 말하니 모두 한바탕 크게 웃었다.

지정이 다시금,

"송 말의 충신 육수부(陸秀夫)가 임금을 업고 바다에 들어간 것과, 장세걸(張世傑)이 향을 피워 배가 뒤집히기를 기원한 것, 방효유(方孝孺)[9]가 그 십족의 멸함을 달갑게 받은 것, 철현(鐵鉉)[10]이 끓는 기름을 튀게 하여 딴 사람을 오히려 데게 한 것 등은 모두 예삿일은 아니었습니다. 이제는 그렇듯 기이한 일이 아니면 사람들 마음에 흡족한 것이 되지 못하니, 뒷날 사람들의 입에 충신과 열사가 되어 오르내리는 것 역시 이제는 어려운 노릇입니다."하자 혹정은,

"천지가 뒤집혀서 생긴 지 하도 오래되어, 뛰어나게 흔쾌한 일이 아니고서는 이름을 떨치지 못하니, 남화노선(南華老仙) 장자의 말에 '한숨을 쉬면서 효도를 행하는 것입니다'라고 한 것은 바로 이를 두고 말한 것 같습니다."라고 한다.

나는,

"조금 전에 왕(王) 선생께서 천지의 조화가 온통 문란해졌다고 하신 말씀이 옳은 것 같습니다. 단술을 끓여서 소주를 만든다면 전국에 대해서는 언급할 수 없을 것이고, 입으로 담배를 피우니 매캐한 것에 대해서는 언급

---

9. **방효유(方孝孺)** 명 초의 학자. 연왕(燕王)의 즉위조서(卽位調書)의 기안을 거부하여 집안이 화를 당함.
10. **철현(鐵鉉)** 명 초의 명장으로서 연왕에게 사로잡혀 악형을 받음.

할 수조차 없습니다. 이런 것들을 만일 자꾸만 꼬집어내서 말한다면, 절의(節儀)를 배척하는 의론이 세상에 또 일어날 것이지요."라고 하였더니 혹정이 다시,

"바로 그렇습니다. 그런데 귀국 부인네들의 의관 제도는 어떠합니까."

하고 묻기에 나는 저고리와 치마에 대해 말하고, 또 머리 쪽지는 법을 대강 일러주었다.

그리고 원삼(圓衫), 당의(唐衣) 같은 것을 탁자 위에 대강 그려서 보여주니 두 사람이 모두 훌륭하다고 하였다.

지정은,

"다른 곳에 약속한 일이 있어서 잠깐 다녀오겠으니 선생께서는 가시지 마시고 조금만 더 앉아 계십시오."하고는 나가버린다.

혹정이 지정을 몹시 칭찬하며,

"그는 무인(武人)인데도 불구하고 학식과 글이 뛰어나 당대에 드문 사람으로 지금은 사품 병관(兵官)입니다."하였다.

그는 다시,

"귀국에서도 부인네들이 발을 묶습니까?"라고 묻기에 나는,

"아니오, 중국 여자들의 활 굽정이처럼 생긴 신발은 정말 못 봐주겠더군요. 뒤뚱거리며 걸어가는 꼴이 마치 보리씨를 뿌릴 때의 모양처럼 좌우로 흔들리며 바람이 없는데도 자꾸 넘어지니 그게 무슨 꼴입니까."라고 하자 혹정은,

"이것 때문에 도륙을 당하였으니 세운(世運)을 짐작하시겠지요. 전 왕조

인 명(明)나라 때에는 그 죄가 부모에게까지 미쳤고, 우리 때에 와서도 이것에 대한 금지령이 매우 엄하였음에도 끝끝내 이를 막을 수 없었습니다. 대체로 남자는 따라도 되지만 여자는 따르지 말라는 말 때문이지요."라고 하여 내가 다시,

"모양도 흉하고 걷기에도 불편한데, 구태여 왜 그런 것을 하게 되었을까요?"라고 하자 혹정은,

"만주 여자들과 다르게 보이려고 그렇게 한 것이지요."하고는 금방 붓으로 지워버리고 다시 이어서,

"절대로 고칠 생각을 하지 않는답니다."라고 한다. 이에 나는,

"삼하와 통주 사이에서 한 거지 노파가 머리에 꽃을 가득 꽂고 발을 싸맨 채 말을 뒤따라오면서 구걸하는 모양이, 마치 배불리 먹은 오리가 뛰는 것처럼 뒤뚱뒤뚱 넘어질 듯 말 듯 하여 내가 보기로는 오히려 만주 여자보다 더 흉하더군요."라고 하였더니 혹정은,

"그래서 삼액(三厄)이라고들 말하였지요."라고 한다. 내가,

"삼액이란 무엇인가요?" 하고 물었더니 혹정은,

"남당(南唐)[11] 때에 장소랑(張宵娘)[12]이 송(宋)나라의 포로로 잡혀오자 궁인들이 그녀의 자그마하고 뾰족한 발을 보고는 예쁘고 좋다 하여 서로 다투다시피 헝겊으로 발을 팽팽하게 싸매던 것이 풍속이 되고 말았답니

---

[11]. **남당(南唐)** 오대 때 남경에 수도를 정했던 나라.
[12]. **장소랑(張宵娘)** 남당 후주(後主)의 궁인. 초승달처럼 맵시있는 발로 금련(金蓮) 위에서 춤을 추어 후주의 마음을 사로잡았음.

다. 원나라 때는 중국 여자들이 발을 싸매서 중국 여자라는 표시를 삼았고, 명(明)에 이르러 이를 금지했으나 아무 소용이 없었지요. 그러나 만주족 여자들이 한족 여자들이 발을 싸맨 것을 비웃어 회음(誨淫)[13]이라 하는 것은 참으로 억울한 일입니다. 이것이 바로 족액(足厄)이라는 것이지요. 홍무(洪武) 때에 고황제(高皇帝)가 신락관(神樂觀)을 백성들 몰래 둘러보실 때 어떤 도사(道士)가 실을 가지고 망건을 떠서 머리카락을 매는 것을 보고 편리할 듯해서, 이것을 빌려 거울 앞에서 써 보고는 흡족히 여겨 그 제도를 천하에 명령했답니다. 그 뒤로는 실 대신 말갈기로 꼭 졸라매었는데 자국이 낭자하게 났으며, 이것을 호좌건(虎坐巾)이라 부르는데 이는 앞이 높고 뒤가 낮아서 마치 호랑이 쭈그리고 앉아 있는 모습 같다는 뜻입니다. 또한 이를 수건(囚巾)이라고도 하였는데 그 당시에도 벌써 이를 좋지 않게 여기는 사람이 있어서 천하의 두액(頭額)이 모두 그물 속에 갇혔다는 뜻으로, 불편하게 여긴 사람이 많았던 것 같습니다."하고는 붓으로 내 이마를 가리키면서,

"이것이 바로 두액(頭厄)이 아닙니까?"라고 하기에, 나는 웃으면서 그의 이마를 가리키며,

"이 번쩍이는 것은 도대체 무슨 액(厄)인지요?"라고 하였다.

혹정은 갑자기 슬픈 낯빛으로 고개를 끄덕이더니, 곧 천하두액(天下頭額) 이하의 모든 글자를 까맣게 칠해서 지워버렸다. 그리고 그는 다시 말

[13]. **회음(誨淫)** 작고 예쁜 발이 모든 남자들로 하여금 음탕한 생각이 일어나게 한다는 것.

하기를,

"담배는 만력(萬曆) 말년에 절동(浙東)과 절서(浙西) 사이에 널리 퍼졌는데, 피우는 사람이 가슴을 답답하게 하고 취해서 쓰러지게 하는 천하의 독풀입니다. 먹어서 배가 부른 것도 아닌데도 천하의 좋은 밭에 심어서 얻는 이익이 다른 좋은 곡식과 다름없고, 부인이나 어린아이들까지도 즐겨 피울 뿐만 아니라, 그것을 좋아하는 정도가 기름진 고기나 또는 차나 밥을 능가하더이다. 담뱃대의 쇠끝 불이 함께 입을 뜸질하니 이것 역시 세운(世運)이라고 할까. 어쨌거나 이보다 더한 변괴가 어디 있겠습니까? 선생께서도 아마 이것을 즐기시는 편이 아니신지요?"라고 한다.

내가 그렇다고 대답하자 혹정은 다시,

"저는 담배를 좋아하지 않습니다. 예전에 시험삼아 한 번 피워 본 적이 있었는데 곧 구역질이 나고 취한 사람처럼 쓰러질 것 같아서 무척 혼났었지요. 이것이야말로 구액(口厄)이라고 할 수 있습니다. 귀국에서도 사람들이 이것을 피우겠지요?"라고 한다.

나는,

"그렇습니다. 하지만 부형이나 어른 앞에서는 감히 피울 생각을 못 한답니다."라고 하였다.

혹정은 다시,

"그렇겠지요. 독한 연기를 내뿜는다는 것은 보통 다른 사람의 앞에서도 불손한 일일진대 하물며 부형 앞에서야 더 말할 것 있겠습니까."한다.

나는,

"비단 그뿐만이 아니라, 어른 앞에서 기다란 담뱃대를 입에 물고 있는 것은 무척 건방지고 무례하게 보이기 때문이지요."라고 하였다.

혹정이 묻기를,

"그러면 담배가 귀국에서 재배됩니까, 아니면 중국에서 사들여 가는 것입니까?"라고 한다.

나는,

"만력 연간(1573~1620)에 일본에서 들어와, 지금은 토종이 중국의 것과 똑같습니다. 청나라가 아직 만주를 차지하고 있을 때에 담배가 우리 나라에 들어왔고, 그 씨앗이 원래 일본으로부터 왔기 때문에 남초(南草)라고 부릅니다."라고 하였다.

혹정은,

"담배는 원래 일본에서 나온 것이 아니라 서양 배에 실려온 것입니다. 서양, 즉 아메리카의 임금이 여러 가지 풀을 맛보고 조사해서 백성들의 입병을 낫게 하였다지요. 사람의 비장은 토(土)에 속하므로, 몸이 허냉하여 습기가 차면 벌레가 생기는데 그것이 입까지 번지게 되면 금방 죽는답니다. 이에 불로써 벌레를 죽이고, 목(木)을 제압하고, 토(土)를 도와 기운을 돕고, 습기를 털어내어 신효를 거두었으므로 영초(靈草)라고 불렀답니다."라고 한다.

나는,

"우리 나라에서도 이것을 남령초(南靈草)라고 부르고 있습니다만 만일 그 신효함이 사실이라면, 수백 년 동안 온 세상 사람들이 다 함께 즐겨 피우는 것도 역시 그 사이에 운수가 있는 모양입니다. 선생의 이른바 세운이라 하심은 참으로 옳은 말씀입니다. 만일 이 풀이 없었더라면 세상 사람들 모두가 입창으로 죽었을지도 모르지 않습니까."라고 했더니 혹정은,

"저는 담배를 좋아하지 않아도 나이 예순이 되도록 아직 입병이라곤 없고, 지정도 역시 담배를 즐기지 않습니다. 서양 사람들은 대체로 과장과 허풍이 심하여 빈말을 잘하고 남 속이는 말로 이익을 꾀하기를 즐기니 어찌 그들의 그러한 말들을 모조리 곧이 들을 수가 있겠습니까."라고 한다.

이윽고 지정이 돌아와서 혹정의 필담 중에 '저는 담배를 좋아하지 않아도'와, '지정도 역시 담배를 즐기지 않습니다'라는 구절에 먹으로 동그라미를 치고는,

"그것은 몹시 독합니다."라고 하며 함께 웃었다.

나는 그만 하직하고 숙소로 돌아왔다.

군기대신이 황제의 명령을 받들고 와서 전하기를,

"서번(西番)¹⁴의 성승(聖僧)에게 가보지 않겠는가?"라고 하자 사신은,

"황제께서 저희 작은 나라를 중국과 다름없이 대해 주시니 중국의 인사(人士)와는 자연스럽게 왕래해도 상관이 없습니다. 하나 다른 외국인과는 함부로 사귀지 못하는 것이 우리 나라의 법입니다."라고 답하였다.

군기대신(軍機大臣)이 가버리고 나자, 사신들의 얼굴에는 수심이 가득하고 당번 역관들은 갈팡질팡 분주하여 흡사 지난밤의 술이 덜 깬 사람들

---

¹⁴ **서번(西番)** 티벳을 중심으로 한 중앙아시아 지방 총칭.

같았다. 그리고 비장들은 공연히 화를 내며,

"황제가 하는 일이 괴상망측하니 반드시 망하고 말 거야. 암, 반드시 망하고 말고, 오랑캐니까. 하지만 명나라 때에야 어디 이런 일이 있었던가."
라고 하니, 수역(首譯)이 그 분주함 속에서도 비장을 향해,

"지금 춘추(春秋) 대의를 논할 때가 아니오."하며 나무랐다.

잠시 후 군기대신이 다시 말을 달려와서 황제의 명령을 거듭 전하기를,

"서번의 성승은 중국 사람과 마찬가지니 즉시 가보라 하신다."고 한다.

이에 사신들이 서로 의논하며 말하기를,

"성승에게 가보는 것은 분명히 안 될 일이오."라고 하기도 하고 혹은,

"예부에 글을 써 보내어 이치로 따집시다."라고 하기도 하니 당번 역관은 말끝마다,

"예, 예."라고 할 뿐이었다.

나는 원래 한가한 몸으로 구경이나 할 뿐, 사행에 관해서는 조금도 간섭하지 않거니와 또 이제까지 내게 묻는 일도 없었다. 이때 내 마음속으로 하도 놀랍고 신통해서 혼자말로,

"이야말로 정말 좋은 기회로다."라고 중얼거리고 나서 다시 손가락 끝으로 공중에 수없이 권주(圈朱)를 그리며,

"좋은 제목이로고. 이런 때에 사신이 만일 소장(疏章)을 올린다면, 그 의로운 명성을 세상에 드날리고 우리는 나라를 크게 빛낼 것이로다."라고 하며 내 스스로 또 묻기를,

"그렇다고 설마 군사를 낼 것인가."하고 다시 스스로 답하기를,

"그것은 사신의 잘못인 것을 어찌 그 나라에까지 화가 미칠 것인가. 사신이 그 일 때문에 운남(雲南)이나 귀주(貴州) 같은 곳으로 귀양살이 가는 것쯤이야 있을 수 있는 일일 테지. 그러면 서촉과 강남의 땅을 곧 밟게 되겠구나. 강남은 그래도 가깝지만 저 교주(交州)니 광주(廣州)니 하는 곳은 연경에서 만여 리 길이나 된다고 하니 내 구경은 한없이 많아지겠구나."하고 속으로 매우 기뻐하며 즉시 밖으로 뛰어나가 동상(東廂) 아래 서서 건량의 마두인 이동(二同)을 불러,

"빨리 술을 사 오렴. 돈일랑은 아낄 것 없다. 내 이제부터 너와는 이별이다."하며 술을 마시고 들어갔다.

하지만 여태까지 의논이 계속되어 결정된 것은 아무것도 없는 상태였다. 예부의 독촉이 성화같아서 명나라 때의 명신 하원길(夏原吉)의 당당한 위풍이라 하더라도 배겨낼 수 없었을 것이다. 안장과 말을 정돈하는 사이에 시간이 흘러 어느새 해가 벌써 기울었고 낮이 지나자 날은 몹시 뜨거워졌다. 행렬이 행재소의 대궐문을 지나서 성을 돌아 서북으로 향해 반도 채 못 갔을 무렵에 갑자기 황제의 명령이 전달되었다.

"오늘은 이미 늦어졌으니 사신들은 일단 돌아갔다가 다른 날을 기다리라."한다.

이 말에 서로 놀라며 되돌아왔다.

이른바 성승(聖僧)이란 서번의 승왕(僧王)인데, 호는 반선불(班禪佛)이라고도 하고 장리불(藏理佛)이라고도 하며, 중국 사람들은 대부분 그를 숭앙하여 산 부처님이라고 일컫는다. 그는 스스로를 일컫기를,

"42대 전신(轉身)[15]이며, 전신(前身)은 대부분 중국에서 태어났고, 나이는 지금 마흔셋이오."라고 한다.

지난 5월 스무날에 열하로 찾아와서 따로 궁을 짓고 스승으로 대접을 받고 있는 것이다.

어떤 사람은 그를 일러 말하기를,

"그는 하인들이 매우 많습니다. 또 이곳에 들어와 차츰 떨어져 나가기는 했지만 그래도 그를 따라온 자들이 수천 명을 넘으며, 그들은 모두 비밀리에 무기를 숨겨 갖고 있는데 황제만이 이를 모르고 있습니다."라고 한다.

그런데 이것은 일부러 민심을 어지럽히려고 하는 말인 것 같다. 그리고 또 거리의 아이들이 부르는 '황화요(黃花謠)'는 이를 두고 말한 것이라 한다. 그 시는 욱리자(郁離子)가 지은 것으로 다음과 같다.

    붉은 꽃은 모두 지고 노란 꽃이 피어 나네

붉은 꽃이란 붉은 모자를 쓰는 것을 뜻하는데 중국을 말하고 몽고와 서번은 모두 노란 모자를 쓰는 것에서 나온 말이었다.

또 다른 한 노래에서는,

    원(元)은 옛 물건이니 누가 정말 주인인가.

---

[15] **전신** 라마교에서 말하는 전생(轉生). 반선이 죽는 순간 다른 집에서 아기로 다시 태어나면 그 아기를 찾아 길러서 후계자로 삼음.

라고 하였으니, 이 두 노래를 살펴보건대 모두 몽고를 두고 부른 것임에 틀림없다. 지금 몽고의 마흔여덟 부가 강성한데, 그중 토번(吐番)이 제일 강하였다. 토번은 서북쪽의 몽고족이었는데, 몽고의 별부(別部)로서 황제가 가장 두려워하는 존재였다.

박보수(朴寶樹)가 예부에 가서 일을 알아보고 와서 말하기를,

"황제께서 말씀하시길 '그 나라는 예의를 아는데 사신들은 예의를 모르는도다' 하시더군요."하였다.

그 말에 보수와 통관들 모두가 가슴을 치고 울면서,

"우리는 모두 죽겠습니다그려."라고 하나, 이것은 통관 무리들이 곧잘 해대는 버릇이라고 한다.

설령 털끝만큼 사소한 일이라 하더라도, 황제의 명령이라고 하면 갑자기 죽는다고 트집을 잡기가 다반사인데 더욱이 중도에서 돌아가라고 하였으니 황제의 마음이 불쾌함을 뜻한 것이다. 또 예부에서 전하는 말 가운데 '예(禮)를 모르네' 라는 구절은 단지 불만이 있다는 것을 표시하는 말이므로 통관들이 가슴을 치며 우는 것도 공연한 허세는 아니겠지만, 그 태도가 망측하고 요란스러워서 사람들은 웃음이 터질 지경이었다. 우리 나라 역관들도 두렵기는 했을 테지만 조금도 흔들리지 않았다.

저녁에 예부에서 전하되,

"내일 식사 뒤나 모레 아침때쯤 황제께서 사신을 만나 보실 것이니 일찍 서둘러서 늦지 않도록 각별히 조심하라."고 한다.

저녁식사를 마치고 윤형산(尹亨山)을 찾아갔더니 마침 홀로 앉아서 담

배를 피우고 있다가 친히 담배에 불을 당겨 내게 권하면서,

"영형 대인께서는 귀체 안녕하신지요."라고 한다.

나는 이에,

"황제 폐하 덕택으로 별고 없으십니다."라고 했다.

그랬더니 그가 다시 『계림유사』[16]를 물어와 나는,

"그것은 열수(洌水) 지방의 사투리와 다름없는 것입니다."라고 하였다.

윤공은 다시,

"귀국에 『악경(樂經)』이 있다고 하는데 정말 그러합니까?"라고 묻는데, 기공이 들어와서 '악경'이란 글자를 보고는 역시,

"귀국에 안부자(顔夫子)가 지은 책이 있다고 들었습니다. 하지만 중국 사신이 이 두 책을 가지고 나오려 하면 압록강을 건너지 못한다 하는데 정말 그렇습니까?"라고 한다.

나는,

"공자가 계신데 안회가 어떻게 책을 지었겠습니까.[17] 또 진시황이 시(詩), 서(書)를 모두 불살랐는데 그때 어찌 『악경』만이 무사할 수 있었겠습니까?"라고 하자 기공이 고개를 끄덕이며,

"정말 그렇겠군요."라고 한다.

나는 다시,

---

16. **계림유사** 송나라 손목(孫穆)이 우리 나라 고사(古事)를 적은 책, 계림은 신라를 말함.
17. **공자가 계신데 안회가 어떻게 책을 지었습니까** 『논어』에서 안회가 한 말, '선생님이 계신데 어찌 제가 죽을 수 있으리까'를 차용한 말.

"중국은 문화가 집중되는 곳으로, 만일 우리 나라에 정말로 이 두 가지 책이 있어서 가지고 나오려는 사람이 있었다면 모든 신령이 보호할 일일 진대 어찌 능히 강물을 건너지 못하겠습니까?"라고 하니 윤공은,

"옳은 말씀입니다. 『고려지(高麗志)』도 일본에서 나왔으니까요."라고 하기에 내가,

"『고려지』라니, 몇 권이나 되는데요?"라고 물었다.

윤공은 이에,

"난완 무공련(武公璉)이 초(鈔)한 『청정쇄어』에 고려서목(高麗書目)이 있더이다."라고 한다.

기공이 나를 밖으로 이끌고 나와 달구경을 하는데 때마침 달빛이 대낮처럼 밝았다.

내가,

"달 속에 만약 또 하나의 세상이 있다면 달에서 땅을 바라보는 이가 있어 난간 아래에 비스듬히 서서 우리와 같이 땅 빛이 달에 가득한 것을 구경하고 있겠지요."하고 말했다.

기공이 난간을 치면서 기묘한 말이라고 감탄했다.

10일.

맑았다.

새벽에 사신들은 대궐로 들어갔다. 덕상서(德尙書)가 사신들과 인사를

나눈 뒤에,

"내일은 당연히 만나보시라고 명령이 내릴 것이옵니다. 하나 그러한 명령이 오늘 반드시 없으리라고는 확언할 수 없겠사오니 잠깐만 조방(朝房)에 가셔서 앉아 기다리십시오."라고 한다.

사신이 모두 조방에 들어가니 황제가 또 음식 세 그릇을 남겨 보냈는데 음식물은 어제와 똑같았다. 나는 궐문 밖으로 나가서 천천히 걸어다니며 구경을 하였다. 어제 아침보다 더 복잡다단하며 검은 먼지가 공중에 가득하고 길가에 있는 다방과 주점에는 수레와 말이 가득 차서 득시글거렸다. 나는 아침 일찍 깨어났기 때문에 속이 비어 혼자서 사관으로 오는 길에 젊은 중 하나를 보았는데 준마(駿馬)를 타고 흑단(黑緞)으로 만든 각진 모자를 쓰고 공단으로 만든 도포를 입었는데, 얼굴이 잘생기고 의관 차림이 말쑥하여 중으로는 아까울 정도였다.

중은 의기양양하게 지나가다가, 아주 커다란 노새를 타고 오던 사람과 만나 말을 탄 채로 서로 손을 맞붙잡고 반가워하더니 갑자기 화를 냈다.

그러더니 둘 다 고성을 지르다가는 드디어 말 위에서 서로 싸우기 시작하였다. 중이 두 눈을 부릅뜨고 한 손으로 상대의 가슴을 움켜잡고, 또 다른 한 손으로는 머리를 친다. 노새를 탄 자가 몸을 숙이며 비키자 모자가 떨어져 목에 걸렸다.

노새 탄 자 역시 체격이 건장하고 머리와 수염은 약간 희끗희끗한데 기색을 살피니 중에게는 조금 눌리는 모양이었다.

이윽고 둘이 서로 껴안은 채 안장에서 떨어져 땅에 뒹굴게 되었는데, 처음에는 노새 탔던 자가 중 위에 올라탔으나 나중엔 중이 뒤집어 그 자 위에 올라갔다. 서로서로 손으로 가슴을 움켜잡았기 때문에 때릴 수가 없어서 얼굴에 침을 뱉었다. 노새와 말은 마주서서 우두커니 움직이지도 않는다. 둘이 한 덩어리가 되어 길을 뒹굴어 가도 주위에는 구경하는 사람도 없고 뜯어말리는 사람도 없다. 다만 그 둘이 서로 쳐다보거나 내려다보며 헐떡거릴 뿐이었다.

한 과일 상점에 들렀더니 마침 새로 난 과일이 산더미처럼 쌓여 있었다. 노전(老錢)[18] 일백(一百)으로 배 두 개를 사 가지고 나왔더니, 맞은편 술집의 깃대가 헌함 앞에 펄럭거리고 은호(銀壺)며 술병이 처마 밖에까지 너울거린다. 푸른 난간이 공중에 걸려 있고, 금빛 현판이 햇빛에 반짝인다. 양쪽의 푸른 술집 깃폭에는 다음 글이 씌어져 있다.

신선의 옥패 소리 이곳에 머물고
공경의 금초구는 끌러서 주네.

다락 아래는 수레와 말이 몇 필 놓여 있는데, 다락 위에 있는 사람들이 내는 웅얼거리는 소리가 흡사 벌과 모기들의 소리 같았다. 내가 발길 닿는 대로 다락 위로 올라가 보니 층계가 모두 열둘이었다. 의자에 앉아서 탁자를 가운데 두고 서넛씩 또는 대여섯씩 사람들이 끼리끼리 둘러앉아 있었는데, 모두가 몽고 계통의 사람들로서 무려 수십 패가 되었다.

[18] 노전(老錢) 중국의 엽전.

몽고 사람들이 머리에 두른 것이 꼭 우리 나라의 쟁반 같은 모양으로 머리를 덮는 부분은 없고 꼭대기는 양털로 꾸미고 노란 물을 들였다. 어떤 자는 갓을 쓰기도 했는데 그 모양이 우리 나라 벙거지와 같았고 등이나 가죽으로 만들어 안팎에 금칠을 하거나 오색으로 구름 무늬 같은 것을 그렸다. 모두들 누런 웃옷에 붉은 바지를 입고, 몽고인 회자[19]는 대부분 붉은 옷을 입었으나 검은 옷을 입은 자도 역시 많았다. 붉은 전(氈)으로 고깔을 만들어 썼는데 테두리가 너무 넓어서 단지 전후에 차양만 달았는데 그 모양이 마치 또르르 말린 연잎이 물 속에서 지금 막 나온 것 같았다. 또 두 끝이 약을 가는 쇠방망이처럼 뽀족하고 가벼우며 투박해 보이는 것이 우스꽝스럽기도 했다.

내가 쓴 갓은 벙거지처럼 생긴 것으로, 은으로 술을 달고 꼭지에는 공작 깃을 꽂았으며, 턱은 수정 끈으로 매었는데 저들 두 오랑캐의 눈에는 그것이 어떻게 보일까 하고 생각했다. 다락 위에는 만주족이건 한족이건 간에 중국인이라고는 한 사람도 없었다. 두 오랑캐족들의 생김새가 사납고도 지저분해서 올라온 것이 후회스러웠으나 이미 술을 주문한지라 그중에 좀 좋은 교의를 찾아 앉았다.

사동이 오더니,

"몇 냥어치의 술을 마시겠습니까?" 하고 묻는다.

여기서는 술을 무게 달아서 파는 것이다. 내가,

---

[19]. **몽고인 회자** 중국 내에 거주하며 이슬람교를 신봉하는 소수민족, 한족과 아라비아인의 혼혈.

"넉 냥어치만 가져오렴."하고 일렀다.

심부름꾼이 술을 데우러 가려 하기에 내가,

"데우면 안 돼. 찬 것 그대로 가져오너라."라고 하자 술집 사동이 웃으면서 술을 가져와 작은 잔 둘을 탁자 위에 놓는다.

그래서 나는 담뱃대로 그 잔을 모두 쓸어 엎어버리고,

"커다란 술 종지를 가져와."하고 외쳤다.

그리하여 큰 술잔에 부어서 단번에 모조리 들이마셨다. 그러자 되놈들은 서로 얼굴을 쳐다보며 크게 놀란 표정을 감추지 못했다. 내가 유쾌하게 마시는 것을 모두 경이의 눈초리로 바라보는 것 같았다.

중국은 술 마시는 법도가 몹시 엄하여 한여름이라도 반드시 데워서 먹을 뿐 아니라 심지어 소주 종류까지도 끓여 마셨다. 은행알만큼 작은 술잔에 뜨겁게 데워서 탁자 위에 올려놓고는 조금씩 마시는데, 한꺼번에 다 마셔버리는 법은 좀처럼 없다.

만주족들도 마찬가지여서 세상에서 말하는 소위 큰 종지나 사발에 술을 부어 마시는 일은 전혀 없었다. 내가 찬 술을 달라고 하여 넉 냥어치를 한꺼번에 다 마셔버린 것은, 일부러 저들에게 겁을 주기 위해 대담한 체한 것이다. 사실대로 말하자면 겁쟁이의 짓이요, 참다운 용자가 할 일이 못되는 것이었다.

내가 찬 술을 달라고 하자 여러 되놈들은 이미 삼 푼쯤 놀랐는데 한꺼번에 마시는 것을 보고는 더욱 경악하여 이제는 나를 몹시 두려워하는 것이었다. 주머니에서 팔 푼을 꺼내 사동에게 값을 치르고 나오려고 하는데 뭇 되놈들이 모두 교의에서 내리더니 머리를 조아리며 다시 한번 앉을 것을 청한다. 그러고는 그중 한 사람이 제 자리에서 일어나 나를 자리에 앉힌다. 저희는 호의로 하는 짓인데도 나는 벌써 등줄기에 땀이 배었다. 내가 어릴 때 하인들이 저희끼리 모여 술 마시는 것을 보았는데 그 주령(酒令) 가운데,

> 자기 집을 지나쳐 가면서도
> 들어가 본 적이 없는데
> 나이 칠십에 아들을 얻고 보니
> 등줄기가 땀이 젖었다네.

라고 하는 구절이 있었다.

나는 원래 웃음을 못 참는 성질이라서 그때 너무 웃은 나머지 사흘 동안 허리가 시큰거렸었다. 오늘 아침 만 리 변방에서 홀연히 여러 되놈들과 함께 술을 마셨으니 혹여 주령을 써낸다면 실로,

"등줄기에 땀이 솟는다."라고 해야 마땅하리라.

한 되놈이 일어나더니 술 석 잔을 부어 탁자를 치면서 마시기를 권유한다. 나는 일어나서 그릇에 담긴 차를 난간 밖에 쏟아버리고는, 그 석 잔을 한 그릇에 전부 부어 한꺼번에 마셔버리고는, 몸을 돌려서 한 번 읍을 한 후에 큰 걸음으로 층계를 내려오는데, 머리끝이 오싹하며 무엇인가가 뒤를 따라오는 것만 같았다.

밖에 나와서 길 가운데서 위층을 올려다보니, 웃고 지껄이는 소리가 왁

자지껄하였다. 아마도 내 말을 하는 모양들이었다.

사관으로 돌아왔으나 점심식사 시간이 아직 멀었으므로 윤형산(尹亨山)의 처소에 들렀다. 그러나 그는 조정에 나가고 없었기 때문에 다시 기안찰(按察)을 찾아갔으나 그 역시 처소에 있지 않았다.

또다시 왕혹정(王鵠汀)을 찾아갔더니, 혹정이 『구정시집서(毬亭詩集序)』한 권을 보여주는데 글도 별로 잘 되지 못한 데다가 전편은 오로지 강희황제와 현 황제의 성덕과 대업만을 적은 것으로, 그들을 요와 순에 비교하여 너무 요란스러울 정도였다. 미처 다 읽지도 않았는데 창대가 와서,

"아까 황제께서 사신들을 만나 보시고 산부처님께 가보라고 하셨습니다."라고 한다.

나는 점심을 재촉하여 먹고 의주 비장(義州裨將)과 더불어 궐내에 들어가서 사신을 찾아보았으나 벌써 반선(班禪)의 처소로 가버리고 없었다. 곧바로 궐문을 나오니, 황육자(皇六子)가 문에 도착하여 말에서 내리더니 말은 문밖에 매어 두고는 구종들과 함께 급한 걸음으로 들어간다.

어제는 말을 타고 그대로 들어가더니, 오늘은 왜 말에서 내리는지 알 수가 없다. 궁성을 끼고 왼편으로 돌아가니 서북쪽 일대의 궁관(宮觀)과 절들이 차례로 한눈에 들어온다.

네댓 층짜리 누각들이 눈에 들어오니 이것이 소위 말하는 시를 일컬음이라.

상강(湘江)에서 배를 타고 굽이굽이 돌아드니,

형산 아홉 봉우리 그 모습이 다 보이는구나.

군포가 있는 곳에서 숙위 장정들이 모두 나와서 보고 있다가, 내가 혼자 갈 곳을 모르고 방황하고 있는 것을 보고는 다투어 멀리 서북쪽을 가리켜 준다. 그리하여 비로소 시내를 끼고 따라 가보니 물가에 하얀 군막이 수천 개나 있는데, 모두 수자리 사는 몽고병들이었다. 북쪽으로 눈을 돌려 먼 하늘가를 바라보니 두 눈이 갑자기 어질어질해진다.

허공에 금옥(金屋)이 우뚝 솟아 구름 속에 들어가 있으니 햇빛에 눈이 부신 까닭이다. 강에는 거의 길이가 1리나 되는 다리가 놓여 있으며, 난간을 꾸민 단청이 서로 어려 물에 비치고, 몇 사람이 그 위로 걸어다니는데 그것이 마치 아련한 그림처럼 보였다. 다리를 건너려고 하자 모래 위로 사람이 황급히 오면서 손을 휘젓는다. 마치 건너지 말라는 것 같다. 마음이 몹시 급해 자꾸만 말을 채찍질하였으나 도리어 더 느린 것 같았다. 드디어 말에서 내려 강을 따라 걸어 올라가니, 돌다리가 있고 다리 위에 우리 나라 사람들이 많이 오고 가기에 문을 열고 들어가 보니 기묘한 바위와 기괴한 돌들이 층층이 쌓여 있으니, 그 재주의 신기함이란 사람이 아니라 귀신의 솜씨 같았다.

사신들과 당번 역관이 궐내에서 곧바로 오느라고 내게 미처 알리지 못한 것을 안타깝게 여기고 있었는데, 내가 나타나자 의외인 듯 모두들 나를 향해 어지간히 구경을 좋아한다고 놀려댔다.

연경 숲 사이에서도 자주색, 홍색, 초록색, 청색 등의 채색 기와로 이은

집들이 자주 보였고, 어떤 것은 정각(亭閣) 꼭대기에 황금색 호로병을 세운 것도 있었다. 하지만 지붕 위에 금기와를 올린 것은 보지 못했었다. 한데 지금 이 집을 덮은 기와는 순금인지 도금인지는 알 수 없지만 금빛이고 2층 대전(大殿)이 둘, 다락이 하나, 문이 셋 있었다. 그 나머지 전각은 여러 가지 색깔로 만들어진 유리 기와인데 금빛지붕과 비교하면 무색하며 보잘 것없이 보였다.

동작대(銅雀臺)의 기와는 가끔 캐내어 옛 연구에 사용하나 그것은 가마에 구운 것이지 유리가 아니었다. 유리 기와는 어느 때부터 시작된 것인지는 알 수 없지만 시인(詩人)이 이른바,

옥섬 돌에 금지붕이 로구나.

하며 떠들어댄 것이 실로 오늘 내가 보는 것과 같은 것인지!

그러한 일이 역사책 같은 것에 나타난 것으로는 『한서』에,

'한성제(漢成帝)가 소의를 위하여 집을 짓게 했는데, 그 체(砌)를 전부 구리로 만들고 그 위에 황금을 덧입혔노라.'
라고 하였다.

그리고 당의 학자 안사고(顔師古)는 이것에 주석을 달아,

'체라고 하는 것은 문지방이니, 구리를 그 위에다 덧입히고 그런 다음에 또 금을 덧입혔다.'
라고 하였다.

또 사전에,

　'바람벽 가운데에는 가끔 황금강(黃金缸)을 만들어 박고, 남전산(藍田山)에서 나오는 옥이나 진주나 비취로 날개를 만들었다.'

라고 했는데, 전한 말기의 학자였던 복건(服虔)이 말하기를,

　"강(缸)이란 벽 한가운데를 가로지르는 것이다."라고 하였고, 진의 학자 진작(晉灼)은,

　"금고리처럼 만든 것이다."라고 하였다.

　무릇 영인(伶人) 현이나 반맹견(班孟堅)[20] 같은 무리들이 열심히 황금이란 말을 몇 번이고 자꾸만 되풀이하여 천 년이 지난 지금은 책을 한 번펼치면 더욱 눈이 부시고 휘황찬란할 지경이다. 그러나 이것은 벽이나 문지방 등에 금칠 한 정도를 가지고 역사를 쓴 사람들이 너무나 과장하였을 따름이다.

　실제로 소의의 자매에게 이 집을 보여준다면 틀림없이 침상에 쓰러져 몸부림치며 울고 밥도 안 먹었을 것이다. 또 설령 성제(成帝)가 화려하게 짓고자 했더라도 그의 스승 안창(安昌)과 재상 무양(武陽) 등의 무리가 전부 유학자였으므로 틀림없이 옛 경서를 인용하여 이것을 반대했을 것이다. 따라서 성제의 역량을 가지고서는 어떻게 할 수 없었을 것이며, 가령 그의 뜻과 같이 되었다 하더라도 반맹견의 필력(筆力)으로 어떻게 포장(鋪張)을 하였겠는가. 아마 처음엔,

---

[20]. **반맹견(班孟堅)** 『한서』의 저자 반고.

"금전(金殿)이 알쏭달쏭하구나."라고나 하지 않았겠는가.

그러다 필경 그것을 지워버렸을 것이고 또,

"금궐(金闕)이 하늘 높이 솟아올랐다."라고 했을 것이다.

그러한 후에는 한번 읊어 보고 다시 지워버렸을 것이며 또한,

"2층 대궐을 짓고 기와에는 황금색을 칠했도다."라고 했거나 또는,

"임금님께서는 황금전(黃金殿)을 지으셨도다."라고 하였을 것이다.

아무리 양한(兩漢) 때 문장이라 하더라도 항상 그가 제목을 적을 때는 어마어마하게 과장해서 말하니 이것은 천고의 작가(作家)가 준 영향의 한(恨)이라 하겠다.

예를 들어 궁실을 한 폭의 그림으로 잘 꾸며 그린다 할지라도 궁실에는 네 개의 벽이 있고, 또 안팎이 있으며 겹친 곳도 있지 않겠는가. 이것은 비록 서양의 그림이 아무리 잘 표현되었다 해도 오로지 한 면만을 그린 격이니 나머지 세 면은 그릴 수 없을 것이 뻔한 일이요, 그 나머지는 그린다 하더라도 내부는 그릴 수 없을 것이다.

또한 복전(複殿)이나 첩사, 회랑(回廊), 중각(重閣) 등의 날아갈 듯한 처마 끝과 단아한 툇마루는 그려낼 수 있으되 다만, 그곳에 새긴 것들은 섬세하여 털끝과 같아 대체 그림을 가지고는 도저히 이를 나타낼 수 없으니 바로 천고의 화가(畵家)가 미친 한이라 하겠다. 그래서 우리 공부자께서는 이미 이 두 가지에 대해서 말씀하시기를,

"글월의 힘만으로는 하고자 하는 말을 다 나타낼 수 없고 그림의 힘만으로도 역시 뜻하는 바를 다 표현할 수 없을 것이다."라고 했던 것이다.

천하에 사관(寺觀)이 만을 헤아린다 하지만, 금을 입힌 것은 단지 산서(山西) 오대산에 있는 금각사가 있을 따름이다. 당 대종 대력(大曆) 2년(767)에 왕진[21]은 정승이 되자, 중서성 부첩(符牒)을 내려 오대산에서 사는 승려 수십 명을 각지에 파견하여 시주를 모아 금각사를 짓게 하였는데, 구리쇠를 가지고 기와를 굽게 하고 금물을 입혀서 그 비용이 수십만 금이 되었다. 그 집이 지금까지 남아 있다고 전해지고 있다. 이제 보니 이 기와 또한 구리쇠로 구웠을 것이고 금을 입혔을 것이다.

언젠가 요양의 거리에서 잠깐 쉬고 있을 때였다. 사람들이 다투어,

"황금을 가지고 오셨나요?" 하고 물었다.

그래서 내가,

"금은 토산이 아니랍니다."라고 말했더니, 그들은 한결같이 비웃는 것이었다.

심양, 산해관, 영평, 통주를 지나갈 때에도 사람들이 하나같이 금에 대해서 물어 보았다. 나는 몇 번이고 처음과 똑같은 대답을 하였다. 그러면 그 사람들은 문득 자기 모자 맨 꼭대기를 가리켜 보이면서,

"이것은 조선 금이랍니다."라고 말했다.

연암(燕巖)에 있는 우리 집은 송도[22]와 가까워서 간혹 그곳에 드나들기도 했는데 송도는 연상, 즉 연경에 드나드는 장사꾼을 기르는 곳이어서 해마다 7,8월경부터 10월까지의 중간에 금값이 뛰어올라 한 푼중에 엽전으

---

[21] 왕진 당(唐)의 시인 왕유(王維)의 아우.
[22] 송도 개성.

로 계산하여 마흔다섯 닢, 혹은 쉰 닢씩이나 하게 된다. 우리 나라에서는 금을 사용할 데가 별로 없으며 문무(文武) 이품 이상의 금관자나 금띠를 보더라도 늘 새롭게 만드는 것이 아니어서 대개는 서로서로 빌려 사용하고, 시집가는 새색시의 반지나 비녀 같은 것도 그리 흔하지 않으므로 금, 은이란 흔하기가 흙과 다를 바 없는 것인데 그런 금이 이렇게 귀하게 된 까닭은 무엇인가.

한 번은 내가 압록강을 건너려고 하기 직전에 박천(博川) 땅에 도착하여 말을 길가에 세워놓고 버드나무 아래서 땀을 식히는데, 남부여대(男負女戴)하고 떼를 지어 가는 사람들을 보았다. 그들은 모두가 아홉이나 열 살 정도 되는 남자와 여자아이들을 데리고 가는데 꼭 흉년에 유리하여 떠도는 것처럼 보여 이상하게 생각되어 물어 보니,

"성천(成川) 금광으로 가는 것입니다."라고 했다.

그 도구를 보니 나무바가지 하나에, 포대 하나, 그리고 끌뿐인 듯했으니, 끌로 파내 포대에 넣어서 바가지로 일어내는 것이다. 하루종일 흙 한 포대만 일어내면 별로 힘들이지 않아도 먹고 살 수 있으며, 어린 여자아이들이 더욱 잘 파내고 일어내는데 눈이 어둡지 않아서 금을 잘 파내는 것이라고 한다. 내가 그 사람들에게,

"하루 종일 파내면 금을 얼마나 얻게 되오?" 하고 물었더니 그들은,

"그것은 그날 운에 달렸지요. 어떤 때는 하루에 열 알 이상이나 얻는 때도 있고, 재수가 없을 때는 서너 알밖에 얻지 못하게 되지요. 운이 좋으면 일순간에 억만 부자가 되기도 합니다."라고 했다.

"그러면 그 알은 도대체 어떻게 생겼습니까?" 하고 물어 보니,

"대개는 피 낱알만하지요."라고 했다.

이것은 농사짓는 일보다 이익이 좋으니, 한 사람이 평균 하루에 얻어내는 금은 적어도 육칠 푼쭝이므로 돈으로 환산하면 두세 냥이나 된다고 한다. 그래서 대부분 농사 짓는 사람들이 농장을 떠나서 이곳에 모여들고 있으며 여러 곳에서 건달패와 놈팡이들이 달려들어 마침내 마을이 형성되고 무려 10만여 명이 들끓어 곡식이나 그 외 여러 가지의 물건이 들어와 술이나 밥과 떡과 엿 같은 것을 파는 장사치들이 온 산골에 가득가득 차 있다고 하는데 나는 잘 모르겠다. 그 금이 모두 도대체 어디로 가는 것이며 금이 많으면 많을수록 금값이 더욱 올라가는 이유가 무엇인지. 이제 이 기왓장에 물들여 놓은 것이 우리 나라 금인지 어느 나라 금인지 알 수가 있겠는가.

정초의 세폐(歲幣)에 금을 제일 먼저 면제케 한 것은 토산이 아닌 까닭이다. 어쩌다 부당한 이익을 취하려는 장사치들이 법을 어기고 남몰래 살짝 금을 팔다가 이 사실이 청나라 조정에 알려지게 되는 날에는 사단이 생길 우려가 있으며, 황제가 이미 황금으로 지붕을 칠하였으니 우리 나라에 있는 금광을 누가 열게 하겠는가.

대(臺) 위에 놓인 작은 정자의 창호는 하나같이 우리 나라에서 나는 종이로 발랐다. 창 틈새로 들여다보았더니 아무것도 없이 안이 텅 비었고, 교의, 탁자, 향로, 화병 등이 있는데 매우 멋있게 보였다.

사신들은 하인들을 문 밖에 세워 두고는 함부로 출입하지 않도록 엄히

일러두었는데 얼마 안 가서 모두들 기어올랐다. 역관과 통관들은 깜짝 놀라 호령하며 내쫓았다. 그자들은,

"저희들이 어찌 마음대로 들어왔겠습니까? 문지기가 서둘러 먼저 들어가지 않을까 염려하면서 올라가기에 따라온 것뿐입니다."라고 한다.

정사가 이르기를,

"오전에 사찬(賜饌)[23]이 있은 후에 조금 있다가 인대(引對)하겠다."고 명령했다. 통관이 정문 앞으로 인도하였는데, 동쪽으로 난 협문에는 시위하는 여러 신하들이 여기저기에 서 있기도 하고 앉아 있기도 하였다. 덕상서와 낭중 몇 사람이 와서 사신의 출입을 알선하는 순서를 일러주고 돌아갔다. 마침내 군기대신이 황제의 지시를 받아,

"당신 나라에도 사찰이나 관제묘가 있습니까?" 하고 물었다.

그리고 조금 있다가 황제가 정문으로 해서 문 안의 벽돌을 깔아 놓은 평상 위에 나와 앉았다. 교의와 탁자도 가져오지 않고, 단지 평상 위에 누런 빛 방석을 깔았으며 양옆의 시위는 모두 누런색 옷을 입고 있었다. 그 가운데 칼을 지닌 사람은 서너 쌍에 지나지 않고, 누런색 양산을 받치고 서 있는 사람은 두 쌍이었다. 그 사람들 모두가 냉엄한 표정으로 침묵을 지키고 있었다. 먼저 회자(回子)의 태자가 맨 앞으로 나와서 몇 마디 말하고 물러간 뒤에 사신과 세 사람의 통사(通事)에게 나오라고 하자 모두 나가서 무릎을 꿇었다. 이것은 무릎이 땅에 닿기만 했을 따름이지 엉덩이를 발바닥에 붙이고 앉아 있는 것은 아니었다.

황제께서,

"국왕(國王)께서는 안녕하신가?" 하고 물으시니 사신은 공손한 태도로,

"네, 그렇사옵니다."라고 대답하였다.

황제께서 다시,

"만주말을 아주 잘하는 사람이 있는가?"하시자, 상통사(上通事) 윤갑종(尹甲宗)이 앞으로 나서며,

"제가 조금 말할 줄 아옵니다."라고 만주말로 대답하니 황제는 좌우를 둘러보며 즐거이 웃었다.

황제의 네모난 얼굴은 하얗고 조금 누런빛을 띠었으며, 수염은 절반쯤 하얗게 세었고 나이는 60세 가량으로 봄날의 화창한 기운을 슬픈 듯이 지니고 있었다. 사신이 반열(班列)에서 물러나가자 무사 예닐곱 명이 차례차례 들어와서 활을 쏘기 시작하는데, 화살 하나를 쏘고는 반드시 꿇어앉아서 소리를 지른다. 그래서 과녁을 맞힌 사람은 두 명뿐이다. 과녁은 흡사 풀로 만든 우리 나라의 과녁과 비슷하게 생겼는데 한복판에 짐승 한 마리를 그렸다. 활쏘기를 마치자 황제는 바로 돌아갔다. 내시도 함께 물러가고 사신들도 또한 물러나갔다.

문 하나도 채 못 지나왔는데 군기(軍機)가 오더니,

"사시는 바로 찰십륜포(札什倫布)[24]로 가셔서 반선(班禪) 액이덕니(額爾德尼)[25]를 만나시오."하고 황제의 말을 전한다.

---

[23] 사찬(賜饌) 임금이 아랫사람에게 음식을 내려 주는 것.

[24] 찰십륜포(札什倫布) 반선·라마 활불(活佛 : 살아 있는 부처)이 살고 있는 곳.

[25] 액이더니(額爾德尼) 원래는 지명으로 훗날 반선의 별칭으로 바뀜.

옛날의 역사를 다시 생각해 보면, 서번은 멀리 사천, 운남의 밖에 있어서 중국과는 아주 멀리 떨어져 있었다. 강희 59년(1720)에 준갈이 부족의 장수 책망아라포원이 몽고 부족의 추장인 납장한을 유인해 죽이고 난 후 그 성지를 점령하고는, 묘당을 헐어버리고 번승(番僧)을 모두 다 해산시켜 버렸다. 그러고 나서 도통(都統) 연신(延信)을 평역 장군으로 앉히고, 갈이필을 정서 장군으로 삼고는, 장병을 이끌고 새로 세운 달뢰라마로 보내서 서장 일대를 되찾은 뒤에, 황교(黃敎)[26]를 부흥시켰다고 한다.

이른바 황교라고 하는 것이 무슨 도(道)인가를 자세히 알 수는 없겠지만, 대략은 몽고의 여러 부(部)들이 숭상하는 교이므로 서장이 만약 침략을 받을 염려가 있으면, 강희황제 때부터 스스로 육군(六軍)을 이끌고 감숙성의 영하(寧夏)까지 도착하여 장수를 보내 도와주어서 난리를 무마시킨 적이 여러 번이나 되었고, 건륭 을미(1775년)에 토사(土司) 삭락목(素諾木)이 금천에서 반란을 일으켰을 때 황제가 서장 길이 끊어질까 염려하여 아계(阿桂)를 정서 장군으로 내세우고, 풍승액과 명량을 부장(副將)으로, 해란찰과 서상을 참찬(參贊)으로, 또한 복강안과 규림 등을 영대(領隊)로 하여 군사를 거느리고 가서 다시 평정하였으니, 이것 또한 서장을 위한 것이다.

대개 서장의 땅은 황제께서 친히 관리하는 곳이요, 그 사람은 천자를 스승으로 받들었다. 또한 황(黃)으로 그 교의 이름을 지은 까닭은 황제와 노

---

26. **황교(黃敎)** 라마교.

자의 도(道)를 흠모함이 아닌가 하는 생각이 든다.

서장 사람들이 입은 옷과 갓은 모두가 누런색이어서 몽고인들이 이를 본 따서 역시 누런색을 좋아한다. 그러니 황제의 질투심과 억센 심성이 어찌 유별나게도 이 황화요(黃花謠)를 꺼려하지 않았는지 모를 일이다. 액이 덕니는 서승(西僧)의 이름이 아니고, 서번 땅에도 이런 이름이 있었으니, 희귀하고도 황당무계하여 그 원인을 찾아내기 힘든 일이다.

사실은 반선을 보았지만 실상 내키지 않은 마음으로 나아가 마음속으로는 불만을 가졌으며, 담당 역관은 오히려 일이 터질까 싶어 바삐 미봉하는 것을 천만 다행으로 알았고, 하인들은 하나같이 마음속으로 번승과 황제의 잘못을 욕하고 비난하였다. 그것은 그들은 만국같이 높은 자리에 있으므로, 하나의 작은 태도라 할지라도 삼가지 않을 수 없다는 것을 의미하는 것이다.

태학에 돌아오니, 중국의 사대부들은 모두 내가 반선을 만나 본 것을 명예스러운 일로 생각하고, 또한 그 도술의 신기함을 지극히 칭찬하지 않는 사람이 없었다.

모두 근거가 없고 이치에 닿지 않는데도 억지로 짜맞추는 그들의 희대의 기풍이 대체로 이러하니 옛날부터 세도의 성쇠나 인심의 선악이 모두 손윗사람으로부터 본받지 않은 것이 없다.

학지정의 집에 가서 잠깐 술을 마셨는데 이날 밤은 유난히 달이 밝았다.

12일.

날이 맑았다.

새벽녘에 사신은 조반(朝班)에 들어가서 광대(廣大)의 소리를 들었다. 나는 너무 졸리기에 금방 누워 자버렸다. 아침 식사가 끝난 후에 조심스럽게 걸어서 궐내에 들어가니 사신은 참반한 지 벌써 오래 되었고, 당직과 역관과 모든 비장은 뒤에 떨어져서 궁문 밖에 있는 낮은 언덕 위에 모여 있으며, 통관들 또한 들어가지 못하고 이곳에 앉아 있었다.

음악 소리가 담장 안쪽 가까이에서 새어나오기에 작은 문틈 사이로 살짝 엿보았더니 아무것도 보이지 않았다. 담장을 돌아 열 걸음 정도 걸어가니 작은 일각문(一角門)이 보이는데 한쪽 문은 열려 있고 또 한쪽 문은 닫혀 있었다. 내가 잠깐 들어가 보려고 하자 졸개 몇 명이 만류하며 문 밖에서만 보라고 한다. 문안에 있는 사람들은 하나같이 문을 등진 채로 늘어서 있었는데 조금도 그 자리를 벗어나지 않아 허수아비가 서 있는 것 같았다. 다시 넘겨다보려고 해도 틈이 없어, 단지 그들 머리 사이의 빈 곳으로 바라보니 고요한 한더미 푸른 무덤에 솔과 잣나무가 빽빽하였다. 그러다 갑자기 어디론가 없어져 버린다.

또한 채삼(彩衫)에 수포(繡袍)를 입은 사람이 얼굴에는 붉은 연지를 바르고 허리 위가 사람들의 머리 위로 우뚝 솟았으니 마치 초헌(軺軒)을 탄 것처럼 보였다.

그리고 그 무대까지의 거리는 그리 멀지 않지만 그늘이 짙게 지고 깊어 보여 마치 꿈속에서 성찬을 만난 것같이 먹어 보아도 맛을 알 수 없을 것 같았다. 문지기가 담배를 요구하자 즉시 꺼내 주었다. 또 한 사람이 내가 오랫동안 발뒤꿈치를 들고 서 있는 것을 보고는 걸상 하나를 가져다 그 위에 올라서서 구경하게 해주었기에 나는 한 손으로는 그의 어깨를 짚고 또 한 손으로는 문지방을 짚고 섰다. 출연하는 사람들은 모두가 한인의 옷과 갓으로 분장하였으며 4,5백 명이 한꺼번에 달려들었다가 일제히 물러서면서 입을 모아 노래를 부른다.

딛고 올라선 걸상이 마치 횃대에 오랫동안 올랐던 오리같이 되어 오랜 시간 지탱하기가 힘들어서 돌아나와 작은 언덕의 나무 그늘 아래 앉았다. 이날은 매우 더웠으나 구경하는 사람들은 엄청나게 많았다. 그들 중에는 수정꼭지를 단 사람들이 많이 있었는데 그들이 어떤 관원인지는 알아볼 수가 없었다. 한 청년이 문을 열고 나오니 사람들은 모두 그 청년을 피한다. 청년이 잠깐 발을 멈추고 서서 종자(從者)에게 뭐라고 말을 하는데, 돌아보는 모습이 아주 험상궂게 보였다.

사람들은 두려워서 침묵하고 있었다. 두 명의 군졸이 채찍을 가지고 나와서 사람을 밀어내니 회자(回子) 하나가 앉았다가 버럭 화를 내며 일어나서는 두 군졸의 뺨을 때리고 한 주먹씩에 쓰러뜨렸다. 청년 관원은 눈을 흘기며 어디론지 사라져 버린다.

다른 사람들에게 물어 보니 수정꼭지를 단 사람은 호부 상서 화신이라고 한다. 눈매가 곱고 수려한 얼굴에 생기가 있었으나, 단지 덕성스러운 데가 없으며, 나이가 이제 서른한 살이라고 한다.

그는 처음에는 난의사(鑾儀司)[27] 호위군사 출신으로 성품이 매우 간교하여 윗사람의 비위를 잘 맞추었다고 한다.

그래서 불과 5,6년 사이에 급격히 높은 자리를 구해서 구문[28]을 통치하는 제독이 되어, 병부 상서 복용안[29]과 같이 항상 황제의 좌우에만 붙어 있어, 조정에서는 그 세력이 대단했다. 이시요가 해명(海明)의 뇌물을 받아들인 것을 발견하여 우민중의 집을 빼앗고 아계를 내친 것이 모두 화신의 덕이었는데 이런 일들이 하나같이 이번 봄과 여름 사이의 일이었다.

사람들은 마음대로 눈을 뜨고 쳐다보지도 못한다. 그리고 황제가 이제 겨우 여섯 살 되는 딸을 화신의 어린 자식에게 약혼을 시켰는데 황제가 점차 나이가 들자 성격이 조급해지기 시작하여 노여움이 잦아져 주위 사람들을 매질하기 일쑤였다. 그는 이 어린 딸을 몹시 사랑하였으므로 황제가 크게 화를 낼 때에는 궁인이 곧잘 이 어린 딸을 데리고 와서 황제 앞에 내려놓는다.

그러면 황제의 노여움은 그만 풀린다고 한다.

이날 차와 음식이 세 번이나 나왔다. 사신도 또한 그들과 똑같이 떡 한 그릇을 얻어먹었다. 떡은 누런 것과 흰 것 두 층으로 포갰는데, 네모가 반듯하였으며 그 빛깔은 마치 누런 납과 같았다. 단단하고 가늘고도 매끄러워 칼이 잘 들어가지 않았는데 그 맨 윗층은 유별나게 옥같이 맑고 윤기가

---

27. **난의사** 황제가 행차할 때 필요한 사무와 의장(儀仗)을 맡는 관서.
28. **구문** 황제의 각 성문을 지키는 장군.
29. **복용안** 복강안(福康安)의 오기(誤記)인 듯.

흘렸다.

한편 편대 위에는 한 선관을 만들어 세웠는데 수염과 눈썹이 살아 움직이는 것처럼 도포와 홀(笏)이 화려했고, 또 그 양옆으로는 또 선동을 세웠는데, 그 조각이 참으로 묘했다. 이것들은 거의가 밀가루에 설탕을 섞어서 만든 것이다. 땅에 묻는 허수아비를 만드는 것조차도 좋지 못하거늘 하물며 이 인조 사람을 어찌 먹을 수가 있을 것인가. 사탕 여남은 가지를 보태어 담은 것이 한 그릇, 양고기가 한 그릇이다.

또 조신(朝神)에게 여러 가지 색깔의 비단과 수를 놓은 주머니와 쌈지 등을 주었는데, 사신에게는 채단 다섯 필, 주머니가 여섯 쌍, 담뱃대가 하나이며, 부사와 서장관에게는 조금 적게 주었다.

이날 저녁엔 구름이 많이 끼어서 달빛이 흐려 보였다.

13일.

새벽녘에 비가 조금 뿌리다가 맑게 개었다.

사신은 만수절 하반(賀班)에 참석하려고 오경(五更)에 대궐 안으로 들어갔다. 나는 푹 자고 아침에 일어나 조심스럽게 걸어서 대궐 아래에 도착했다. 누런 보가 덮인 짐 일곱 개가 놓인 궐문 앞에서 쉬었다. 짐 안에는 옥으로 만든 그릇과 골동품이 들어 있으며 보통 사람의 키만큼이나 큰 금부처 하나를 앉혀 놓았는데, 이들은 모두 호부 상서의 화신이 진상한 것이라 한다.

이날도 음식은 세 차례에 걸쳐 나오고, 또 사신에게는 백자로 만든 차호(茶壺) 하나, 찻종(茶鍾)과 대(臺)까지 갖춰 가지고 한 벌, 실로 뜬 한 개의 빈랑(檳榔) 주머니와 칼 하나, 자양(紫陽)에서 만든 주석 차호 하나씩을 주었고, 또 저녁에는 작은 내시가 와서 모가 난 주석 항아리 하나를 주었다. 통관이,

"이것은 차입니다."라고 설명하자 내시는 곧 가버렸다.

누런 비단으로 항아리 마개를 봉했기 때문에 떼어내고 보니 누르스름하면서도 약간 붉은 기의 빛이 나는 것이 마치 술과 같이 보였다.

서장관이,

"이것은 참말로 황봉주(黃封酒)야."라고 한다.

맛이 달고 향내가 풍겨서 술기운이란 조금도 없었다. 다 따르고 나니 여지(荔支) 여남은 개가 떠오른다.

사람들은,

"이것은 여지로 빚은 거지."하고 서로 한 잔씩 마시고 나서 하는 말이,

"참 훌륭한 술이군."이라고 한다.

비장과 역관들에게도 찻잔이 돌아갔는데 마시지 않는 사람도 있으려니와, 하물며 단숨에 들이키는 사람은 없었다. 그것은 너무 지나치게 취할까 염려해서 그런 것 같았다.

통관들은 목을 내밀며 침을 삼켰다. 수역이 남은 것을 얻어서 주었더니 돌려가면서 맛을 차례로 보고는,

"참 훌륭한 궁중의 술이오."라고 하며 모두 칭찬을 했다.

마침내 일행은 서로 돌아보면서,

"취했군, 취했어."라고 한다.

이날 밤에 기공(奇公)을 만났을 때, 한 잔 따라서 보여 주었더니 기공은,

"이것은 술이 아니고 여지즙이라고 합니다."라고 하며 깔깔 웃어 보이고는, 곧 소주 대여섯 잔을 가져와서 거기에 혼합하니 맑은 빛깔에 매운 맛의 묘한 향내가 몇 배로 풍겨 나온다.

이것은 다름 아니라 여지 향내가 술기운과 합쳐져서 더욱 은근한 향기를 뿜어내는 것이다.

얼마 전에 꿀물을 마시고 향내를 얘기한 것이나 여지즙을 맛보고서 취함을 말했던 행동들이 바로 『삼국지연의』에 나오는 조조의 고사(故事), '종소리만을 듣고 나서 해를 측정한다거나 매실을 생각함으로써 갈증을 해소하는 것'과 그 무엇이 다르겠는가.

그날 밤에는 달빛이 유난히 밝았다. 기공과 더불어 명륜당으로 나가서 난간 밑을 거닐었다. 내가 달을 가리키면서 묻기를,

"달의 몸체는 항상 둥글둥글하여서 햇빛을 빙 둘러 받습니다. 그렇기 때문에 지구에서 쳐다보는 달이 둥그렇게 되었다가 작아졌다가 하는 것이 아닙니까. 오늘 밤에 떠 있는 저 달을 만약에 온 세계의 사람들이 달을 생각하며 동시에 본다면 쳐다보는 장소에 따라서 저마다 달은 살찌거나 여위어 보이고 깊음이 있거나 얕음이 있는 것이 아닐까요. 별이 달보다도 크고, 해가 땅덩어리보다도 크지만 사람이 보기에 따라 실제와는 달리 보여지는 것은 멀고 가까운 이유가 아닌가 생각됩니다. 그리고 이것이 정말이

라면 해나 땅이나 달은 모두가 허공에 둥둥 떠 있는 별들로 보이는 것은 아닐는지요. 별에서 땅을 내려다볼 때에도 마찬가지로 그렇게 보일 것은 뻔한 일이요, 땅 위의 하나의 줄이 해와 달을 한꺼번에 꿰어서 반짝반짝 빛나는 세 낱이 어쩌면 저 하고(河鼓)[30]와 같은 것이 아니겠는지.

땅의 표면에 붙어 있는 여러 가지의 만물은 무엇이건 간에 모양이 하나같이 둥글둥글할 뿐이요, 한 가지도 네모가 난 것을 구경할 수가 없는데, 단지 방죽(方竹)이나 익모초 줄기만이 네모졌지만 이것도 또한 네모 반듯한 것이라고는 확정지을 수 없습니다. 네모 반듯반듯한 물건은 어디에서도 찾을 수가 없는데 무엇 때문에 땅에 대해서만 네모가 난 물건이라고들 하였는지? 만약 땅덩어리가 네모졌다고 한다면 달이 월식을 할 경우에 달을 거무스름하게 먹어 들어가는 가장자리가 어찌하여 활의 등처럼 둥글게 보이겠습니까? 땅덩어리가 네모졌다고 우겨대는 사람들은 어떠한 것이나 네모 반듯해야만 한다는 대의(大義)에 의하여 물체를 이해하려고 할 것이며, 땅덩어리가 둥글다고 내세우는 사람은 사실대로 보이는 상태를 믿고 다른 의미는 아예 염두에 두려고도 하지 않는 것입니다.

이러한 뜻으로 보아서 땅덩어리라는 것은 실체는 둥그렇고, 대체적으로 표현한다면 모가 났다는 것이 아닐까요? 해나 달이란 오른쪽으로만 수레바퀴처럼 돌고 돌아서 돌아가는 궤도가 해는 달보다 크고 달은 해보다 작으니, 돌아가는 속도가 늦어지고 빨라지는 일이 없이 한 해와 한 달은 일

---

[30] **하고(河鼓)** 견우성의 북쪽에 자리를 잡은 삼태성(三台星).

정한 기간이 맞아 들어가, 해와 달이 땅을 둘러싸고서 왼쪽으로 돌아간다는 말은 우물 안에서만 보는 상식이 아닐까요? 땅덩어리의 원체는 둥글둥글하며 허공에 걸려서 방향도 없으며 위아래도 없이, 어쩌면 쐐기가 돌아가듯 돌아가다가 햇빛이 처음 닿는 곳을 가리켜 날이 밝아진다고 말하는 것이 아닐까요? 지구가 더 많이 돌아 처음에 해와 마주 대하는 곳이 차차로 비켜 나가며 멀어져서, 정오도 되고 해가 기울어지기도 하여 밤과 낮이 구분되는 것이 아닐까요?

비유컨대 창에 구멍이 나 있는 곳으로 햇빛이 뚫고 들어와 콩알만하게 비친다고 해 보십시다. 창의 아래쪽엔 햇살이 들어오는 자리에 맷돌을 가져다 놓고, 바로 햇살이 비치는 그 자리를 먹으로 표시를 해둔 다음, 맷돌을 한 바퀴 돌리고 나서 보면 먹으로 표시해 둔 자리는 햇살이 비치는 자리에 변함없이 그대로 남아 있을 것이요, 맷돌이 다시 한 바퀴를 돌아서 그 자리에 다시 돌아온다면 햇살이 비치는 자리와 먹으로 표시해 둔 곳은 잠깐 서로 합쳐져 있다가는 다시금 비켜 나가게 될 것이니 지구가 한 바퀴를 돌아서 하루가 된다는 것도 이러한 원리가 아닐까요? 또한 등불 앞에 놓여 있는 물레를 자세하게 살펴보자면, 물레바퀴가 돌아갈 때에는 그 바퀴의 대부분이 등불의 빛을 받고는 있겠으나 그렇다고 해서 등불이 물레바퀴를 주위를 도는 것은 절대로 아닙니다. 마찬가지로 지구에 있어서의 밝고 어두운 원리도 이러한 이치가 아닐까요?

그렇다면 해와 달은 처음부터 떴다가 지는 것이 아니요, 또 오고가는 것도 아닌데, 사람들은 저마다 그렇게 생각하는 것은 땅이 움직여 돌지 않고 항상 그 자리에 고정되어 있는 것이라고 확신하고 있기 때문에 생겨난 착각이 아닐까요? 그 명확한 원리를 찾아내지 못한다면, 이 땅 위에 있는 봄, 여름, 가을과 겨울을 가리켜 그 방향을 따라서 움직이는 것이라고 벌써 규정지어 버렸으니, 결국은 움직인다는 것은 나갔다가 물러섰다가 하는 것을 의미하는 것이요, 올라감을 뜻하는 것이니 움직인다고 할 바에는 차라리 돌아간다고 하는 것이 더 낫지 않겠습니까? 착각을 하는 사람은 이렇게들 얘기할 것입니다. 땅덩어리가 돌아간다면 돌아갈 때에는 땅 위에 머무르고 있는 모든 물건들은 뒤섞어지고 합쳐지고 부서져서 떨어져 나간다고 할 수 있습니다. 그렇지 않은가요? 만약에 떨어져나가 버린다면 어떻게 땅 위에 붙어서 정착할까요? 하나 만약 그렇게 생각한다면 저 높은 하늘에 떠 있는 별들과 은하는 원리를 좇아 돌고 있으면서도 왜 하나같이 떨어져 나가지 않고 그 자리에 머물러 있을까요?

왜 움직이지도 못하고 돌아가지도 못하고 그 자리에 머물러 있는 것이며, 움직이지도 못하고 돌아가지도 못하고, 살아 움직이지도 않는 덩어리져 있는 물체가 무엇 때문에 부패하거나 부서지지도 않고 흩어지지도 않은 채, 그대로 자기 위치를 지키고 있겠습니까? 땅덩어리의 표면에 물체들이 자연스럽게 모여서 살 때에는, 공과 같이 물건의 표면 위에 발을 밟고 서서 어디에서나 머리 위에 하늘을 받치고 있는 모습을 상상해 본다면, 수십 마리의 개미나 벌들이 때때로 반듯한 바람벽을 기어다니기도 하고 또는 천장에 딱 들러붙어 사는 것을, 어느 누가 바람벽을 향해 붙어 섰다고 할 것이며, 어느 누가 천장에 거꾸로 매달렸다고 할 것입니까.

현재에도 이 땅덩어리의 아래에는 마찬가지로 바다가 있게 마련인데, 만약 땅의 표면에서 살아가는 물체들이 떨어지지 않을 것인가를 염려한다면, 땅 아래에 있는 바다는 어떤 자가 제방을 만들어 두었기에 물이 쏟아지지 않고 자연스럽게 제 위치를 지키고 있는 것인가요. 높은 하늘에 반짝이고 있는 별들은 저마다 얼마나 클 것이며, 또한 지구나 별의 표면도 다 마찬가지가 아닐까요? 별도 한 가지로 표면이 있을 것이므로 생물이 살고 있을지도 모릅니다.

만약 생물이 살고 있다면 다른 곳에 세상을 만들어 놓고 번식해 나가면서 살고 있는 것은 아닌지, 지구는 둥그렇게 만들어져 본래 음과 양이 없을 것인데, 태양으로부터 불의 기운이 전달되고 달로부터 습기를 흡수하게 되니 마치 살림하는 이가 동쪽 근방에서 불을 구하여 오고 서쪽 근방에서 물을 구하여 오는 셈이니, 한편은 불이요, 다른 한편은 물이어서 이것을 이른바 음과 양이라 하는 것이 아닐까요.

이것을 엉뚱하게 오행이라고 부르면서 제각기 상생(相生)한다고 하며 서로가 상극(相剋)한다고 하지만, '넓은 바다 위에 파도가 일어날 때에 불꽃같은 것이 훌훌 타오르는 것처럼 보이는 것은 무슨 이유'[31]에서인가요? '얼음 속에 누에가 살고 있으며'[32] 불 속에 쥐가 살고,[33] 물 속에서는 고기

---

[31] **넓은 바다 위에 파도가 일어날 때에 불꽃같은 것이 훌훌 타오르는 것처럼 보이는 것은 무슨 이유** 바다에 파도가 심하게 일어날 때 햇빛이 반사되는 현상.

[32] **얼음 속에 누에가 살고 있으며** 빙잠(氷蠶). 『습유기(拾遺記)』에 나오는 전설.

[33] **불 속에 쥐가 살고** 화서(火鼠). 『산해경(山海經)』에 나오는 전설.

가 살아가고 있으니 여러 가지 생물들은 어디든 붙어사는 곳을 가리켜 제각기 땅이라고 합니다. 만약에 달 속에도 세계가 있다고 한다면 오늘 같은 밤에 어떤 달나라 사람들이 난간 끝에 마주서서 달빛이 아닌 땅빛이 차고 기울어지는 것을 이야기를 나누고 있지나 않다고 어느 누가 장담하겠습니까?"

기공이 껄껄 웃으며,

"참 묘한 이야기이오. 땅덩어리가 둥글다는 것은 서양 사람들이 제일 처음 말했지만 땅덩어리가 돌아간다는 말은 하지 않았는데, 당신의 이 학설은 당신이 생각해 낸 것인가요? 그렇지 않으면 어떤 선생으로부터 가르침을 받은 것인가요?"라고 묻기에,

"인간의 일도 제대로 모르는데 하늘에 관한 일을 어떻게 알겠습니까? 나는 원래 도수(度數)나 학문에 밝지 못하오이다. 어쩌다 칠원옹—장자—의 사려 깊은 생각을 가지고도 심오한 우주에 대한 학문은 덮어 둔 채 연구를 하지 않으셨더군요. 앞에 말했던 것은 내가 연구해 낸 것이 아니고 얻어들은 것입니다. 우리 친구 중에 홍대용이라는 사람이 있는데 호는 담헌(湛軒)이라 합니다. 그 친구의 학문은 무척 넓은데 전부터 나와 더불어 달구경을 하면서 가끔 농담 삼아 이러한 이야기를 하기도 했지요. 대강 간추려 말씀드리기는 힘이 드나 비록 성지(聖智)를 가진 사람이라 할지라도 이 학설을 무너뜨리기란 어려울 것이라 생각하오이다."라고 하매 기공은 다시 크게 소리내어 웃으며,

"남의 꿈속을 함께 갈 수는 없는 것이지요. 당신의 친구 되시는 담헌 선

생께서는 이에 대한 저서가 몇 권이나 되는지요."라고 한다.

나는 이에,

"저서는 아직 가지고 있지 않소이다만 선배 되시는 김석문이란 분이 계셔서 오래 전부터 삼환부공설(三丸浮空說)³⁴을 주장했는데, 그 친구가 유별나게 농담처럼 이 학설을 덧붙였습니다. 그렇지만 그 친구도 실제 보아 얻은 것이 이렇다는 것은 아닙니다. 또한 오래 전부터 한 번도 남들에게 이것을 꼭 믿어 주십사 해본 적도 없었습니다. 이 밤에 달구경하고 있다가 갑자기 그 친구가 생각이 나서 말을 한 번 꺼내 놓고 보니 또한 그 친구를 마주 대한 것 같기도 하군요."라고 했다.

대체로 여천은 한나라 사람과는 틀리므로 담헌이 오래 전부터 항주의 유명 인사³⁵들과 함께 벗하며 지낸 옛날 일들을 거리낌없이 이야기할 수는 결코 없었다. 기공은 다시 나를 향해,

"김석문 선생께서 지으신 시 가운데 가장 아름다운 것 몇 구절만 골라서 들려 주실 수는 없습니까?" 한다.

다시 내가,

"그 사람에게 아름다운 시구가 있다는 말은 들어 본 적이 없소이다."라고 했다.

기공은 나를 데리고 자기의 방으로 들어섰다. 벌써 방 안에 촛불 네 자루를 켜고 커다란 교자상에 음식을 아주 잘 차려 준비해 두었다. 각별히

³⁴ **삼환부공설(三丸浮空說)** 해와 달과 불의 세 개의 둥근 물체가 허공에 떠 있다는 학설.
³⁵ **항주의 유명 인사** 항주의 선비 육비(陸飛) · 엄성(嚴誠) · 반정균(潘庭筠) 등.

나를 위하여 준비한 것이다.

향고(香糕) 세 그릇, 여러 가지 색깔의 사탕을 담은 그릇이 셋, 용안육(龍眼肉)과 여지(荔支)와 낙화생(落花生), 매실 서너 그릇, 닭, 거위, 오리들을 주둥이와 발목이 달린 그대로 요리한 것, 또한 껍질을 벗긴 통돼지에 용안육, 여지, 대추, 밤, 마늘, 후추, 호도, 살구씨, 수박씨 등을 골고루 섞어 찐 다음 떡처럼 만들었는데, 그 맛이 기가 막히게 달고 매끄러웠으나 너무나 짜서 많이 먹기는 힘들었다. 떡이나 과일들은 모두가 수북히 쌓여 있었다. 마침내 음식을 다 내가고 다시 야채와 과일만 따로 두 접시씩 차려놓고 소주 한 주전자를 가득히 따라 마시면서 조용히 이야기들을 시작했다. – 이야기의 내용은 「황교문답(黃敎問答)」에 자세히 실었다.

닭이 두 번째 홰를 치고 울자 그때야 자리를 물리고 잠자리에 돌아와 누웠다. 이리저리 몸을 뒤척이며 잠을 이루지 못하고 있는데, 잠깐 사이에 하인들이 일어나라고 깨웠다.

14일.

맑았다.

삼사는 날이 밝기도 전에 대궐로 들어가 버리고 혼자서 늘어지게 자고 아침나절에 일어났다. 곧 윤형산을 찾아갔다가 거기서 다시 왕혹정을 찾아가 함께 시습재(時習齋)로 들어가 악기들을 구경했다.

거문고나 비파는 하나같이 길고 넓으며, 빨간 비단에 솜을 넣어 주머니를 만들고 겉은 붉은 털로 만든 천으로 싸여 있었다.

종(鍾)과 경(磬)은 시렁에 매달아 두었는데 이것 또한 두툼한 비단으로 덮여 있었고, 비록 축어[36] 같은 것이라 할지라도 유별난 비단으로 집을 만들어 넣어 두었다. 대부분의 거문고와 비파 등이 그 본은 너무 크고 칠은 지나칠 정도로 두꺼웠으며, 젓대와 퉁소 따위는 상자 안에 넣고 단단하게 포장해 두어서 구경할 수가 없었다. 혹정은,

"악기를 보관하는 것은 몹시 까다로워 습기 있는 곳은 피하는데, 그렇다고 너무 건조한 곳도 부적당할 뿐만 아니라, 거문고 위에 쌓인 먼지는 사자학이라 부르고, 거문고 줄 위에 묻은 손때는 앵무장이라고 부르며, 생황(笙簧)을 부는 구멍 안에 말라붙은 침을 가리켜 봉황과(鳳凰過)라 부르고, 종이나 경에 묻은 파리똥 같은 것은 나화상(癩和尙)이라고 한답니다."라고 한다.

얼굴이 잘생긴 청년 한 명이 바삐 들어오더니만 눈알을 부라리면서 나를 쳐다보면서 내가 들고 있던 작은 거문고를 빼앗아 재빨리 집어넣어 버린다. 혹정은 몹시 무서워하는 표정을 지으며 나에게 나가자고 눈짓을 했다. 그 청년은 갑자기 웃더니 나를 붙들고 청심환을 달라고 한다. 나는 없다고 말하고 곧바로 나와버렸다. 그 청년이 몹시 무안한 표정을 지었다.

사실 내 허리에 두른 전대 속에는 환약이 여남은 알 들어 있었으나 그의 행위가 괘씸해서 주지 않았던 것이다. 그 청년이 혹정에게 절을 하고 나가

[36]. 축어 풍류를 마칠 때 쓰는 나무로 만든 악기.

버렸다.

"그 청년은 누굽니까?" 하고 물었더니 혹정은,

"그자는 윤대인과 함께 북경에서 온 사람이랍니다."한다.

"그 청년은 무슨 악기와 관련이 있나요?" 하고 내가 물으니 혹정은,

"그 어떤 악기와도 관련은 없고, 다만 조선 환약을 얻어내기 위해서 체면도 없이 선생을 속이려고 한 수작이니 선생은 마음을 쓰지 않아도 좋습니다."라고 한다.

나는 아무 생각 없이 문 밖으로 나갔다. 수백 필이나 되는 말 떼가 문 앞을 지나가고 있다. 한 목동이 큰 말 위에 올라앉아서, 수숫대 하나를 손에 쥐고 따라가고 있다. 또 그 뒤를 쫓아서 소 3, 40마리가 따라가고 있는데, 코도 꿰지 않았고 뿔도 잡아매지 않아서 뿔은 모두 한 자 남짓씩이나 길며 빛깔은 푸른색을 띤 것이 많았다.

또 당나귀 몇십 마리가 뒤따라가는데, 목동이 절굿공이 크기의 막대기를 손에 쥐고 맨 앞의 푸른 놈을 향해 힘껏 한 대 내리치니 소는 씩씩대며 앞으로 달려갔다. 그러자 모든 소들도 일제히 그 뒤를 따라갔는데 마치 대오가 행진하는 것처럼 보였다.

이것은 대개 아침나절에 방목하기 위해 끌고 나가는 것이었다. 한가한 때에 다니면서 자세히 보니, 집집마다 대문을 열어 놓고 말, 나귀, 소, 양들을 몇십 마리씩 몰아 내놓았다. 집으로 돌아와 우리 사관 밖에 매어 놓은 말의 꼬락서니를 보니 정말 한심스러운 노릇이었다. 전에 정석치와 더불어 우리 나라 말의 값에 대해 이야기하면서 내가,

"불과 몇십 년이 안 되어서 베갯머리에 놓는 조그마한 담뱃대 통을 말구유로 삼아 말을 먹이게 될 것이오."하자 석치는,

"그것이 무슨 말이오?" 하고 되묻기에 나는 웃으며,

"서리 병아리[37]를 여러 차례 번갈아 가면서 씨를 받아 4,5년이 지나면, 베개 속에서 울음을 울어대는 새끼 닭이 되는데, 이 새끼 닭은 침계(枕鷄)라고 하네. 말도 마찬가지로 종자가 작아지기 시작하면 맨 끝에 가서는 침마(枕馬)가 되지 않는다고 어느 누가 장담하겠는가."라고 했다.

석치는 소리내어 웃으며,

"우리들도 차차 더 늙어 가면 새벽잠이 조금씩 없어져 베개 속에서 닭이 우는 소리를 듣게 될 것이 뻔한 일이요, 또 베갯말을 탄 채 변소길을 간다 하더라도 무방하겠지. 그렇지만 요즈음 풍습에 말 교미하는 것을 큰 금기로 아네. 기르는 말이 몇 만 필이나 되는데, 그 말들에게 교미를 붙이지 않으면 그 말들은 어떤 방법으로 번식할 것인가. 그래서 국내에서는 해마다 말을 몇 만 필이나 잃게 되니, 이렇게 해서는 몇십 년 못 가서 베갯말이고 무엇이고 간에 다 멸종이 될 것이오."하고는 둘이 서로 웃으며 얘기를 한 적이 있었다.

사실 내가 연암(燕巖)에 살 곳을 정한 것은 오래 전부터 목축하는 데 뜻을 두었기 때문이었다. 연암에 정착을 하고 나니 첩첩산중에 양쪽은 평탄한 골짜기인데다가, 수초(水草)가 참으로 좋아서 마소나 노새 및 나귀 등

---

[37]. **서리 병아리** 이른 가을에 깬 병아리.

을 몇백 마리나 기르기에도 충분하였다. 나는 오래 전부터 이것에 대하여
논한 적이 있었다.

還燕道中錄

환연도중록

가을 8월 15일.

날이 개었고 서늘하였다.

사신들이 의논하여 말하기를,

"우리 형편으로는 이제 당연히 연경으로 돌아가는 것이 마땅하겠으나 예부에서 우리 사신을 거치지도 않고 슬그머니 정문(呈文)의 내용을 고쳤다고 하니, 이 일의 해괴하기가 말로 할 수 없으니 그대로 변명하지 않고 두었다가는 장차 폐단이 클 것이다. 당연히 재차 예부에 공문을 제출하여 그들이 몰래 정문을 고친 이유를 명백히 한 뒤에 출발하는 것이 좋겠다."라고 하며 즉시 역관으로 하여금 글을 제출케 하였다.

제독이 매우 무서워하고 있으니 이는 벌써 덕상서에게 먼저 통했기 때문이다. 상서 등은 또한 두려워하며 우리에게 다음과 같이 위협하였다.

"앞으로 이 일에 관한 잘못을 우리 예부에 넘길 것이오? 이

201

로 인해 예부에서 죄를 받는다면 당신네 사신들에게 무엇이 좋겠소. 그리고 당신들이 올린 정문의 내용이 모호하여 도무지 성의가 드러나지 않았기로 내가 진실로 당신들을 위해 백방으로 꾸며 올려 그 영광과 감격의 뜻을 펴주었거늘, 당신들은 오히려 이렇게 한단 말이오? 이는 참으로 제독의 잘못이 더 큰 것이외다."하고는 공문을 보지도 않고 물리쳐 버렸다.

그렇게 되자 사신이 제독을 맞아 예부에 관한 모든 사정을 물으니, 그 이야기가 아주 길고 장황하여 알아듣기조차 어려워서 멍하니 한동안 듣고만 있었는데, 예부에서는 사람을 보내 즉시 출발할 것을 재촉하되,

"사신 일행이 출발하는 시간을 곧 상부에 보고하겠다."고 한다.

이는 다시금 글을 제출치 못하게 하려는 수작에 지나지 않는 것이다.

아침식사 후에 즉시 출발하니 해는 벌써 점심때가 지났다.

돌이켜 생각해 보니 단지 뽕나무 밑에서 사흘 밤을 자고 간 것도 도리어 추억에 남았다고 하는데, 내가 우리 부자(夫子)님을 모시고 엿새 밤이나 묵은 것에 있어서는 어찌하랴. 게다가 묵은 곳이 신선하고 화려하여 잊을 수가 없다.

내 일찍이 과거를 하지 않아 하찮은 진사(進士) 자리 하나도 얻지 못해서 국학에 몸을 수양코자 하여도 얻기가 불가능할 것이거늘, 이제 갑자기 나라를 떠나 머나먼 변새 밖에 와서 엿새씩이나 놀면서도 나에게 당연한 것처럼 생각되니 이것이 어떻게 우연한 일이겠는가.

그뿐 아니라 우리 나라의 선비 중에 멀리 이곳 중국의 한복판에서 지내본 사람 가운데서도, 신라의 최치원[1]이나 고려의 이제현[2]과 같은 사람도

서촉이며 강남의 땅은 모두 밟아 보았으나, 아무도 새북(塞北)에는 들른 적이 없었으니 어찌 우연한 일이겠는가.

지금부터 천백 년 뒤에라도 몇 사람이 다시 이곳을 찾을 것인지 모르겠으나, 이번 여행길의 기정과 영빈의 수레와 말 발자국이 내 눈에 선하게 보이는 듯하니 그리운 일이로다. 사람이 이 세상에 태어나서 결정지어진 일이 무엇 하나 없는 것인데 이런 일이 있을 줄 어찌 알았겠는가.

광인점(廣仁店), 삼분구를 거쳐 쌍탑산에 도착하여 말을 멈추어 한 번 바라보니 실로 절경이라 아니할 수 없다.

바위의 결과 빛깔이 흡사 우리나라 동선관(洞仙館)의 사인암(舍人巖)과 흡사하며, 탑이 높이 솟은 모습은 마치 금강산의 증명탑과도 같이 둘이 뾰족하게 마주 섰는데, 상하의 넓이가 꼭 같아 남에게 의지할 생각도 없는 것처럼 짝이 기울어지지 않았으니, 장엄하고 웅려하여 햇빛과 구름의 기풍이 마치 비단과 같이 찬란하다.

난하를 건너 하둔(河屯)에서 묵었다. 이날은 모두 40리를 걸은 셈이다.

16일.
맑았다.

아침에 일찍 출발하여 왕가영(王家營)에서 점심식사를 하고 황포령(黃

---

[1] **최치원** 신라말의 학자. 우리 나라 한문학의 시조, 글씨와 문장으로 이름을 떨침.
[2] **이제현** 고려의 이름난 정치가, 문학가. 시와 사(詞)에 훌륭한 작품을 남김.

嶺)을 지날 무렵 한 귀족 청년을 보았다. 스무 살 정도 되어 보이는데 푸른 날개와 붉은 보석으로 꾸민 모자를 쓰고 검은 말에 올라 달려갔다. 그의 앞에는 한 사람이 앞서가고 그 뒤를 따르는 수행원으로 기병 30여 명이나 되었다. 금으로 만든 안장과 준마에 앉은 이들의 의관은 차림새가 선명하고 화려하였다. 화살과 조총을 멘 자도 있고, 혹은 다창을 들고 또는 화로를 든 채로 번개같이 달리는데도, 벽제[3] 소리도 없어 오직 들리는 것은 말발굽 소리뿐이다. 구종들에게 묻자 그는,

"황제의 친조카이신 예왕(豫王)이지요."라고 대답했다.

그 뒤를 이어 태평차가 따라가는데, 힘센 노새 세 마리가 멍에를 지고 사면에는 유리를 붙였으며 그 겉은 초록빛 천으로 가리고 위에는 네 모서리에 술을 달아 파란 실그물로 얽었다. 대개 귀족들이 탄 가마나 수레는 이렇게 만들어서 그 계급을 표시하였다.

수레 안이 보일 듯 말 듯한데 여인의 말소리만이 들린다. 잠시 후에 노새가 멈추어 오줌을 싸자 수레 안에서 여인들이 북쪽 차창을 열고 서로 얼굴을 내미는데, 아름답게 올린 머리는 마치 구름이 얽힌 것 같고, 귀에 달린 구슬들은 별이 흔들리는 것 같아서, 노란 꽃과 파란 줄 구슬이 서로 얽혀 화려하고 아름다움이 마치 낙수(洛水)에 놀란 기러기를 방불케 하는데, 이윽고 창을 닫고 가버린다.

그 여자들은 모두 세 명으로, 이들은 대왕을 모시는 궁녀들이라고 한다.

---

[3]. **벽제** 지위 높은 사람이 지나갈 때 잡인의 통행을 금하는 것

이날은 80리 길을 걸어가 마권자(馬圈子)에서 묵었다.

17일.

맑고 따뜻하였다.

아침 일찍 출발하여 청석령을 지나고 있는데 마침 황제가 계주 동릉(東陵)⁴에 행차하시게 되었다 하여 벌써부터 도로와 교량을 닦고 있었다. 한가운데로는 치도(馳道)를 쌓고 미리 각 고을에서 역군을 징발하여서 높은 곳은 깎고 깊은 곳은 메우며 흙손으로 바르고 매솔로 다진 듯하니 마치 베[布]를 펴놓은 것 같았다. 푯말을 세웠는데 조금도 구부러지거나 기운 것이 없으며, 치도의 넓이는 두 길이나 되고 좌우의 좁은 길은 각기 한 길쯤이나 되었다.

『시경』에도 이르기를,

'주나라로 가는 길은 숫돌과 같이 바르다.'

하였으니, 이제 이 길이 곧 마치 숫돌과 같이 바르게 되어 그 비용이 엄청날 것이니 흙을 메고 물을 지는 사람들이 가는 곳마다 떼를 지었다.

길이 허물어지면 즉시 흙으로 보수를 하는데 말굽이 한 번만 지나가도 얼른 흙손질을 하였다. 그리고 나무를 새끼로 어긋나게 묶어 치도 위로 다니는 것을 금하였는데도, 우리 나라 사람들은 꼭 그 나무를 쓰러뜨리고 놋

---

⁴ **동릉(東陵)** 청나라 능묘의 총칭.

줄을 끊어버리고 지나간다.

나는 즉시 마부에게 명하여 치도 밑으로 지나갔는데 이것은 감히 못해서 그런 것이 아니라, 그것이 차마 못할 짓이기 때문이었다.

길 한편에는 두어 걸음마다 꼭 돌담을 쌓았는데 그 높이가 어깨에 닿을 만하고 넓이는 약 여섯 자쯤 되어 보였다. 마치 성(城)에 치첩(雉堞)[5]이 있는 것 같고, 모든 교량은 난간이 있으며 돌난간에는 천록(天祿)[6]이나 사자를 만들어 앉혔는데 모두 입을 벌리고 있어 살아 움직이는 듯하고, 나무로 된 난간은 그 단정한 모습이 눈이 부실 정도였다.

물이 넓은 곳은 나무쪽을 짜서 광주리 모양으로 둥글게 만들었는데, 그 둘레는 한 칸이나 되며 길이는 한 길쯤 되게 만들어 자갈을 채우고 물 속에 굳게 박아서 다리의 기둥을 삼았고, 난하(썰물)나 조하(밀물)에는 수십 척 큰배를 띄워 부교(浮橋)를 만들었다.

세 칸 짜리 방에 앉아 아침식사를 하려고 우리 일행이 점방에 들렀는데 어제 길에서 만났던 예왕(豫王)이 관왕묘에 들어왔다가 우리가 자리잡은 점방과 이웃한 점방에 들게 되었다.

그들은 모두 다른 점방에 흩어져 떡, 고기, 술, 차 등을 사서 먹기도 했다. 내가 우연히 관왕묘에 들러 구경하려고 조용히 들어가 보니 문에는 지키는 사람도 없고 뜰 안이 사람 하나 없이 아주 조용했다. 나는 예왕이 그

[5.] **치첩(雉堞)** 성 위에 낮게 쌓은 담.

[6.] **천록(天祿)** 고대 중국의 상상의 동물. 사악(邪惡)을 물리친다고 하여 장식용 그림으로 많이 쓰임. 천록수(天祿獸)라고도 함.

안에 머무르고 있는 것을 전혀 몰랐던 것이다. 뜰 중앙에는 석류가 주렁주렁 매달렸고, 작은 소나무는 마치 용이 서린 것처럼 꿈틀거린다.

내가 관왕묘를 두루 구경하고 나서 섬돌 위에 발을 딛고 마루턱으로 오르려는 순간 아름다운 청년 하나가 모자도 쓰지 않고 문 밖으로 나오면서 웃음 띤 얼굴로 나를 맞이하며,

"신쿠(辛苦)."라고 한다.

이 말의 뜻은 나를 위안하는 것이다.

나는,

"하오아(好阿)."하고 대답했는데 이것은 우리 나라 말로는 안부를 묻는 인사의 뜻을 지니고 있다.

그 섬돌 위엔 아름다운 난간이 있고, 난간 밑에는 교의가 둘이 있었다. 그 중앙에는 붉은 탁자가 놓여 있으며, 내게 '쥐이쥐[坐着]'라고 하였으니 이 말은 주인이 손님에게 앉을 것을 권한 말이다. 또는 '칭쥐[請坐], 칭쥐'라 하기도 하고, 또는 '쥐저, 쥐저'라고 거듭 말하기도 하고 '칭[請]칭칭'을 계속해서 부르기도 하는데 이것은 정중하고 간곡한 뜻을 표현하는 말이다. 이곳에서 길을 따라 걷다가 낯선 집 하나에 들어설 때마다 주인들이 모두 그렇게들 말하였으니 이것은 일반적으로 손님을 대하는 예의이다.

그 청년이 모자를 벗고 사복을 입고 있었기에 처음에는 주승(主僧)인 줄 알았다가 곧 자세히 살펴보니 그 청년이 바로 예왕인 것 같았다. 그렇지만 나는 아는 체하지 않고 일부러 무심하게 보아 넘겼다. 다른 중국 사람처럼 그 청년도 역시 교만하거나 거만해 보이지 않았다. 다만, 붉은빛이 얼굴에

퍼져 있는 것으로 보아 아침술을 많이 마셨다는 것을 짐작할 수가 있었다. 그는 이내 술 두 잔을 손수 따라서 내게 권한다. 나는 계속해서 술 두 잔을 마셨다. 그가 내게,

"만주 말을 할 줄 아십니까?"라고 묻기에 나는,

"잘 모릅니다." 하고 대답했다.

그가 갑자기 난간 밑에 토했는데 한 번 토하자 술이 마치 폭포같이 튀어올랐다. 그가 문 안을 돌아다보면서,

"량아(凉阿)." 한다.

그러자 늙은 환시 하나가 방안에서 돈피 갖옷 한 벌을 들고 나오더니, 나를 향하여 나가라는 손짓을 하였다. 내가 얼른 일어나 나오면서 뒤돌아 난간 끝을 보니 그 청년은 이제 난간에서 비껴 앉았다. 그 청년의 행동은 몹시 불안하고 얼굴은 백지장처럼 창백하여 위엄이라고는 조금도 없어 보여서 마치 시정잡배의 아들처럼 보였다.

아침을 먹고 나서 곧바로 출발하여 몇십 리를 연이어 갔다. 뒤에는 100여 명이나 되는, 말을 탄 사냥꾼들이 멀리 산 밑을 바라보면서 달리고 있었다.

독수리를 팔에 든 10여 명이 저마다 산골로 흩어져 갔다.

그중 한 사람은 큰 독수리를 안고 있었는데, 독수리의 다리가 사냥개의 뒷다리처럼 튼튼하게 살졌고 누런 비늘이 정강이에서 반들거렸다. 검은 가죽으로 머리를 질끈 동여매고 눈은 가렸는데, 그 나머지도 모두 다 눈을 가렸다, 이것은 그것들이 혹시나 눈에 보이는 다른 것들에 흥분하여 마구

퍼덕거리다가 다리 같은데 상처를 낸다거나 또는 위협을 느낄까봐 그런 것이다.

그리고 또한 그렇게 해야만 눈에 광채를 기르는 동시에 사나운 성질을 그대로 지닐 수 있기 때문이다.

나는 천천히 말에서 내려 모래 위에 앉아서 담뱃대에 담배를 넣고 불을 붙였다. 그런데 그중에서 활과 살을 등에 멘 사람 하나가 말에서 내려 담뱃대에 담배를 넣더니 나에게 불을 청한다. 내가 비로소 그에게 몇 가지 묻자 그는,

"황제의 조카 예왕께옵서 열다섯 살이 되는 황손과 또 열한 살이 되는 황손 둘을 데리고 열하에서 북경으로 돌아오시는 길에 사냥을 하시는 것이랍니다."라고 한다.

"얼마나 잡으셨소이까?"라고 내가 물으니 그는,

"사흘 동안 내내 겨우 독수리 한 마리밖에 못 잡았답니다."라고 한다.

그때 갑자기 옥수숫대 꺾어지는 소리가 나서 등골이 오싹해졌다. 말에 탄 사람 하나가 밭 가운데에서부터 날아오르기라도 할 듯이 달려나오고 있는데, 화살을 힘껏 잡은 채로 안장 위에 납작 엎드려 달리는 그의 흰 얼굴이 눈이 부실 지경이었다. 담배를 피우던 사람이 그를 가리키며,

"저이가 열한 살이 되는 황손이랍니다."라고 한다.

그는 한 마리의 토끼를 쫓고 있었는데, 토끼가 달아나다가 모래 위에 쓰러져서 네 발을 모았다. 그가 말을 재빨리 달리며 쏘았으나 맞지 않았다. 토끼는 얼른 다시 일어나서 산 밑으로 줄달음질을 친다. 그제서야 100여

명이 달려가서 토끼를 에워쌌다. 넓은 평원에는 먼지가 자욱하게 일어나고 총소리가 요란하더니 둥그렇게 원을 그리며 섰던 사람들이 순식간에 원을 풀고 가버렸는데 그때 먼지 속에서 무엇인가 잠깐 보이고 곧 잠잠해졌다. 과연 토끼를 잡았는지는 잘 모르겠으나, 말을 달리는 데 있어서는 어른이나 아이 할 것 없이 타고난 자질들을 가지고 있었다.

대부분 책문에서 연산관(連山關)까지는 높은 산과 언덕이 많아 숲이 우거지고 가끔 새들도 지저귀지만, 요동에서 연경까지의 2,000리 길에는 날아다니는 새 한 마리도 없을 뿐만 아니라 짐승도 다니지 않는다.

장마가 지고 날씨는 찌는 듯하여 숲 속에는 뱀이나 벌레도 다니지 못하고 개구리나 두꺼비가 지나가는 것도 볼 수가 없었다. 벼가 익어 한창인 때이지만 참새 한 마리도 날아다니지 않았다. 또 물가의 모래사장 부근에 물새 한 마리 보이지 않으며, 단지 이제묘(夷齊廟) 앞 난하에서 두 쌍의 갈매기를 겨우 볼 수 있었다. 또한 까마귀, 까치, 솔개 등은 보통 도시를 중심으로 모여드는 것이 원칙인데도 이 연경 땅에는 아주 거의 보이지 않고 보이는 일이 몹시 드물다. 결국 이 새들의 습성이 어디서나 똑같지는 않아서 우리 나라에서와는 달리 공중을 가려가면서 날아다니지는 않는다는 것을 알 수 있었다.

처음에는 이런 변방 요새의 수렵지대에는 언제나 금수가 많을 것이라 예측했는데 지금 이곳의 산은 가면 갈수록 초목은 없고 새 한 마리도 보이지 않았는데 그것은 많은 만주인들이 사냥을 업으로 삼기 때문이라는 것을 이제야 비로소 알았다. 더구나 그들이 앞으로 어떤 곳에서 얼마나 사냥을 할 것인지를 알 수 없으니 이러다가 짐승들의 씨를 말려버리지나 않을까?

짐승들이 안전한 곳으로 피신하는 방법이 달리 있는지 그것은 알 수 없는 일이었다.

강희황제가 왕위에 오르고 나서 20년 만에 오대산에 놀러 갔을 때였다. 갑자기 숲 속에서 호랑이 한 마리가 뛰어나오자, 황제가 몸소 활을 쏘아서 죽여버렸다. 그때에 산서의 도어사인 목이새와 안찰사인 고이강이 황제께 말씀드려 그 땅의 이름을 '석호천(射虎川)'이라 명하게 하고, 잡은 호랑이 가죽은 대문수원(大文殊院)에 보관하여 지금까지 전해지고 있다. 그는 손수 화살 서른 개를 뽑아 가지고 토끼 스물아홉 마리를 잡았고, 또 그가 송정(松亭)에서 사냥을 할 때 큰 호랑이 세 마리를 쏘아 죽였는데, 그것을 그린 그림이 민간에 널리 보급되었으니 그것은 참으로 신기(神技)라고 할 수밖에 없다.

여러 공자(公子)들이 사냥을 할 때 날쌔게 달리는 것으로 보아서 그들의 집안 법도를 대강 짐작할 수가 있겠다. 만약 그때 옥수수 밭 속에서 호랑이가 한 마리 뛰어나왔다면 그는 더욱 기뻐했을 것이다. 또 더하여 만 리의 길을 떠나온 나도 통쾌한 장면을 한 번쯤 볼 수 있었을 것인데, 그렇게 되지 못해 좀 서운했다.

장성 밖에 이르니 묘에 잇대어 성을 쌓아서 높고 낮은 굴곡이 생겼으며, 그 요충지에는 속이 덩그러니 비어 있는 돈대를 세워 두었는데, 높이가 예

닐곱 발, 폭이 열너댓 발이나 되어 보였다. 그런데 대부분의 요충지는 4,
50보에 돈대가 하나씩 놓여 있고, 평탄한 곳에는 200보마다 돈대를 하나
씩 놓아두었으며, 돈대가 있는 곳에는 백총[7]이 지키고 있고 열 돈대는 천
총[8]이 지키고 있었다.

　그리고 1,2리 간격으로 방울 소리가 들려 만약 한 사람에게 사건이 생겼
을 때는 좌우에서 횃불을 높이 들어 서로 옆으로 전하게 하여, 수백 리 먼
곳에서도 금방 알고 모두 준비를 하게 되니 이것은 모두 명나라의 명장 척
남궁이 고안해 낸 수단이라 한다.

　옛날 육국(六國) 때에도 역시 장성은 있었다.

　조(趙)나라 명장 이목이 흉노를 깨뜨려서 10만여 명이나 되는 기병을 죽
이고, 또 첨람을 전멸시키고 임호, 누번을 무너뜨리고 장성을 쌓으니, 대
(代)에서 음산, 고궐에 이르기까지 다시 새 문을 만들어 운중, 안문 또는
대군 등의 여러 마을을 세웠다. 진(秦)은 의거를 격파한 후 마침내 농서,
북지, 상군 등지에 높다란 성을 쌓아 침입을 막았다. 연(燕)은 또한 동호를
쳐부수고 천 리를 넓힌 다음 마찬가지로 높은 성을 쌓고는 조양에서 양평
까지는 상곡, 어양, 우북평, 요동이라는 마을을 세웠다.

　그리고 진, 연, 조의 세 나라가 모두 새문을 둔 지가 오래 되어서 저마다
장성을 다시 쌓았으나 그것이 실제로는 서로 연결이 되어 북, 동, 서로 향
한 것이 무려 만 리나 되었다. 그런 진나라가 천하를 통일하여 천하를 호

---

[7]. **백총** 지금의 소위.
[8]. **천총** 지금의 중위.

령하게 되자 곧 몽념(蒙恬)으로 하여금 장성을 쌓게 하고 지세를 이용하여 험한 곳은 변경 지역을 눌러서 임조에서 요동까지 만 리를 쌓게 했으니, 생각해 보면 몽념이 결국 늘리고 고친 것이 모두 다 옛날 성이 아니었던가. 장성이 연·조의 옛 성터에 새로 쌓았던 것인지는 잘 알 수 없으나, 몽념의 말로는,

"이 성은 임조에서 시작하여 요동까지 뻗어져 있다."

라고 했으니 결국 이 성이 만여 리를 뻗친 사이에 지맥(地脈)을 끊지 않을 수가 없었고, 또한 사마천이 북쪽 변방에 갔을 때 몽념이 쌓아 놓은 장성을 돌아보고, 또 그 역정(驛亭)과 돈대가 전부 다 산을 끊고 골을 메운 것을 보고는 그가 백성의 힘을 너무나 소모했다 하여 꾸짖었다.

사실 이 성은 몽념이 쌓은 것으로 연나라와 조나라가 쌓은 옛날 것이 아닐지도 모른다. 이 성은 전부 다 벽돌을 이용했으며, 이 벽돌은 전부가 다 한 기계에서 찍어낸 것으로 두텁거나 얇거나 크고 작은 그런 차이가 조금도 없었다. 성 밑에 있는 돈대는 돌을 잘 다듬어서 쌓았으며, 땅 밑에다 포개 놓은 것은 다섯이고, 땅 위에 포갠 것은 셋이라 한다. 그 돈대는 가끔 한 번씩 무너지기도 했는데 그 높이는 다섯 길 정도 되고, 흙을 섞지 않고 다만 벽돌에다 석회만을 발랐는데, 바른 석회가 종이처럼 얇아서 조심스럽게 벽돌을 이어 붙여 놓은 것이 마치 나무에다 아교풀을 합친 것 같았다. 성의 안과 밖이 대패로 밀어낸 것처럼 아래는 넓고 위는 좁아 보여서 대포와 충차(衝車)라 할지라도 한 번에 무너뜨리기에는 힘들게 되어 있다. 밖의 벽돌은 조금씩 일그러진 곳도 있지만, 그 안에 쌓아 놓은 것은 잘 보관

되어 있었다.

담결핵을 치료할 때는 천년 묵은 석회에 초를 넣어 떡처럼 만들어 붙이기도 하는데 오래 묵은 석회로는 장성이 제일이었으므로 나라에서는 사신들이 드나들 때 언제나 이것을 구해 오게 하였다.

내가 젊었을 때 주먹만한 석회를 본 기억이 있는데, 지금 것과 비교해 보면 별로 좋은 것이 아니었다는 것을 알게 되었다. 오는 길에 본 모든 성의 제도는 전부가 장성과 다를 바가 없었으며 어디서나 주먹같이 큰 석회를 쉽게 얻을 수 있었고, 결코 고생을 사서 할 필요도 없는 일이었다. 그것은 우리 나라의 길가에 무너져 내린 성 밑을 지나며 주운 것과 별로 다를 바 없었다.

돌아오는 길에는 고북구(古北口)에 잠깐 머물렀다. 지난번 새문을 나갈 때는 때마침 밤이 깊어서 주위를 골고루 구경하지 못했었는데, 이번에는 반대로 대낮이었다. 수역과 함께 잠깐 동안 모래톱에서 휴식하다가 바로 첫 번째 관(關)으로 들어갔더니 수천 마리의 말이 관문을 메울 듯이 서 있었다. 두 번째 관문을 들어가니 군졸 4,50명이 칼을 찬 채 빙 둘러서 있고 두 사람이 걸상을 서로 맞대고 앉아 있었다. 나는 수역과 함께 말에서 내린 다음 조심스럽게 걷기 시작했다. 그런데 곧 그 두 사람이 반가운 얼굴로 달려와 인사를 하고 이곳까지 오느라 수고하셨다고 하였다. 그중 한 사람은 머리에 수정관을 쓰고 있고, 또 한 사람은 산호관을 쓰고 있었다. 그 두 사람은 모두 수비하는 참장(參將)이라고 한다.

석진(石晉)[9]의 개운 2년에는 거란주(契丹主) 덕광이 쳐들어와서 호북구로 돌아오다가, 진(晉)이 태주를 쳐부수러 갔다는 전갈을 받고 군사를 모두 이끌고 와서 다시 남쪽으로 내려가니, 거란주는 수레바퀴 안에서 철요기[10]의 기병들에게 명령하고 말에서 내려와 진군의 녹각[11]을 빼앗아 쳐들어갔다.

장성을 둘러싼 구(口)라 하는 곳이 무려 몇 백씩이나 되는데 태원[12] 분수(汾水) 북쪽에도 호북구라는 지명이 있으나, 그때는 덕광의 군사가 기양에서 북쪽으로 향했다 하였기 때문에, 그 길이 서로 다르니 유주나 단주의 호북이 곧 이 관(關)일 것이라 생각했다.

당(唐)나라 때의 선조들이 쓴 휘(諱) 중에 호(虎)라고 하는 것이 있었는데, 당나라에서 이 호를 고쳐 고북구라고 했다.

송나라 사람이 지은 『사료행정록(使遼行程錄)』에 일렀으되,

'단주에서 북쪽으로 80리를 가서, 거기에서 다시 80리를 더 가니 호북구관에 닿았다.'

라고 했으니, 단주에 있는 고북구도 마찬가지로 호북구라 불렀던 것이다.

송나라 선화(宣和) 31년(1121)에 금나라 군사가 요병을 고북구에서 격파했고, 가정(嘉定) 2년(1209)에는 몽고가 금나라로 쳐들어가서 고북구에 당도하자 금의 군사들은 후퇴하여 거용관(居庸關)을 지켰다. 원의 치화(致和) 원년(1328)에 태정제의 아들인 아속길팔이 상도(上都)에서 임금이 되

[9.] **석진(石晉)** 오대 때의 후진.
[10.] **철요기** 거란의 기병대 이름인 듯함.
[11.] **녹각** 군대에 쓰는 방어물의 일종.
[12.] **태원** 산서성에 있음.

어 군대를 보내주었는데, 도(道)를 나누어 연나라의 철첩목아와 대결하여 대도(大都)에서 싸울 때에 탈탈목아는 고북구를 지키고 있다가 상도에 있는 군대와 함께 의흥에서 싸웠다. 명나라 홍무(洪武) 22년(1369)에는 연왕(燕王)에게 지시를 하자 군사를 이끌고 나아가 고북구에 가서 내안불화를 이도에서 쳐부수고, 영락(永樂) 8년(1410)에는 고북구의 소관(小關) 어귀와 대관(大關)의 바깥문을 봉쇄하여 사람 하나와 말 한 필만 허용해 주었다 한다.

그런데 지금까지 이 관에는 다섯 겹이나 되는 문이 있는데도 별로 손상되지 않고 보관되어 있다.

사실 이 관은 수많은 전쟁을 거쳐왔기 때문에 세상이 한 번 뒤집어지면 곧 백골이 산같이 쌓이게 되니, 이것이야말로 참으로 호북구였다. 지금은 평화가 계속되어서 100여 년이나 흘렀는데 네 경내(境內)의 병혁(兵革)이 혼란하지 않아서 삼과 뽕나무는 울창해지고, 개와 닭이 우는 소리는 멀리까지 들리게 되었으니 이처럼 풍요로운 휴양과 생식은 한(漢), 당(唐) 이후론 한 번도 구경하지 못했던 일이다. 그들은 어떤 덕화(德化)로 이렇게 좋은 일을 하였을까. 그러나 항상 기쁨이 가득할 때 한 번쯤은 그것이 사라져버리는 법이다. 이곳 백성들이 전쟁을 겪지 않은 지가 오래 되었으니 정말 앞으로 다가올 토붕와해(土崩瓦解)[13] 같은 것이 어찌 걱정이 되지 않으리오.

이 관(關)들이 대부분이 산 위에 위치해 있기 때문에, 비록 수많은 산봉우리로 빙 둘러 있다고는 하나 오히려 눈앞에 큰 바다가 펼쳐 보인다.

『금사(金史)』를 상고해 보면, '정우(貞祐)[14]에 조수(潮水)가 흘러 넘쳐서 고북구의 쇠로 단단히 장식해 놓은 관문이 허물어졌다.' 라고 했으니 대관절 오랑캐들이 중국을 업신여기는 것은 그의 나라가 중국의 상류에 위치하여 마치 병의 목을 거꾸로 매달아 놓은 것처럼 된 까닭이다.

내가 어렸을 때의 일이다. 어떤 어른 한 분이 백곤[15]의 홍수에 대처할 다음과 같은 변증을 내세운 일이 있다.

"중국에서 가장 큰 두 가지의 걱정거리가 바로 하(河)와 호(胡)이다. 대체로 백곤의 힘과 재주, 또 슬기와 인격 등 그 어느 것으로 보나 저 오랑캐 놈이 마음대로 날뛸 것을 짐작하고도 남음이 있어, 그는 유주와 기주를 소개하여 항산과 대군의 땅을 파게 해서 구주의 물을 끌어 사막에 연결시키고는, 중국으로 하여금 오히려 그 상류에 정착하여 오랑캐를 견제하게끔 만들었다. 그래서 그때의 사악(四岳)[16] 또한 그의 의견에 동의하여 한 번 시험해 보려고 하였으니, 이것이 소위 '시험해 보고야 말 것이다'[17] 라고 했던 것이 바로 그것이다. 요는 물을 거꾸로 거슬러 빼내는 것이 좋지 않다고 생각했지만 백곤의 주장이 워낙 강력해서 거역하지 못하고 말았으며, 우(禹)도 역시 물의 역행이 순리에 맞지 않음을 알고 있었지만 백곤의 재주와 슬기가 너무 뛰어났기에 그냥 침묵하고 말았으니, 이것은 소위 '명

---

[13] **토붕와해(土崩瓦解)** 근본이 무너져 어쩔 도리가 없음.

[14] **정우(貞祐)** 금나라 선종(宣宗)의 연호.

[15] **백곤** 하우씨(夏禹氏)의 아버지. 9년의 홍수를 다스리는 책임을 맡았다 실패하여 귀양살이를 함.

[16] **사악(四岳)** 요(堯)나라 때의 사방 산악을 맡았던 책임자.

[17] **시험해 보고야 말 것이다** 서경(書經)에 나오는 치수(治水)에 관한 한 구절.

령을 어기고 화합을 깨뜨린다'[18]가 바로 그것이었다.

백곤은 사람 됨됨이가 사납고도 대쪽같았을 뿐만 아니라 자기 의견만을 내세우며, 오랑캐족을 중국 만세(萬歲)의 걱정거리로 삼아 아주 높은 곳까지도 물 속에 잠길 걱정은 제쳐두고, 지형도 측량해 보지 않은 채, 비용을 이루 말할 수 없이 많이 들여 마침내 개울을 거꾸로 파서 물을 거슬러 흐르게 하였다. 이것은 소위 물이 거슬러 올라가는 것을 강수(降水)라 하므로 '강수란 곧 홍수이다'[19]라는 말이 그것이다. 그러나 개울도 치우고 웅덩이를 파서 청소도 하고 말끔하게 씻어내기도 하는 도중에 지세가 차차 높아지고, 흙이 내려와 자연히 메워지니 이것은 소위 '백곤이 홍수를 메웠다'[20]라는 것이라 하겠다.

만약 그렇게 되지 않았다면 그가 무슨 힘으로 이와 같이 커다란 물을 메워서 자기 스스로 죄과를 저지를 것이며, 또 그 시대의 사악과 12목(牧)이 어찌 해서 한 입으로써 그를 힘써 추천했을 것이며, 또 어떻게 해서 심지어 9년 동안이나 지켜보면서 그가 망하기만을 기다렸을 것인가. 정말 갸륵한 일이다. 백곤이 만약 이 사업을 성공시켰다면 중국은 오랑캐들을 막는 일을 한꺼번에 성취하여 만세를 부르고 용기를 얻는 동시에 그의 큰 공로와 거룩한 업적이 당연히 우(禹)의 위에 솟을 것이리라."라고 했다.

그러나 지금 이곳 지형을 살펴보니 이것은 터무니없는 말이다. 그리고

---

18. **명령을 어기고 화합을 깨뜨린다** 백곤의 치수에 관한 말.
19. **강수란 곧 홍수이다** 맹자(孟子)의 고자편(告子編)의 한 구절.
20. **백곤이 홍수를 메웠다** 「서경」에 나오는 백곤의 치수에 관한 한 구절.

이백(李白)은 시에서 이르기를,

> 황하의 깊은 물이
> 하늘에서 내려오는 듯[21]

이라 하였으니, 대체로 그 지형이 서쪽이 높아서 황하가 흘러내리는 것이
흡사 하늘 위에서 흘러내리는 것처럼 보인다는 뜻이다.

점심은 관내에 있는 음식점에서 먹었다. 그 벽에는 황제의 어필인 칠절
(七絶) 한 수가 붙어 있었는데, 이는 공민(孔敏)에게 내린 것이다. 황제는
남쪽부터 순행하기를 시작했다는데, 그가 순행을 계속하여 열하로 돌아올
때까지 모든 공씨(孔氏)들이 한결같이 환영하기에 바빴다.

황제는 이에 보답하기 위해 시를 읊었고 공씨 문중의 우두머리인 공민
이 여기에 발(跋)을 달아 그의 은악(恩渥)과 영총(榮寵)[22]을 아주 잘 다듬어
서 돌에 새겨 많이 찍었다. 그 찍은 시 중 한 벌을 이 점주(店主)에게 선물
하고 갔다고 한다.

시는 별로 훌륭하지 않으나 새긴 글씨 모양이 특이하였다. 점주가 내
게 그것을 사라고 권유하기에 슬그머니 그 값을 물어 보았더니 점주 말이
서른 냥이라고 한다. 식사를 마치고 이내 출발하여 세 번째 관문에 들어섰
다. 양쪽 벼랑에 석벽이 깎아 세운 듯이 높다랗게 우뚝 서 있는데, 그 가운

---

[21] **하늘에서 내려오는 듯** 「이태백집」의 〈장진주(將進酒)〉에 나오는 시구.
[22] **영총(榮寵)** 임금의 은총.

데로는 수레 한 대 정도가 다닐 수 있게 되어 있다. 그 아래로는 깊은 시내와 큼직큼직한 바위가 여기저기 널려 있었다.

기공(沂公) 왕증(王曾)과 정공(鄭公) 부필(富弼)은 오래 전에 거란에 사신으로 갈 때에도 이 길을 지나갔었다.

그의 『행정록』 가운데,

'고북구에는 석벽이 양쪽으로 장엄하게 세워져 있고, 그 사이로 길이 나 있는데 수레가 겨우 빠져나갈 정도이다.'

라고 한 것을 보면 그가 이곳으로 지나갔다는 것을 알 수가 있겠다.

한 소사(蕭寺)에서 잠깐 쉬어 갈 때 보니, 거기에 영빈(穎濱) 소철(蘇轍)[23]의 시가 새겨져 있었다.

> 묘가 어지러이 흩어져 있으니 갈 곳 없고
> 좁은 길 어지러워 시냇가에 앉아 있네.
> 꿈속에 잠긴 듯이 촉나라의 그 길을 헤매니
> 홍주의 동쪽 골이 봉주에서는 서쪽이라네.

『송사(宋史)』를 상고해 보자면,

'원우년(元祐年)에는 소철이 그의 형 소식을 대신하여 한림학사(翰林學士)가 되었다. 그리고 곧 얼마 되지 않아서 또 예부상서의 직을 대신해서 거란에 사신으로 갔었다. 그의 관반(館伴)인 시독학사 왕사동은 소순(蘇

---

[23] 소철(蘇轍) 송나라의 대문장가.

洵), 소식의 글, 그리고 소철의 「복령부」를 외었다.'

라고 하였으니, 이 시는 바로 문정공(文定公)[24]이 사신으로 지나갈 때에 이곳에서 썼던 것이리라.

그곳에 중이 두 사람 머물고 있었는데, 난간 아래에서 오미자를 두어 섬 정도 말리고 있었다. 내가 무심코 두어 낱알을 집어서 입 안에 넣었더니, 중 하나가 이것을 보고 갑자기 화를 내며 눈알을 부라린 채 호통을 치는데 그의 행동이 참으로 험상궂어 보였다. 나는 그냥 일어나서 난간가로 비켜섰다.

때마침 마두 춘택(春宅)이 담뱃불을 얻으려고 들어오다가, 이 광경을 목격하고 노발대발한 모습으로 달려들며,

"우리 영감께옵서 날씨가 하도 더워 찬물 생각이 나신지라, 그 많은 것 중에서 겨우 몇 알 되지도 않는 것을 씹어서 침을 돋우려 할 뿐이었는데, 이 무례한 까까중 놈아, 하늘에도 높은 데가 있고, 물에도 깊은 데가 있는 줄 모르느냐? 마치 당나귀가 높낮이도 구별하지 못하고 얕고 깊은 것도 알아채지 못하는 격이로구나. 이런 무례한 놈, 이게 대체 무슨 짓이란 말이냐!" 하고 꾸짖었다.

그러자 중이 모자를 홱 던져버리고는 입가에 흰 거품을 문 채 양어깨를 거들먹거리며 까치걸음으로 앞으로 달려들었다.

"너희 영감이 나에게 무슨 의미가 있단 말이냐? 하늘처럼 높다고 하는

---

[24] **문정공(文定公)** 소철의 시호.

데, 너희들에게는 그런지 모르지만 나에겐 무서울 게 하나도 없다. 비록 관우님이 현령(顯靈)하고 금년의 운세가 살(殺)이 들었다 할지라도 난 조금도 그를 두려워할 이유가 없어!"라고 한다.

그러자 춘택이 달려들어 뺨을 한 대 갈기고는 계속해서 입에서 나오는 대로 심한 욕설을 퍼부어댄다. 그러자 비로소 중이 뺨을 감싼 채 비틀 걸음으로 뒤로 물러나려 한다. 나는 큰 소리로 춘택에게 소란을 피우지 말라고 했다. 그러나 춘택은 자기 분을 삭이지 못하고 중을 그 자리에서 때려죽이고 말 기세를 보이고 있었다.

다른 한 중은 부엌문 앞에 미소를 지으며 서서 어느 편도 들지 않고 싸움을 말리지도 않았다. 춘택이 다시 한주먹으로 그를 때려눕히고 나서,

"우리 영감께옵서 이 일을 만세야(황제) 앞에 고한다면 네놈 따위의 대갈통이 반쪽이 나던가, 그렇지 않으면 이 절을 없애 버리고 깨끗이 평지를 만들어 버릴 것이다, 이놈."하며 호통을 친다.

중이 옷을 툭툭 털고 일어나며,

"너희 영감은 오미자를 슬그머니 공짜로 집어가고, 또 네놈은 말이다, 무지막지한 주먹 세례를 퍼부으니 이게 무슨 짓이냐."하며 반박했으나 그의 기색은 한결 누그러져 있었다.

춘택은 더욱 기승을 부리며,

"공짜고 뭐고가 어디 있어. 그래 그게 한 말이 되겠느냐, 한 되가 되겠느냐. 그 따위 눈곱만한 것 한두 알을 가지고 우리 영감님 높으신 체면을 손상시킨단 말이냐. 만세야께옵서 만약에 이 일을 알게 된다면 너 따위 까까

중놈의 대갈통을 당장 부숴버릴 거다. 우리 영감께옵서 이 사실을 만세야게 말씀드린다면, 너희놈이 우리 영감님을 두려워하지 않는다지만 그때 만세야도 두렵지 않단 말이냐?" 하고 마구 야단을 친다.

중이 비로소 기가 꺾여 아무 소리도 못한다. 춘택은 아직도 속이 풀리지 않는지 그 다음에도 한참 동안 욕설을 퍼붓는데 의기양양하게도 걸핏하면 만세야를 팔아댔다.

아마 이때 만세야의 두 귀가 근질근질하지 않았을까 여겨진다. 춘택은 말끝마다 황제를 내세우니, 세도를 믿고 뽐내는 그 모습이란 그야말로 허리를 잡고 한바탕 웃지 않을 수 없을 정도이다. 그 중은 정말 춘택의 위협이 무서웠던 모양으로, 만세야라는 명칭을 들을 때마다 마치 벼락이나 만난 듯이 움츠러들곤 했다. 그러다가 춘택이 마침내 벽돌 하나를 뽑아서 중에게 던지려 하자 두 중은 갑자기 웃어 보이며 달아나 숨고 말았다. 그러더니 곧 다시 산사(山楂) 두 낱을 주며 웃는 얼굴로 오히려 청심환을 달라고 한다. 그렇다면 처음부터의 그 모든 행위가 청심환을 얻기 위한 수작에 지나지 않았던 것이 아닌가. 실로 엉큼스러운 중의 배짱이 아닐 수 없었으나, 청심환 한 알을 그 중에게 주었더니 중이 몇 번이고 머리를 조아린다. 정말 염치없는 소행이었다. 그들이 준 산사라는 것은 굵기가 살구만한 것으로 아주 시큼시큼해서 먹을 수는 없었다.

옛날의 성인은 남의 물건을 거듭 사양하다가 마지못해 받았으며 남과 물건을 주고받는 행위를 몹시 삼갔으니, 이르기를,

"만약 옳지 않은 일이라면, 한낱 조그만 지푸라기라도 함부로 건네주지

말아야 하고, 남으로부터 받아서도 안 되는 것이니라."라고 했던 것이다.

사실 조그만 지푸라기를 놓고 본다면, 세상에서 가장 작고 가볍기 짝이 없는 하찮은 물건으로서 천지간 만물 중에서 헤아릴 만한 가치조차 없다. 따라서 이런 것을 가지고 실제로 사양하고 받고 다시 취하고 하는 일들을 따질 필요가 있을까만, 이런 하찮은 물건 하나하나에도 신경을 써야 할 만큼 양심과 예의를 강조한 것이, 얼핏 생각하기에 무의미한 것으로 생각되었다가도, 이번 오미자로 말미암아 생겨난 일을 당하고 보니 성인들의 한낱 지푸라기에 관한 그 말이 진리임을 깨달았다. 아아, 성인들이 어찌 헛된 말로 우리들을 가르치겠는가. 두어 개 오미자는 사실 한 개의 지푸라기와 같은 물건이지만 저 불경스런 중이 내게 버릇없는 소행을 보인 것은 실로 횡역(橫逆)의 경지에 도달한 것이라 하겠다.

그것 때문에 싸움이 시작되었고 주먹다짐이 벌어졌을 뿐더러, 그들이 싸우는 동안은 분한 마음을 억제치 못하고 저희들의 생사조차 생각하지 않을 지경에까지 이르렀었다. 따라서 이러한 경우를 보면, 한낱 오미자 한두 개에 불과한 것이 커다란 앙화를 초래했던 만큼, 아무리 작고 가벼운 물건이라 해도 결코 하찮게 보아 넘겨서는 안 되는 것이리라.

옛날 춘추 전국 시대에 종리(鍾離)에서 살던 한 여인이 초나라 여인과 뽕따기 내기를 하다가 결국에는 두 나라 사이에 전쟁을 일으키게 했던 일이 생각난다.

지금 이 일에 그것을 비추어 비교해 보건대 한두 개의 오미자가 성인이 말한 대로 한 낱의 지푸라기보다 많았으며, 또 그 옳고 그름을 가리는 것이 초나라 여인의 뽕따기 다툼과 다를 바 없어, 만약 이때 싸우다가 목숨을 잃은 사건이 발생했다고 한다면 군사를 동원하여 문책할 사건으로 번졌을지 그 누가 알겠는가.

나는 워낙에 학문이 두텁지 못하여 처음부터 갓을 제대로 잡고 신발끈을 매는 일을 그만두지 못하여 공짜로 오미자를 먹었다는 창피를 당했으니, 이 얼마나 수치스럽고 또한 두려운 일이리오.

길가에는 날마다 열하로 향하는 빈 수레가 몇 천인지 몇 만인지 모를 만큼 많은데 이것은 황제가 앞으로 준화(遵化), 역주(易州) 등지로 가게 되기 때문에 미리 짐을 싣기 위한 것이다. 그리고 몇천 마리의 탁타[25]가 줄을 지어 물건들을 실어 나른다. 이것들은 보통 큰 놈 작은 놈 할 것 없이 한결같이 옅은 흰빛에 조금씩 누런빛을 띠고 있으며, 털은 짧고 머리는 말과 같으나 가는 눈매는 양과 같고, 꼬리는 소의 그것과 같이 생겼다. 그리고 걸어다닐 때는 목을 꼭 움츠리고 머리는 쳐들어 마치 날아가는 해오라기의 모습과 같고, 무릎에는 마디가 두 개 있으며 발은 두 쪽으로 갈라져 있고, 걸음걸이는 학과 같고 소리는 거위와 비슷했다.

당나라 현종(玄宗) 때의 장수 가서한이 서하(西河)에 머무르고 있을 때, 그 주사관이 장안으로 들어갈 때마다 흰 탁타를 타고서 하루에 평균 500리를 달리기도 했었다. 또한 석진(石晉)의 개운(開運) 2년에 부언경이 거란과 철요의 군사를 크게 무찔러서 거란 임금은 해차(奚車)를 타고 달아났

---

[25]. **탁타** 낙타.

다. 그 뒤에 적병의 추격이 너무 빨라서 덕광(德光)이 탁타 한 마리를 잡아 그를 태운 채 달아났다 했는데, 지금 탁타의 걸음걸이를 보건대 몹시 느리고 둔해서 뒤를 따라오는 적군에게 잡히기 십상이었다. 혹시 그놈들 가운데서도 석계륜(石季倫)[26]의 소처럼 잘 달리는 놈이 있었는지는 모르겠다.

고려 태조(太祖) 때 거란은 탁타 40마리를 바쳤지만, 태조는 거란이 워낙 무도한 나라라 하며 거절하여 다리 밑에다가 매어 놓으니 10여 일이 지나서 모두 굶어죽고 말았다. 거란이 비록 무도한 나라라고는 하나 탁타에게야 무슨 허물이 있으랴.

일반적으로 탁타는 하루에 소금 몇 말과 꼴 열 단쯤은 거뜬히 먹어 치우는데, 나라에서 세운 목장은 아주 초라하고 어린 목동들로서는 탁타를 기르는 것이 쉬운 일이 아니었음은 말할 것도 없다. 또한 탁타를 이용하여 물건을 실어 나른다 해도 도시의 건물은 낮고 비좁으며 길거리도 형편없이 좁아서 탁타를 거느릴 수가 없는 형편이었으니, 사실 이 탁타는 쓸모없는 물건이 되고 말 것이었음을 짐작할 수 있다.

지금까지도 그 다리의 이름을 탁타라고 불러 개성(開城) 유수부(留守府)에서 3리쯤 가면 있는데, 다리 옆에 돌을 세우고 탁타교라고 새겼지만 원주민들은 이것을 탁타교라 부르지 않고 모두 약대다리(若大多利)라고 한다. 이것은 그들이 쓰는 사투리로 약대는 탁타라 하고, 교량은 다리라고 하기 때문이다. 여기에서 더욱 심하면 야다리(野多利)라고 불러대기도 한

---

[26]. **석계륜(石季倫)** 진나라 때 항해와 무역으로 이름난 부호 석숭(石崇).

다. 내가 맨 처음 개성에 놀러 갔을 때 탁타교에 대해 물어 보았지만 그곳 사람들 누구도 어디에 있는지 몰랐으니, 정말 이것은 사투리가 아무런 의의를 갖지 못하고 함부로 사용된 셈이다. 이날은 모두 80리 길을 걸었다.

18일.

아침에는 개었다가 곧 가는 이슬비가 내렸다. 비가 곧 멎더니 오후에 바람과 우레가 크게 일어 소나기가 마구 쏟아졌다.

아침 일찍 출발하여 차화장(車花莊)과 사자교(獅子橋)를 지나쳤다. 행궁(行宮)이 있는 목가곡(穆家谷)에 도착하여 그곳에서 점심식사를 끝내고 다시 출발하였다. 석자령(石子嶺)을 지나와 밀운(密雲)에 다다르니 청나라 왕실의 모든 왕과 황실로부터 작위와 토지를 받은 자들인 보국공(輔國公)과 수많은 관원이 북경으로 돌아가느라 길을 메웠다.

백하(白河)에 당도하니 나루터에 모여든 사람들이 서로 먼저 건너려고 소리를 지르고 있다. 한 번에 모두 건너기가 힘들기 때문에 부교(浮橋)를 맸다.

대부분의 배들은 돌을 운반하기 위한 것이었고, 사람을 실어다 주는 배는 오로지 한 척에 지나지 않았다.

전날에는 이곳을 지나갈 때 군기가 마중을 나와 주었고 낭중이 건너는 일을 감독했으며 황문(黃門)이 길을 안내했고 제독과 통관들은 의기가 당당하게 물가에서 채찍을 들어 몸소 지휘하였으니, 그야말로 온 천하를 움직일 듯한 기세였다.

하나 지금 연경으로 돌아오는 길에는 그 같은 호송도 없을 뿐만 아니라 황제도 또한 위로 한 마디 없었으니, 이것은 사신들이 산 부처님 만나 뵙기를 꺼려했기 때문에 받은 푸대접인 셈이다. 그들의 행동을 자세히 살펴보면, 갈 때와 올 때의 대접이 다르다는 것을 알 수 있다.

바로 저 백하(白河)는 그제 건넜던 물이었으며, 모래 언덕은 지난번 발을 멈추던 곳이었고, 제독이 손에 지니고 있는 채찍이나 물 위로 떠다니는 배까지도 올 때의 모습과 다름이 없으나, 그럼에도 불구하고 제독은 입을 열지 않고 통관은 고개를 떨구어 숙이고 있다. 앞에 보이는 강산은 변한 것이 조금도 없는데 세상의 염량(炎凉)은 속속들이 눈앞에 떠오른다.

아아, 서러운 일이로고. 세상일이 믿을 만한 것이 되지 못하는구나. 천세가 당당한 곳에는 사람들이 흥미를 보이지만 세상은 잠깐 사이에 변해 버리고 마니 어디에 호소를 하겠는가. 이는 마치 진흙에 빠진 소가 바다로 떠내려가듯이, 또는 큰 빙산이 햇빛을 만나 녹아 내리듯이 세상의 모든 일이 다 이와 다름없으니 어찌 서럽지 않겠느냐.

이런 생각을 하고 있는데 갑자기 사나운 구름이 몰려와 세찬 바람과 우렛소리가 들렸다.

그러나 갈 때와 비교해 보니 그렇게 심한 것은 아니지만 갈 때와 올 때 두 번 다 이런 일이 있어서 묘한 일이구나 하고 속으로 생각했다. 옛날 역사를 잘 살펴보면,

'명(明)의 천순(天順) 7년(1463)에 밀운(密雲) 회유현(懷柔縣)에 홍수가

나서 백하가 무진장 부풀어올라 밀운에 있는 군기고(軍機庫)와 문서방(文書房)이 표류되었다.'

라고 했으니, 어쩌면 이곳은 옛날의 전쟁터로서 사나운 바람과 괴우(怪雨)가 자주 일어나기 십상이어서 이에 분노한 번개와 우레가 그 침울한 원혼을 풀어 주려는 것인지도 모른다.

지나오는 물길마다 우리가 탄 배의 모양이 모두 달랐는데 이곳 백하의 배는 우리 나라의 나룻배와 거의 비슷하다. 어떤 것들은 톱으로 배의 한쪽을 베어서 몇 채를 끈으로 묶어 하나로 만들었다. 그 배 모양이 하나뿐이어도 우습게 보이는데 거기에 셋을 연결시켜 놓으니 더욱 가관이다.

갑자기 기병 4,50명이 거세게 밀어닥친다. 그 기세가 무척 수선스러운데 옆에 있는 우리 나라의 경마군과 말을 보고도 모르는 체해 버린다. 그들이 한꺼번에 우르르 배를 타는데 맨 뒤의 기병이 팔에 파란빛을 띤 매를 안고 채찍을 휘두르며 급히 배에 뛰어오르려다가 말 뒷굽이 미끄러져 안장을 맨 채 물 속으로 빠져버렸다. 헤쳐 나오려고 마구 허우적대다가 겨우 배를 붙잡고 지친 몸으로 기어올랐다.

그가 안고 있던 매는 기름 항아리에 던져진 나방과 같고, 말은 오줌통 속에 빠진 쥐와 같이 되었으니, 잘 차려입은 옷과 멋진 채찍은 물에 젖어서 일그러져 버렸다. 죄도 없는 말을 후려치니 매가 더욱 놀라 퍼덕거렸다. 자신을 뽐내고 남을 업신여기면 금방 이런 꼴을 당하게 된다는 것을 실감할 정도였다.

강을 건너고 나서 그를 뒤따르는 기병에게 물어 보았더니, 그가 말 등에

서 몸을 구부려 가지고 진흙 위에 채찍으로,

〈그이는 사천 장군입니다. 나이가 많아 용맹이 줄어들었습니다.〉

라고 썼다.

부마장(駙馬莊)에 도착하여 쉬는데 객점이 바로 그 성 밑에 있었다. 그리고 그 성이 바로 회유현(懷柔縣)이었다. 밤에 문을 나와서 뒷간에 갔더니 마침 그 기병들이 2명씩 또는 400여 명이 한 조가 되어 달리려고 준비하고 있는데 각 대열마다 등불이 하나씩 앞장을 섰다. 그들은 모두 귀족처럼 보였고 수레바퀴 소리와 말소리가 온밤 내내 그치지를 않았다. 이날은 모두 65리를 걸어갔다.

19일.

날이 갰다가도 가끔씩 비가 뿌렸다. 오후 늦게는 더 맑았지만 날씨가 무척 더웠다.

새벽에 회유현을 출발하여 남석교(南石橋)에 도착하여 그곳에서 점심식사를 하였다. 여기서 홍시를 맛보았는데 그 모양이 골이 네 개가 지고 턱이 있는 것이 꼭 우리 나라의 반시와 같았다. 다만 아주 달고 부드럽고 물이 좀 많은 것이 다를 뿐이었다. 이 감은 계주의 반산(盤山)에서 나는 것인데, 그곳의 우거진 숲은 모두 감, 배, 대추 등으로 가득하다고 한다. 임구(林溝)를 지나서 청하(淸河)에 도착하여 쉬었다. 이곳은 길이 하나라서 갈 때와 같은 길이 아니라는 것을 알았다.

길가에 있는 묘우(廟宇)에 들렀더니 강희황제의 어필로,

〈좌성우불(左聖右佛)〉

이라고 씌어 있었는데, 좌성이란 곧 관운장(關雲長)을 의미한 것이다.

그리고 양쪽의 주련(柱聯)에는 그의 높은 도덕과 학문을 높이 찬양했다. 그들이 관공(關公)을 우러른 것은 명나라 초기 때부터였는데, 그의 이름을 일컬어 패관(稗官)의 『기서(奇書)』에서까지도 모두 관모(關某)라고 했다. 그리다가 명, 청 때에는 공이(公移)와 부첩(簿牒)[27]까지도 관성(關聖)이니 관부자(關夫子)니 하며 높여 불렀다 하였으니, 그 잘못된 것과 천박한 양을 그대로 따라서 세상의 사대부들이 모두 그를 학자처럼 숭배하는 것이다.

학문을 연구한다는 것은 생각이 깊고, 변증함이 밝아야 하고, 자세히 검토하여 많은 것을 배운다는 뜻이며, 한낱 덕성을 높이는 데 그치지 않고 문학(問學)[28]을 계속해야만 하는 것이다. 옛날에 하우씨(夏禹氏)의 아름다운 경고에 절실함과 촌음을 아낀 것이라 하지만, 안자(顔子)의 말로는 잘못을 되풀이하지 않고 남에게 피해를 끼치지 않았다 할지라도 그의 마음에 조금은 거칠음이 있다고 하였으니, 학문이 극에 달했다 해도 객(客)이 된 기분은 남아 있다는 것이다.

이런 객기(客氣)를 완전히 없애는 방법으로는 개인의 사사로운 욕심을 없애고 도리를 지켜 행동으로 옮기는 것이 있다. '나'라는 개체가 사사로

---

[27] **부첩(簿牒)** 관아의 장부와 문서.
[28] **문학(問學)** 송나라 철학자 육구연은 존덕성(尊德性)을 주장했고, 주희는 도문학(道問學)을 주장했음.

운 욕심에 가득 차 있으면 성인된 자는 무릇 원수나 도적같이 생각하고 기
필코 끊어 없애버려야 한다.

그래서 『서경』에는,

'상(商)을 쳐서라도 기필코 이겨야만 하겠다.'

라고 했고, 『역경』에는,

'고종(高宗)[29]이 귀방(鬼方)을 쳐 3년 만에 이겼다.'

라고 했다.

그러니 3년 동안이나 전쟁을 하여서라도 기어코 이겨내고 말았다는 것
은, 바꾸어 말해서 싸움에 졌다면 그 나라는 나라 구실을 제대로 하지 못
했다는 것을 의미한다.

그러므로 사사로운 욕심이 채워진 뒤에야 비로소 예법으로 돌아온다고
하였으니, 이 돌아온다는 말은 추호도 거짓이 없다는 것을 의미한다.

예를 들어 저기 보이는 해와 달이 때로는 다 없어졌다가는 둥근 형태로
다시 돌아올 수 없겠고, 또 잃어버린 물건을 다시 찾았을 때 그 무게가 조
금도 줄어들지 않은 것을 알게 되는 것과 같다.

이런 경우에 어질고 슬기로움과 용기, 이 세 가지가 모두 덕(德)에 도달
하지 않으면 학문이란 이룩하기 어려운 것이다. 지금 관공(關公)과 같은
정의와 용기야말로 자기의 욕심을 구하기 이전에 먼저 예의 범절을 지키
는 것이었겠지만, 그를 가리켜 학문을 터득했다 여기는 것은 단지 그가

---

[29] **고종(高宗)** 은(殷)을 중흥시킨 임금 무정(武丁). 고종은 묘호.

『춘추(春秋)』에 밝았기 때문이다.

그는 오래 전부터 오나라와 위나라의 참적(僭賊)을 강력히 반대하였는데 그가 자기에게 붙여 준 '제(帝)'라는 호칭을 달갑게 생각하겠는가. 만약에 그의 영혼이 하늘 나라에 살아 있다고 한다면 정도의 명분에 어긋난 이일을 결코 허락하지 않았을 것이다. 영혼이 이미 사라진 뒤에 이렇게 아첨을 해본들 무슨 소용이 있겠는가.

오경 박사(五經博士)[30]도 마찬가지로 성현의 후손으로서 뜻을 이어받았기 때문에 동야씨(東野氏)[31]와 공씨(公氏)[32]를 위시해서 안씨(顔氏)[33], 증씨(曾氏)[34], 맹씨(孟氏)[35] 등은 모두 성인이나 현인의 후예라 하고 관씨(關氏)[36]의 박사도 또한 성인의 후예라 하여 동야씨와 공씨 사이의 대열에 끼어주었으니, 이는 옳지 못한 일이다. 뿐만 아니라 전(滇)[37]에 문묘(文廟)가 하나 있어 왕희지(王羲之)를 주로 모셨으니, 이것은 그를 서성(書聖)이니 필종(筆宗)이니 하면서 높여 준 것을 잘못이라고 깨닫지 못했기 때문이다.

성도(聖道)는 더욱 멀어지고 오랑캐들은 돌아가며 중국의 임금이 되었으나 저마다 법이 달라 세상을 어지럽게 하여 올바른 학문은 차차로 끊어

[30]. **오경박사(五經博士)** 한무제(漢武帝) 때 실시한 유학, 즉 오경(五經)에 능통한 학자에게 준 학위.
[31]. **동야씨(東野氏)** 주공의 후예
[32]. **공씨(公氏)** 공자의 후예.
[33]. **안씨(顔氏)** 안회의 후예.
[34]. **증씨(曾氏)** 증삼의 후예.
[35]. **맹씨(孟氏)** 맹가의 후예.
[36]. **관씨(關氏)** 관우의 후예.
[37]. **전(滇)** 운남성(雲南省) 곤명현 부근.

지고 마니 천 년 뒤의 사람들이 『수호전』을 정사(正史)로 삼게 될지 누가
알겠는가.

어떤 이는,

"남만(南蠻)과 북적(北狄)이 계속해서 중국의 임금노릇을 한다면 왕우군
(王右軍)[38]을 문묘에서 제사를 지내 받들 수도 있을 것이며, 『수호전』을 정
사로 삼는다 해도 무방할 것이오. 또한 비록 공(孔)과 안(顔)을 내쫓고 석
가를 치켜세운다 할지라도 나는 전혀 감정을 갖지 않겠소."라고 말하며 한
바탕 크게 웃고는 일어섰다.

연경으로 돌아가는 관원들이 이곳에 도달해서는 그 수가 더욱 늘어났음
을 알 수 있었다. 열하로 가는 빈 수레는 밤낮을 가리지 않고 계속해서 연
이어 있었다. 마부나 역군들 가운데 서산(西山)에 가본 사람이 멀리 서남
쪽에 빙 둘러 있는 돌산을 가리키면서,

"이것이 바로 서산이오."라고 한다.

구름 속에 일렁이는 수백 개의 봉우리가 보일 듯 말 듯하고 산의 꼭대기
에는 흰 탑이 공중으로 뽀족하게 솟았으며 산들이 병풍처럼 둘러져 있으
니, 이것은 마치 한 폭의 그림처럼 보였다. 그들이 서로 바라보며 하는 말
을 들어보니,

"저 수정궁(水晶宮), 봉황대(鳳凰臺), 황학루(黃鶴樓) 등에 걸려 있는 그
림이 모두 이것을 흉내낸 것이지."라고 한다.

[38] 왕우군(王右軍) 왕희지.

강의 남쪽에는 넓은 호수가 펼쳐져 있고 흰 돌로 깎아 세운 다리가 놓였는데 수기(繡綺)나 어대 및 십칠(十七) 등의 다리들은 모두 그 폭이 수십 보에 달하고 길이가 100여 길이었는데, 무지개와도 같이 둥그스름하게 뉘어 두었고 양쪽으로는 돌로 난간을 만들어 두고 다리 밑으로 비단돛을 달고 용을 그린 배를 다니게 한다. 40리나 되는 먼 곳의 물을 끌어 와서 호수를 만들고 폭포가 돌 틈에서 뿜어 나오게 만들었으니, 이것을 바로 옥천(玉泉)이라고 한다.

황제께서 강남을 다녀올 때나 막북(漠北)에 갈 때에도 일부러 이곳에 들러 이 샘물을 마신다고 한다. 이 샘의 물맛은 세상에서 제일이라 하는데 연경의 팔경(八景) 가운데 옥천수홍(玉泉垂紅)이 그 하나라고 하며, 마부 취만(翠萬)은 벌써 다섯 번이나 왔다갔고 하고 여쫄 산이(山伊)는 두 번이나 구경을 했다 하니, 그 두 사람과 함께 서산으로 가기로 했다.

20일.

맑았다. 새벽에 비가 약간 내렸지만 금방 멎었고 날은 조금 찼다.

아침 일찍 출발하여 20여 리를 가서 덕승문(德勝門)에 다다랐다. 문의 생김새가 조양(朝陽), 정양(正陽) 등의 아홉 문과 비슷하다. 길의 흙탕이 심하여 그 가운데 한번 빠진다면 헤어나기 힘들 것이라는 생각이 든다. 수천 마리의 양이 길을 가득 메웠는데 목동(牧童) 몇 명만이 앞에서 인도할 뿐이다. 덕승문은 바로 원(元)의 건덕문(建德門)으로서 명나라 홍무(洪武)

원년(1396)에 대장군 서달(徐達)이 지금 사용하고 있는 이름으로 고쳤다고 한다. 문밖에서 8리 되는 곳에 토성의 옛 터가 있는데 이것은 원나라 때에 쌓았다. 정통 14년(1449) 10월 기미에 먀선이 상황(上皇)을 모시고 토성에 올라가 통정사참의(通政司參議) 왕복을 좌통정(左通政)으로 하고, 중서사인(中書舍人) 조영을 태상시소경(太常侍少卿)으로 삼아 상황을 토성에 나오시게 해서 만나 뵙게 한 곳이 바로 이곳이다.

곧 『명사(明史)』를 되살려 생각해 보면,

먀선이 상황을 협박하여 자형관(紫荊關)을 쳐부수고 계속해서 경사(京師)를 넘겨다 보고 있었다. 그때 병부상서 우겸(于謙)이 석형(石亨)과 함께 부총병 범광무(范廣武)를 이끌고 와서 덕승문 밖에다 진을 치고는 먀선의 무리에 대항할 때 병부의 시무가 시랑(侍郞) 오영(吳寧)에게 부탁했다. 모든 성문은 닫게 하고 직접 싸움에 뛰어들어,

"싸움을 시작함에 있어 군졸을 거느리지 않고 장수가 뒤로 물러선다면, 그 장수는 목을 베어버릴 것이요, 군졸로서 장수의 명령을 거역하고 먼저 달아나는 자는 뒤에 배치해 둔 두 군대가 죽일 것이다."하고 호통을 쳤다.

이에 장수와 군졸들은 죽기를 각오하고 그 명령대로 움직일 것을 다짐했다. 그리고 경신(庚申)에 적군이 덕승문을 넘보기에 우겸이 석형을 시켜서 빈 집 속에다 군졸을 잠복하게 하고 기병 몇 명을 시켜 적을 유인하였다. 적이 기병 만 명을 이끌고 와 싸우고 있을 때 복병이 일어났다. 그때 먀선의 동생인 발라가 포탄에 맞아죽었다. 그 뒤 닷새가 지나가자 먀선이 다시 도전을 시도했으나, 대항치 않았다. 또 싸운다 해도 이겨낼 자신이 없

었기 때문에 협상을 원했으나 응하지 않아서 별 수 없이 상황을 모시고 북으로 떠났다.'

라고 했으니 지금 이 문밖의 여염집이나 시전이 화려하게 변한 것이 정양문 밖과 같고, 또 태평한 지가 오래 되어서 가는 곳마다 거의 그와 같았다.

그날은 관(館)에서 묵었는데 역관과 비장 일행의 하인들이 모두 길 왼편에서 기다리고 있다가 말에서 내리자마자 다투어서 악수를 청하며 그 동안의 고생을 위로한다. 그런데 내원이 보이지 않아서 물어 보았더니 그가 우리 일행을 멀리까지 나가 맞이하기 위해 혼자 일찍 밥을 먹고 동문으로 갔다 하니 아마 서로 길이 어긋난 것임에 틀림이 없다.

창대가 장복을 보고 그 동안 서로 헤어져 있던 괴로움을 말하기에 앞서 대번에,

"너는 별상금(別賞金)을 얼마나 가지고 왔느냐?"라고 물어 보자 장복도 또한 인사에 앞서서 웃음이 가득한 얼굴로,

"너는 상금이 몇 냥이나 되더냐?" 하고 되묻는다. 창대는,

"천 냥이다. 당연히 너와 절반씩 나누어 가져야지."라고 한다.

장복이 다시,

"너 황제는 만나보았느냐?"라고 말하자마자 창대가,

"그렇고말고. 황제께서는 말이지, 눈은 범의 눈이고, 코는 화롯덩이를 닮았고, 옷은 입지도 않은 채 벌거숭이로 앉아 있었다."하고 대답한다.

장복이 또 다시 묻기를,

"머리에는 무엇을 쓰고 있더냐?" 하자 창대가,

"황금 투구를 쓰고 있었는데, 나를 부르더니 큰 잔에 술을 가득 부어 주며 하시는 말씀이, '네가 주인을 모시고 험한 길을 잘 헤쳐 왔다고 하니 아주 장하다' 이렇게 말씀하시더군. 그리고 상사님은 일품각로(一品閣老), 부사님은 병부상서로 올려 주셨다."라고 한다.

이것은 하나같이 모두가 거짓말이었으나 장복은 이 말을 믿어버렸고 하인들 가운데 제법 사리를 알고 있는 사람들도 이 말을 곧이듣는 모양으로 여러 번 되물어 왔다. 변군과 조판사(趙判事)가 나와서 환영해 준다. 우리는 길가에 있는 주루(酒樓)에 올라가 파란 기에 옛 시 두 구절을 썼다.

> 서로 만나니 그 뜻이 맞아
> 그대와 더불어 마시려.
> 수양 밑에 말을 매고
> 높은 다락에 오르려하네.

이제 수양에 말을 매어 놓은 다음 다락으로 올라가 술을 마시니, 옛사람의 시를 읊어 지금 사정을 나타낸 것에 불과하지만, 그 절실한 마음이 적절히 잘 나타나 있는 것을 느꼈다.

이 다락은 위아래로 모두 마흔 칸인데 난간과 기둥에 아로새겨진 단청이 현란하고, 분벽(粉壁), 사창(紗窓)이 마치 신선이 살고 있는 곳처럼 보였다. 그리고 그 양쪽에는 고금의 법서(法書)와 오래 된 명화(名畵)가 많이 걸려 있고, 또한 술자리에서 읊었던 아름다운 시의 구절이 많이 붙어 있었다. 이곳은 조신(朝臣)들이 공무를 마치고 돌아가는 길이나 또는 나라 안의 명사들이 석양이 되면 자주 들러서 말과 수레가 구름처럼 많을 때도 있었다. 그들은 술에 취하면 시를 읊기도 하고 글씨와 그림에 대하여 토론하며 저녁을 보냈고, 그 아름다운 시의 구절과 글씨와 그림을 종이에 남겼다. 이런 일이 날마다 계속해서 있었지만 어제 남긴 것들이 오늘이면 벌써 다 팔려버린다.

술집에서는 이것을 이용하려고 앞다투어 교의, 탁자, 그릇, 골동품 등을 사들여 장식하고, 갖가지 화초를 즐비하게 늘어놓아 시화로 삼게 하였으며, 좋은 먹과 아름다운 종이와 값나가는 벼루와 붓들이 항상 준비되어 있었다.

옛날에 양무구(楊無咎)[39]가 어떤 기생의 집에 들렀을 때 좁은 바람벽 위에 절지매(折枝梅) 한 폭을 그려 붙였다. 그랬더니 오고가는 사대부들이 이것을 구경하기 위해 이 집을 찾아들기 시작하고, 그 기생의 문호가 더욱더 번창하였다. 그러나 얼마 뒤 이 그림이 도난당하자 찾아들던 수레와 말이 차차로 줄게 되었다고 한다. 또한 벼슬을 멀리하며 숨어 지내던 장씨라는 한 선비가 오래 전에 최씨가 술항아리를 두는 곳에,

무릉성 깊은 곳에 최씨 집의 맛좋은 술
이 세상에 없는 것이 하늘 위라고 있겠 는가.
이내 몸 술 한 말을 모두 마시고, 구름인 양
백운 깊은 저 동구에 취한 채 누웠다오.

[39]. **양무구(楊無咎)** 청의 양무구(楊无咎)인 듯함.

라는 시 한 구절을 써두자 손님이 부쩍 늘어났다고 한다.

대부분의 중국 명사와 대부들은 기생집과 술집을 즐겨 찾았는데 사람들이 이것을 나쁘게 생각하지 않자 송나라 학자인 여조겸은 가훈을 지어 다방과 술집에 드나드는 것을 경계했다.

지금 우리 나라 사람들이 술 마시는 것을 생각해 보면 다른 나라 사람들 못지 않게 독음(毒飮)이다. 우리 나라에서는 길을 가다 항아리 구멍처럼 작은 들창에 문은 새끼로 얽어매고 길 왼쪽으로 난 소각문(小角門)에다 새끼줄로 발을 늘어뜨리고 쳇바퀴 등롱을 만들어 매달아 놓은 곳이 있으면 필시 이것이 술집이란 것이로구나 생각하면 된다. 그리고 우리 나라 시인들의 시에 말하는 파란 기(旗)라는 것은 모두가 사실이 아니니, 지금까지 술집 등마루에 나부끼는 깃발을 하나도, 나는 한 번도 본 적이 없다. 또 그들이 마시는 술의 양은 너무 많아 큰 사발에 술을 가득 따라 이맛살을 찌푸려 가며 단숨에 마셔 버린다.

이것은 아무 의미 없이 술을 뱃속에다 부어 넣는 짓이지 마시는 것이 결코 아니며, 배를 불리기 위함이지 취미를 돋우기 위한 것도 결코 아니다. 그래서 그들이 한번 술을 마시게 되면 언제나 취해 버리고, 취하면 대부분 주정을 하게 되며, 나중에는 그것이 싸움으로 발전하여 술집의 항아리와 사발들은 모두 깨지게 마련이다.

이렇게 되고 보면 풍류(風流)나 문아(文雅)의 모임이라는 참된 취지는 온데간데 없어지고, 오히려 중국의 술 마시는 법대로 하면 배부를 게 아무것도 없지 않겠느냐고 비난하는 듯한 느낌을 가진다.

이제 이런 중국의 술집을 압록강 동쪽에다 옮겨 보았댔자 하루 저녁도 넘기지 못하고 그 값진 술잔과 골동품들은 산산조각이 나고, 아름다운 화초는 꺾이고 짓밟혀 버릴 테니 실로 아까운 일이 아닐 수 없다.

예를 하나 들어보면, 내 친구 이주민(李朱民)은 풍류와 문아를 한몸에 지닌 선비로서 한평생 중국을 목마르게 연모했다. 하지만 한 가지, 술을 마실 때면 중국의 주법을 좋아하지 않아 술잔의 크기와 술의 양을 가리지 않고, 손에 닿기만 하면 금방 한 입으로 들이키니, 친구들은 이를 가리켜 '술 엎는다' 라고 하기도 하며 아학(雅謔)[40]을 삼곤 했다.

이번에 그와 함께 중국에 오기로 되었는데 어떤 사람이,

"그는 주정을 잘하여 가까이하고 싶지 않습니다."

하고 험담을 했으나, 나는 그와 10년을 함께 마셨는데도 얼굴이 붉어진다거나 입으로 토해내는 것을 한 번도 본 적이 없었고 오히려 마실수록 더 차분해졌다. 단지 그가 '술 엎는' 버릇이 좀 나빴을 뿐이다.

그런데 주민은 늘,

"옛날에 두자미(杜子美)도 술을 엎곤 했다더군. 그의 시에도 '얘야, 이리 오너라. 장중배를 엎어야겠다' 라고 했으니 이는 바로 입을 벌린 채 누워 아이들을 시켜 술잔을 입에 엎어 부으라는 것이 아니겠는가?"

라고 증거를 대니 자리를 함께 했던 사람들은 고개를 끄덕거리곤 했다.

만리 타향에 오니 갑자기 친구와의 추억이 생각난다. 주민은 오늘 이 시

[40] **아학(雅謔)** 고상한 해학

241

간에도 어느 집 술자리에 앉아 왼손으로 잔을 잡고 만리 타향으로 떠다니는 나를 생각하고 있는지도 모를 일이다.

갈 때 잠깐 들렀던 객관을 다시 가보았다. 바람벽 위에 걸려 있던 몇 폭의 주련(柱聯)과 좌우에 놓아 둔 생황, 철금 등이 모두 그대로 있으니, 옛 시에, '병주(幷州)를 바라보니 내 고향이 이곳이네'[41]라고 한 것이 바로 이를 두고 한 말이다.

저녁식사를 마친 후에 조 주부 명위(明渭)가 내 방에 와서 자기 방에 묘한 일이 있다기에 그곳에 가보았다. 문 앞에는 10여 분(盆)의 화초가 놓여 있는데, 그 이름은 다 알 수가 없다. 하얀 유리 항아리가 두 자쯤으로 높아 보이고 침향(沈香)으로 만든 가산(假山)이 또한 두 자쯤 높아 보였다. 석웅황(石雄黃)[42]으로 만든 필산(筆山)[43]의 높이는 한 자가 넘으며, 청강석(靑剛石) 필산은 대추나무로 밑받침을 했는데, 괴강성의 무늬가 자연스럽게 생겼고 발은 감나무로 달았다. 그 값이 모두 화은(花銀)[44] 30냥이라고 한다. 또한 기서(奇書)가 수십 가지 있는데, 『지부족재총서(知不足齋叢書)』, 『격치경원(格致鏡源)』 등 모두 값비싼 것들이다.

조군(趙君)은 20여 차례나 연경에 간 경험이 있는 만큼 북경을 자기 집처럼 드나들었다. 또한 한어(漢語)에 가장 능숙할 뿐만 아니라, 물건을 매

<hr>

[41]. **병주를 바라보니 내 고향이 이곳이네** 당나라 시인 가도(賈島)의 시구. 고향을 떠나 병주에서 살다 여행을 떠나고 보니 병주가 고향으로 생각되었다는 뜻.
[42]. **석웅황(石雄黃)** 유화물(硫化物)로 된 광석(鑛石).
[43]. **필산(筆山)** 붓을 꽂는 도구.
[44]. **화은(花銀)** 청나라 때 사용하던 은화의 일종.

매하는 데 있어서도 그다지 에누리를 하지 않기 때문에 단골손님이 많았는데 그가 사용할 방에 그것들을 걸어놓아 청상(淸賞)에 도움을 주기도 한다. 연전 창성위(昌城尉)[45]가 정사로 왔을 때에 건어호동에 있는 조선관(朝鮮館)에 불이 났다. 상인들이 가지고 온 물건들이 모두 불에 탔는데 조군의 방은 피해가 더욱 심하였다. 그가 팔아버린 물건을 제외하고도 불에 탄 것들은 모두 구하기 힘든 골동품과 서책이었는데, 그 가격을 계산해 보았더니 3,000냥이나 되는 거액이었다. 이것들은 모두 융복사(隆福寺)나 유리창(琉璃廠)에서 옮겨 온 물건들이었는데 단골 손님들은 모두 조군의 방을 빌려서 진열했기 때문에 그 피해를 보상받으려고 하지도 않았고, 또다시 그 방을 빌려 전과 조금도 다름없이 꾸며 놓았으니 방이 다시 예전처럼 되어 조군의 마음을 기쁘게 했다. 이것은 중국의 풍속이 악착스럽지 않은 것을 보여주는 한 면이라고 할 수 있겠다.

　밤에 태학관에서 쉬었는데, 많은 역관들이 내 방에 모여들었다. 술과 안주가 있었으나, 행역(行役)한 뒤라서 입맛이 전혀 없었다. 사람들은 내 봇짐을 눈여겨보며 저 속에 혹시 먹을 것이 있지 않을까 하는 눈치들이다. 나는 창대를 시켜 여러 사람 앞에서 보를 끌러 보이게 했다. 거기에는 붓과 벼루가 있을 뿐 다른 것은 하나도 없었고 두툼하게 보였던 것은 필담(筆談), 난초(亂草)로 만들어 유람할 때 쓴 일기였다. 사람들이 비로소 가벼운 웃음을 지으며,

[45]. 창성위(昌城尉) 황인점(黃仁點). 창성은 봉호.

"매우 궁금하게 생각했소. 갈 때는 아무것도 없었는데 올 때는 짐이 두 툼했으니 말이오."라고 하자 장복도 마찬가지로 창대를 향해,

"별상금(別賞金)은 어디다 두었소?"라고 하며 서운해 못 견디겠다는 듯한 얼굴을 하였다.

山莊雜記

산장잡기

야출고북구기(夜出古北口記)

연경에서 열하로 가는 길은, 창평을 돌아 서북쪽으로 가면 거용관(居庸關)에 이르게 되고, 밀운을 거쳐서 동북으로 가면 고북구에 이르게 된다.

고북구로부터 장성을 따라 동으로 산해관(山海關)까지는 700리이고, 서쪽으로 거용관까지는 280리로, 고북구는 거용관과 산해관의 중간에 있어 장성의 지세가 험하여 방어하는 데는 이만한 곳이 없다.

이곳은 몽고가 중국 땅에 드나들 때에 항상 중요한 곳이 되어, 겹으로 된 관문을 만들어 그 요새를 관리하고 있다.

송나라 학자 나벽(羅壁)이 그의 글에 이르기를,

'연경 북쪽 800리 밖에는 거용관이 있고 관의 동쪽 200리 밖에는 호북구가 있는데, 호북구가 곧 고북구이다.'

라고 하였다.

당(唐) 때부터 이름을 고북구라 해서 중원 사람들은 장성 밖을 모두 구외(口外)라고 불렀으며, 구외는 모두 당나라 때 오랑캐의 추장 해왕(奚王)의 근거지였다.

『금사(金史)』를 살펴보면,

'그 나라 말로 유알령(留斡嶺)이 곧 고북구이다.'

라고 되어 있다.

그래서인지 대개 장성을 둘러서 구(口)라고 일컫는 데가 100곳이 넘는다. 산을 의지해서 성을 쌓았는데 입을 벌린 듯 높은 절벽과 구멍을 뚫을 듯 흐르는 깊은 시내로 인하여 그 물에 부딪쳐 뚫어지면 성을 쌓을 수 없어 그곳에 정장¹을 만들었다. 명나라 홍무(洪武) 때에 외적의 침입을 막는 천호(千戶)를 두어 오중관(五重關)을 지키게 했다.

말을 타고 무령산을 돌아 배로 광형하를 건너 밤중에 고북구를 빠져나가니 때는 이미 삼경이 되었다. 중관을 지나와서 말을 장성 아래 세워두고 그 높이를 헤아려 보니 10여 장(丈)이나 된다.

나는 붓과 벼루를 꺼내어 술을 부어 먹을 갈고 성을 어루만지면서,

〈건륭 45년 경자 8월 7일 밤 삼경에 조선 박지원(朴趾源)이 이곳을 지나다.〉

라고 글을 쓰고는 이내 크게 웃으면서,

"나는 서생(書生)으로서 머리가 하얗게 세어서야 장성 밖을 한 번 나와

---

¹· **정장** 변방의 요새에 설치하여 사람의 출입을 검사하는 관문.

보았구나."하고 말하였다.

옛날 장군 몽염이 스스로 말하기를,

"내가 임조로부터 시작하여 요동에 이르기까지 성을 만여 리나 쌓는데, 간혹 지맥(地脈)을 끊지 않을 수 없었다."

하였으니 이제 살펴보니 그가 산을 헤치고 계곡을 메운 것이 사실이었다.

아, 슬프도다. 여기는 옛날부터 백 번이나 전쟁이 벌어졌던 전쟁터이다. 후당(後唐)의 장종(莊宗)이 후량의 장수 유수광을 잡으니 별장(別將) 유광준은 고북구에서 이겼고, 거란의 태종(太宗)이 산 남쪽을 차지하려 할 때에도 먼저 고북구로 내려왔다 하였으니 곧 이곳이요, 여진이 요(遼)를 멸망시킬 때 여진 장수 희윤(希尹)이 요의 군사를 크게 파했다는 곳도 바로 이곳이요, 또 연경을 차지하려 할 때 포현이 송나라 군사를 패배시킨 곳도 여기다. 또, 원나라의 문종(文宗)이 즉위하자 여진의 당기세(唐基勢)가 군사를 여기에 주둔시켰고, 이어 산돈(撒敦)이 상도(上都)의 군사를 추격한 것도 여기였다. 몽고의 독견첩목아(禿堅帖木兒)가 쳐들어올 때 원의 태자는 이 관으로 도망하여 흥송(興松)으로 달아났고, 명나라 세종 때에는 엄답(俺答)이 경사(京師)를 침범할 때에도 이 관을 지났다.

성 아래는 모두 날고 뛰고 치고 베던 싸움터로서 지금은 사해가 군사를 쓰지 않아 사방이 산으로 둘러싸여 골짜기마다 오히려 음삼하였다.

마침 달이 상현이라 고개에 걸려 넘어가려 하는데, 달빛이 싸늘하기가 날카롭게 간 칼날 같았다. 조금 있다가 달이 고개 너머로 더욱 기울어지자 뾰족한 두 끝이 오히려 불빛처럼 붉게 변하면서 횃불 두 개가 산 위로부터 솟아오르는 듯하였다.

북두칠성은 반 남아 관문 안에 꽂혔는데, 벌레 우는 소리는 사방에서 들려오고 한 줄기 바람은 고요하니, 숲과 계곡이 함께 우는 듯하다. 짐승 같은 언덕과 귀신 같은 바위들은 창을 세운 듯하고 방패를 벌여 놓은 것 같다.

또한 큰 물이 산 틈에서 쏟아져 흐르는 소리는 마치 군사들이 함성을 지르며 싸우고 말이 뛰고 북을 치는 소리와 같다. 하늘에서 학이 우는 소리가 대여섯 번 들리는데, 맑고 긴 것이 피리 소리 같았다. 어떤 사람들은 이것을 고니라고 하고 혹자는 백조 소리라고도 했다.

야출고북구기후지(夜出古北口記後識)

우리 나라 선비들은 태어나서 늙고 병들어 죽을 때까지 강역(彊域)을 떠나지 못하니, 근세의 선배로서는 오직 노가제(老稼齊) 김창업(金昌業)과 담헌(湛軒) 홍대용(洪大容)이 중국의 한 모퉁이를 밟았을 뿐이다.

연(燕)은 전국시대 일곱 나라 중에 하나로, 「우공편(禹貢篇)」[2]의 구주(九州) 가운데 하나인 기주(冀州)가 이곳이다. 천하로 본다면 드넓은 땅의 겨

2. **「우공편(禹貢篇)」** 「서경」의 한 편

우 한 구석이라고 할 수 있지만 원, 명을 거쳐 지금의 청에 이르기까지 중국을 통일한 천자들이 도읍과 궁의 터로 삼아 옛날의 장안이나 낙양과 다름없다.

소자유(蘇子由)는 중국 선비지만, 경사(京師)에 이르러 천자의 웅장한 궁궐과 널따란 창름과 부고(府庫), 성지(城地), 원유(苑有)를 둘러보고 나서 천하가 크고 화려한 것을 알게 된 것을 다행으로 여겼다 한다. 하물며 우리 나라 사람으로서 그 크고 화려한 것을 한 번이라도 보았다니 다행이라 할 수 있다.

그리고 지금 내가 이 여행을 더욱 다행으로 여기는 것은 장성을 나와서 막북(漠北)에 이른 선배들이 일찍이 없었다는 것이다. 그러나 노정(路程)에 따르다 보니 깊은 밤의 눈먼 자처럼 행동하고 꿈속같이 지내다 보니 그 산천의 자세한 모습과 뛰어난 경치와 국경 수비의 웅장하고 기이한 것을 두루 보지 못했으니 그것이 애석할 따름이다.

때는 가을이라 달이 은은하게 비치고, 관내(關內)의 양쪽 언덕은 백장(百丈)의 높이로 깎아 세운 듯한데 길이 그 가운데로 나 있다.

나는 어려서부터 담(膽)이 작고 겁이 많아서 낮에라도 빈 방에 들어가거나 밤에 조그만 불빛이라도 만나면 언제나 머리카락이 쭈뼛서고 심장이 뛰는 터였는데, 금년 내 나이 44세건만 그 무서워하는 것이 어릴 때나 매한가지로 같았다.

이제 밤중에 홀로 만리장성 아래에 섰는데, 달은 기울고 강물은 소리를 내며 흐르고, 바람은 처량한데 반딧불이 날아올라서 접하는 모든 경치가 놀랍고 두려우며 기이하고 신기하니, 홀연히 두려운 마음은 없어지고 기이한 흥취가 발동하여 공산(公山)의 초병(草兵)[3]이나 북평(北平)의 호석(虎石)[4]도 나를 놀라게 하지 못하게 되었으니, 이는 더욱 다행으로 여길 수 있다.

안타까운 일은 붓이 가늘고 먹이 말라 글자를 서까래만큼 크게 쓰지 못하고, 장성의 고사(故事)를 시로 쓰지 못하는 일이다. 그러나 고국으로 돌아가는 날에는 동네 사람들이 다투어 술로 위안하고, 또 열하의 행정(行程)을 물을 터이니, 이 기록을 내어 보이면 모두 모여 한 번 읽어 보고는 책상을 치면서 기이하다고 떠들썩하리라.

일야구도하기(一夜九渡河記)

하수(河水)는 두 산 틈에서 나와 돌과 부딪쳐 싸우며, 그 놀란 파도와 성난 물머리와 우는 여울과 노한 물결과 슬픈 곡조와 원망하는 소리가 굽이쳐 돌면서, 우는 듯, 소리치는 듯, 바쁘게 호령하는 듯, 항상 장성을 깨뜨릴

---

[3] 공산(公山)의 초병(草兵) 전진의 3대 군주인 부견(符堅)이 위급함을 당하자 팔공산(八公山)의 풀까지 적으로 오해하여 놀랐다는 고사(故事).
[4] 북평(北平)의 호석(虎石) 한(漢)의 이광(李廣)이 우북평(右北平)의 바위를 범으로 보고 활을 쏘았다는 고사.

형세다. 전차(戰車) 만승(萬乘)과 전기(戰騎) 만대(萬隊)나 전포(戰砲) 만가 (萬架)와 전고(戰鼓) 만좌(萬座)로써는 그 무너뜨릴 듯 내뿜는 소리를 족히 형용할 수 없을 것이다. 모래 위에 큰 돌이 흘연히 떨어져 섰고, 강 언덕에 버드나무는 어둡고 컴컴하여 물지킴이와 하수귀신이 다투어 나와서 사람 을 놀리는 듯한데, 좌우의 이무기가 붙들려고 애쓰는 듯싶었다.

어떤 이는 말하기를,

"여기는 옛 전쟁터이므로 강물이 저같이 우는 것이다."

하지만 이는 그런 것이 아니니 강물 소리는 듣기 여하에 달렸을 따름이 다.

산 중의 내 집 문 앞에는 큰 시내가 있어 매양 여름철이 되어 큰비가 한 번 지나가면 시냇물이 갑자기 불어서 항상 차기(車騎)와 포고(砲鼓)의 소 리를 듣게 되어 드디어 귀에 젖어버렸다. 내가 일찍이 문을 닫고 누워서 소리 종류를 비교해 보니, 깊은 소나무가 퉁소 소리를 내는 것은 듣는 이 가 청아(淸雅)한 탓이요, 산이 찢어지고 언덕이 무너지는 듯한 것은 듣는 이가 분노한 탓이요, 뭇 개구리가 다투어 우는 것은 듣는 이가 교만한 탓 이요, 대피리가 수없이 우는 것은 듣는 이가 노한 탓이요, 천둥과 우뢰가 급한 것은 듣는 이가 놀란 탓이요, 찻물이 끓는 듯이 문무(文武)가 겸한 것 은 듣는 이가 아취를 자아내는 탓이요, 거문고가 궁우(宮羽)에 맞는 것은 듣는 이가 슬픈 탓이요, 종이창에 바람이 우는 것은 듣는 이가 의심나는 탓이니, 모두 바르게 듣지 못하고 특히 흉중에 품은 뜻을 가지고 귀에 들 리는 대로 소리를 만든 것이다. 지금 나는 밤중에 한 강을 아홉 번 건넜다.

강은 새외로부터 장성을 뚫고 유하와 조하, 황화, 진천 등의 모든 물과 합쳐 밀운성 밑을 거쳐 백하(白河)가 되었다. 나는 어제 두 번째 배로 백하를 건넜는데 이것은 하류였다.

내가 아직 요동에 들어오지 못했을 때는 바야흐로 한여름이라, 뜨거운 볕 밑을 가노라니 홀연 큰 강이 앞에 있는데 붉은 물결이 산같이 일어나 그 끝을 볼 수 없으니, 이것은 대개 천리 밖에서 폭우가 온 것이다.

이 물을 건널 때는 사람들이 모두 머리를 우러러 하늘을 본다. 처음에 생각하기에 사람들이 머리를 들고 하늘을 쳐다보는 것은 하늘에 묵도(默禱)하는 것인 줄 알았더니, 나중에 알고 보니 물을 건너는 사람들이 물이 돌아 탕탕히 흐르는 것을 보면, 자기 몸은 물을 거슬러 올라가는 것 같고 눈은 강물과 함께 따라 내려가는 것 같아서 갑자기 현기(眩氣)가 나면서 물에 빠지는 것 같기 때문이다. 그들이 머리를 우러러보는 것은 하늘에 비는 것이 아니라, 물을 피하여 보지 않으려는 것이다. 또한 어느 겨를에 잠깐 동안의 목숨을 위하여 기도할 수 있으랴. 그 위험함이 이와 같으니, 물소리도 듣지 못하고 모두 말하기를,

"요동 들은 평평하고 넓기 때문에 물소리가 크게 울지 않는 것이다."한다.

하지만 이것은 물을 알지 못하고 하는 말이다. 요하가 일찍이 울지 않는 것이 아니라 특히 밤에 건너 보지 않았기 때문이다. 낮에는 눈으로 물을 볼 수 있으므로 눈이 오로지 위험한 데만 보느라고 도리어 눈이 있는 것을 걱정하는 판인데, 어찌 더하여 들리는 소리가 있을 것인가. 지금 나는 밤

중에 물을 건너는지라 눈으로는 위험한 것을 볼 수 없으니, 위험은 오로지 듣는 데만 있어 바야흐로 귀가 무서워하여 걱정을 이기지 못하는 것이다.

나는 이제야 도(道)를 알았도다. 마음이 어두운 자는 이목이 누(累)가 되지 않고, 이목만을 믿는 자는 보고 듣는 것이 더욱 밝아져서 병이 되는 것이다. 이제 내 마부가 발을 말굽에 밟혀서 뒷차에 실렸으므로, 나는 드디어 혼자 고삐를 늦추어 강에 띄우고, 무릎을 구부려 발을 모으고 안장 위에 앉았다.

한 번 떨어지면 강이나 물로 땅을 삼고, 물로 옷을 삼으며, 물로 몸을 삼고, 물로 성정을 삼으니, 이제야 내 마음은 한 번 떨어질 것을 판단한 터이므로, 내 귓속에 강물 소리가 없어지고, 무릇 아홉 번 건너는 데도 걱정이 없어 의자 위에서 앉았다 일어났다 하고 기거하는 것 같았다.

옛날 우(禹)는 강을 건너는데, 황룡(黃龍)이 배를 등으로 져서 지극히 위험했으나 사생(死生)의 판단을 먼저 마음속에 밝게 하고 보니, 용이거나 지렁이거나, 크거나 작거나가 족히 관계될 바 없었다. 소리와 빛은 외물(外物)이니 외물이 항상 이목에 누가 되어 사람으로 하여금 똑바로 보고 듣는 것을 잃게 하는 것이 이와 같거든, 하물며 인생이 세상을 지나는데 그 험하고 위태로운 것이 강물보다 심하고, 보고 듣는 것이 문득 병이 되는 것임에랴.

나는 또 우리 산중으로 돌아가 다시 앞 시냇물 소리를 들으면서 이것을 증험해 보고, 몸 가지는 데 교묘하고 스스로 총명한 것을 자신하는 자에게 경계하려 하는 바이다.

만국진공기(萬國進貢記)

건륭 45년 경자년에 황제는 일흔 살의 나이로 남방에서부터 바로 북쪽의 열하까지 돌아보았다. 그해 가을 8월 13일은 곧 황제의 천추절(千秋節)[5]이다.

황제께서는 특별히 우리 나라 사신을 불러 행재소(行在所)까지 와서 뜰에 참석하여 하례 하도록 했다.

나는 사신을 좇아 북으로 장성을 나와 밤낮으로 달렸다. 길에서 보니 공물을 바치는 수레가 사방으로부터 모여들어 만 대는 될 것 같았다. 사람들이 지기도 하고, 약대나 가마에 싣고 가기도 하는데, 형세가 풍우와 같다. 물건 중에서 정교하고 부서지기 쉬운 것들은 들것에 메고 간다고 한다.

수레마다 말이나 노새를 예닐곱 마리씩 매어 끌고, 노새 네 마리가 끌고 가는 가마 위에는 누런빛의 작은 깃발에 진공(進貢)이란 글자를 써서 꽂았다.

진공물들의 바깥 포장은 모두 붉은 빛의 담요와 여러 가지 모직 옷감과 대자리나 등자리를 썼는데, 모두 옥으로 만든 물건들이라 한다. 수레 하나가 길에 넘어져 바야흐로 고쳐 싣는 중인데, 가죽을 싼 등자리가 조금 떨어진 틈으로 엿보니, 궤짝은 누런 칠을 하였고 크기가 작은 정자 한 칸 만

<hr />

[5] **천추절(千秋節)** 탄신일.

254 열 하일 기

했다.

가운데에는 자유리보일좌(紫琉璃普一座)라고 썼는데, 보(普)자 아래와 일(一)자 위에는 글자가 두서너 자가 더 있어 보였으나 등자리에 가려져서 무슨 글자인지 알 수 없었다. 유리 그릇의 크기가 이 정도이니 다른 여러 수레에 실린 짐은 미루어 짐작할 수 있었다.

날이 그새 저물자 수레들이 길을 다투어 더욱 재촉해 달리는데, 횃불이 서로 마주 비치고 방울 소리가 땅을 진동시켰다. 채찍 소리가 벌판을 진동하는 가운데 범과 표범을 집어넣은 우리를 실은 수레가 10여 대는 되었다. 그 우리에는 모두 창문이 있고 범 한 마리를 넣을 만큼의 크기로 만들었다. 범들은 모두 목에 쇠사슬을 매었고 눈빛이 붉었는데 어떻게 보면 푸르기도 했다. 바닥에 뒹굴고 있는 몸뚱이는 늑대 같고, 키가 작고 텁수룩한 털과 꼬리는 삽살개 같았다. 이 밖에 곰, 여우, 사슴 등은 이루 다 기록할 수가 없을 만하였다.

사슴 중에도 붉은 굴레를 씌워 말을 모는 것처럼 몰아가는 것은 길들인 사슴이다. 악라사 개는 키가 거의 말만하고, 온몸의 뼈는 가늘고 털이 짧고 날씬한 것이 우뚝 서니 여윈 정강이는 학같이 보이고, 꼬리는 뱀같이 움직이며, 허리와 배는 가느다랗고, 귀로부터 주둥이까지는 한 자쯤 되었다. 이것이 모두 입인데 범이나 표범도 죽인다고 한다. 그리고 큰 닭이 있는데, 모양은 낙타와 같고 키는 서너 자나 되며, 발은 낙타의 발처럼 생겨 날개를 치면서 하루 300리는 간다고 하는데, 이것의 이름은 타계(駝鷄)라고 한다.

낮에 본 것은 모두 이런 종류였다.

상하가 모두 길가기에 바빠서 무심코 지나가다가, 날이 저물자 마침 하인들 중에 표범 우는 것을 들은 자가 있었다. 부사와 서장관과 함께 가서 범을 실은 수레를 구경했다. 그제서 비로소 수없이 많은 수레를 지나쳐 보낸 것이 비단 옥으로 만든 그릇이나 보물뿐만이 아니라 사해 여러 나라의 많은 기이한 새와 짐승임을 알았다.

연극 구경을 할 때 보니 아주 작은 말 두 마리가 산호수(珊瑚樹)를 싣고 누각으로부터 나왔다. 말의 크기는 겨우 두 자이며 몸빛은 황백색인데, 갈기머리는 땅에 끌리고 울고 뛰고 달리는 것이 감히 준마(駿馬)의 체통을 갖추었다. 산호수의 가지는 엉성했는데 그 크기는 말보다 컸다. 아침에 행재소 문 밖으로부터 혼자 걸어서 여관으로 돌아오다가 보니, 부인 하나가 태평거(太平車)를 타고 가는데 얼굴에는 분을 짙게 바르고 수놓은 비단옷을 입고 있었다. 수레 옆에서 한 사람이 맨발로 채찍을 휘두르면서 수레를 모는데 몹시 빨랐다. 그 사람의 머리카락은 짧아 어깨를 덮었고, 머리카락 끝은 모두 말려 들어가 양털처럼 되었으며, 금고리로 이마를 둘렀다. 얼굴은 붉고 살지고 눈은 고양이처럼 둥글었다.

그 수레를 따르면서 구경하는 자들로 북새통을 이루어 먼지가 자욱하게 일어났다. 처음에는 수레를 모는 자의 모양이 하 이상하므로 미처 수레 속에 있는 부인을 살펴보지 못했는데, 다시 한번 자세히 들여다보니 이는 부인이 아니라 사람 형상을 한 짐승이었다. 털로 덮인 손은 원숭이처럼 생겼고, 손에 가진 물건은 접는 부채 같은데 잠깐 보건대 얼굴은 아주 예쁜 것

같았다. 그러나 자세히 살펴보니 늙은 할멈 같고 요괴스럽고 사납게 생겼
으며 키는 겨우 두 자 남짓한데, 수레의 휘장을 걷어 올려서 좌우를 둘러
보는 눈이 잠자리 눈같이 보였다. 이것은 대체로 남방에서 나는 것으로 능
히 사람의 뜻을 안다고 한다.

어떤 사람들은 말하기를,

"저것은 산도(山都)[6]다."라고 한다.

만국진공기후지(萬國進貢記後識)

내가 몽고 사람 박명(博明)에게 저것이 무슨 짐승이냐고 물었다. 박명이
말하기를,

"옛날에 장군 풍승액(豊昇額)을 따라 옥문관을 지나서 돈황으로부터 4
천 리 떨어진 골짜기에 가서 자는데, 아침에 일어났더니 사람들이 장막 속
에 두었던 목갑(木匣)과 가죽 상자가 없어졌다고 합니다. 당시 같이 간 막
려(幕侶)들이 상황을 알아보니 잃어버린 것이 분명했답니다. 사람들이 말
하기를, '이것은 야파(野婆)가 도둑질해 간 것이다' 하므로 군사를 내어 야
파를 포위하였습니다. 모두 나무를 타는데, 나는 원숭이처럼 빨랐습니다.

---

6. **산도(山都)** 원숭이의 일종.

야파는 형세가 궁하자 슬피 울면서 잡히지 않으려고 모두 나뭇가지에 목을 매어 죽었습니다. 이래서 잃었던 물건을 모두 찾았는데 상자와 목갑은 잠가 놓은 그대로 있었고, 잠근 것을 열고 보니 속에 기물들도 역시 그대로였다고 합니다. 상자 속에는 붉은 분과 목걸이와 머리꽂이 패물들을 많이 있었고, 아름다운 거울도 있었으며 또 침선(針線)과 가위와 자까지 있었습니다. 야파는 본시 짐승인데 여자를 본떠 치장하는 것을 스스로의 즐거움으로 삼았다고 합니다." 한다.

유황포(俞黃圃)가 나에게 막북(漠北)의 기이한 구경거리를 묻기에 타계(駝鷄)에 대해 말했더니 황포는 하례하며 말하기를,

"이는 먼 서쪽 지방에 사는 기이한 새로서 중국 사람들도 말만 들었을 뿐 그 형상을 보지 못했는데, 공(公)은 외국 사람으로서 그것을 보았군요." 한다.

산도(山都)에 대해 말했으나 이것을 보았다는 사람이 없었다. 내가 열하에서 돌아오는 중에 청하(淸河)에 이르러 거리에서 난쟁이 한 사람을 보았는데, 키는 겨우 두 자 남짓하고 배는 크기가 북만하여 불쑥 튀어나온 것이 그림에 있는 포대화상[7] 같았다.

입과 눈은 모두 밑으로 처졌고, 팔뚝과 다리도 없이 손발이 몸뚱이에 그대로 달렸고, 담배를 물고 뽑내며 가는데 손을 펴고 흔들면서 춤을 추었다. 머리를 깎지 않고 뒤통수에 상투를 했고, 선도건(仙桃巾)을 걸쳤는데

[7] **포대화상** 불교에서 말하는 일곱 복신(福神) 중의 하나.

사람을 보면 크게 웃었다. 베로 만든 도포에 소매가 넓고 배를 모두 드러 내놓았는데 그 모양이 옹졸하게 생긴 것이 그 모습의 기괴함을 말로 다할 수 없으니, 조물주는 장난을 퍽 좋아하는 모양이다.

내가 이것을 황포에게 이야기했더니 황포와 그 밖의 여러 사람들은 모두 말하기를,

"그의 이름은 천생이물인(天生異物人)으로서, 사람을 자라처럼 꾸며서 놀이를 하는 것으로 지금 거리에서는 이런 것을 많이 볼 수 있습니다."한 다.

내 평생에 괴이한 구경을 열하에 있을 때 많이 하였으나 그 이름조차 모르는 것이 많고 글로는 능히 형용할 수 없어서 많은 것을 빼놓고 기록하지 못하니 안타까울 따름이다.

— 평계(苹溪)[8]의 비 내리는 집에서 연암이 쓰다.

상기(象記)

앞으로 기이하며 괴상스럽고 특별히 우습고 거대한 것을 구경하려면 먼

---

8. **평계(苹溪)** 연암 서당 앞을 흐르는 시내 이름.

저 선무문(宣武門) 안에 있는 상방(象房)⁹에 가봐야 할 것이다.

　내가 황성(皇城) 즉, 북경에서 코끼리를 본 것이 모두 열여섯 마리인데 쇠사슬로 발을 묶어 두어서 코끼리가 움직이는 모양은 보지 못했었다.

　그런데 여기서 코끼리 두 마리를 열하 행궁(行宮) 서쪽에서 보았다. 온몸을 꿈틀거리면서 걸어가는 것이 비바람이 움직이듯 하였다.

　언젠가 내가 동해에 갔을 때 파도 위에 말처럼 우뚝우뚝 솟은 것이 수없이 많았는데 둥그스름한 지붕 같은 것이 물고기인지 짐승인지 알 수가 없었다.

　해가 돋기를 기다려 그것을 자세히 보려고 했는데, 해가 막 뜨려고 하자 그것들은 바닷속으로 들어가 버렸었다.

　이번에 코끼리를 10보 밖에서 보니 그때 동해에서 보았던 것과 비슷하게 생겼다. 몸뚱이는 소 같고, 꼬리는 나귀와 같으며, 낙타 무릎에, 호랑이 발톱에, 털은 짧고 몸은 회색이며 성질은 인자하게 보이고, 가끔 구슬픈 소리를 냈다. 귀는 구름 모양이었으며, 눈은 초승달 같고, 두 어금니는 크기가 두 아름은 되고, 몸의 길이는 한 장(丈)은 넘으며, 코는 어금니보다 길어서 구부리고 펴는 모양이 마치 자벌레 같았다. 코를 말고 구부리는 모양이 굼벵이 같으며, 코끝은 누에 꼬리 같은데 물건을 여기에 끼워 족집게 같이 두르르 말아 입에 집어넣는다.

　때로는 코끼리의 코를 입부리로 생각하는 사람도 있어 다시 코 있는 데

---

⁹ **상방(象房)** 코끼리 사육소.

를 찾아보기도 하는데, 대부분의 사람들로서 코끼리의 코 생긴 모양이 이럴 줄 누가 알았으랴.

어떤 사람은 코끼리 다리가 다섯이라고도 하고, 또 어떤 사람은 눈이 쥐눈 같다고 하는데 이것은 대개 코끼리를 볼 때는 코와 어금니 사이만을 자세하게 보니, 제일 작은 놈의 그 몸뚱이를 통틀어서 보면 이렇게 엉뚱한 비유가 생길 수도 있겠다.

대체로 코끼리는 눈이 몹시 가늘어서 간사한 사람이 아첨을 부리는 눈 같으나 그의 어진 성품은 역시 이 눈에 있는 것이다.

강희 시대에 남해자(南海子)[10]에 사나운 범 두 마리가 있었는데, 오랜 시간이 지나도 그 범의 성질을 순하게 할 수 없자 황제가 노하여 범을 코끼리 우리로 몰아넣게 했다. 그랬더니 코끼리가 몹시 겁을 먹고 코를 한번 휘두르자 범 두 마리가 그 자리에서 넘어져 죽었다고 한다. 코끼리가 범을 죽이고 싶어서 한 것이 아니라 범의 냄새를 싫어하여 코를 휘두른 것이 잘못 부딪쳤던 것이다.

아아, 세간 사물 중에 겨우 털끝같이 작은 것이라도 하늘이 이름하여 내지 않은 것이 없다고 한다. 하나 하늘이 어찌 다 이 모든 것을 명령해서 냈을까보냐. 하늘은 형체로 말한다면 천(天)이요, 성질로 말한다면 건(乾)이요, 주재(主宰)하는 이는 상제(上帝)요, 신묘하게 행하는 것은 신(神)이라 하여 그 이름이 여러 가지여서 일컫기가 어렵다. 이에 이(理)와 기(氣)를

---

[10] **남해자(南海子)** 북경 숭문문(崇文門) 남쪽에 있는 산.

화로와 풀무로 비유하고, 퍼뜨림과 선천적으로 나타난 것을 조물(造物)이라 하여 하늘을 마치 재주 있는 공장에 비유하여 망치, 도끼, 끌, 칼 같은 것으로 쉬지 않고 일을 한다고 한다.

그러므로 『역경(易經)』에서 말하기를,

'하늘이 초매(草昧)[11]를 지은 것이다.'

하였는데, '초매'란 것은 그 빛이 검고 그 형태는 안개가 낀 듯하여 마치 동이 틀 무렵 같아서 사람이나 물건을 똑바로 분간할 수 없다.

그러므로 나는 도대체 하늘이 캄캄하고 안개 낀 듯 자욱한 속에서 만들어낸 것이라면 그것이 무엇일지 알지 못하겠다.

맷돌로 밀을 갈 때에는 그 크기에 관계없이 뒤섞여 바닥에 쏟아지는 것이니, 무릇 맷돌의 작용이란 도는 것뿐인데 맷돌이 어찌 처음부터 가루가 가늘고 굵은 것에 대해서 무슨 마음을 먹었겠는가?

그러나 혹자들은 말하길,

"뿔이 있는 놈에게는 이빨을 주지 않았다."하여 만물을 창조하는 데 무슨 결정이라도 있는 듯이 생각하나 이것은 잘못이다.

감히 묻노니,

"이빨을 준 자는 누구인가?" 한다면 사람들은 장차 말하길,

"하늘이 주셨습니다."

그러나 다시,

---

[11]. **초매(草昧)** 천지가 개벽하여 어두운 혼돈의 세상.

"하늘이 이빨을 준 것은 무슨 까닭이오?" 한다면 사람들은 장차,

"하늘이 이것으로 먹이를 씹으라고 주셨습니다."하고 대답할 것이다.

다시,

"이빨로 물건을 씹는다는 것은 무엇이오?" 하면 사람들은,

"이는 하늘이 낸 이치랍니다. 짐승은 손이 없으므로 반드시 그 입을 땅에 대고 먹을 것을 찾을 것이요, 그러므로 학의 다리가 길고 보니 부득이 목이 길지 않을 수 없고, 또 그래도 입이 땅에 닿지 않을까 하여 부리를 길게 해준 것이요, 만일 닭의 다리가 학과 같았다면 마당에서 굶어 죽었을 것이라오."하고 말하리라.

나는 이 말을 듣고 크게 웃으면서,

"그대들이 말하는 이치란 것은 소, 말, 닭, 개 같은 것에나 맞는 이치다. 하늘이 이빨을 준 것은 반드시 구부려서 무엇을 씹도록 한 것이라고 한다면, 지금 이 코끼리에게 쓸데없는 어금니를 만들어 주어서 입을 땅에 대려고 하면 이빨이 먼저 땅에 걸리니 물건을 씹는 데도 오히려 방해가 되지 않는가?" 하면 어느 사람이 말하기를,

"그것은 코가 있기 때문이오."라고 하리라.

하지만 내가 다시,

"긴 어금니를 주고서 코를 빙자하려 한다면 오히려 어금니를 없애고 코를 짧게 한 것만 못한 것이 아닌가?" 하면, 이때서야 말하는 자는 자기의 주장을 내세우지 못하고 수그러질 것이다.

이는 언제나 생각하는 것이 소, 말, 닭, 개뿐이요, 용, 봉, 거북, 기린 같

은 짐승에게는 생각이 미치지 못한 까닭이다. 코끼리는 범을 만나면 코로 때려눕히니 그 코는 천하에 상대가 없으나, 쥐를 만나면 코를 가지고도 쓸모가 없어 하늘만 쳐다보고 멍하니 서 있다고 하니, 장차 이를 두고 쥐가 범보다 무섭다고 하면 이것도 이른바 하늘이 낸 이치에 맞다고는 못할 것이다. 대체 코끼리는 오히려 눈에 보이는 것인데도 그 이치를 알지 못함이 이와 같거늘 하물며 천하 만물이 코끼리보다도 수만 배나 복잡할 것은 당연하지 않은가.

그러므로 성인이 『역경』을 지을 때 코끼리 상(象)[12]자를 따서 지은 것도 만물이 변하는 이치를 파고들게 하려는 뜻에서이다.

승귀선인행우기(乘龜仙人行雨記)

14일에 피서산장(避暑山莊)에 갔다. 멀리서 바라보니 황제는 누런 휘장을 늘인 궁궐에 들어앉았다. 뜰 밑 반열에는 사람도 드문데, 뜰 가운데에 노인 한 분이 상투에 선도건(仙桃巾)을 걸고 누런 장삼에 검정색 옷가지로 모난 모양을 만들어 달아 입었는데 모두 검정 선을 둘렀다. 또 허리에는 붉은 비단띠를 두르고, 붉은 신을 신었는데 반백(半白) 수염이 가슴까지

---

[12] **코끼리 상(象)** 『역경』에 사상(四象)이 팔괘(八卦)를 낳고, 팔괘가 육십사괘를 낳는다는 사물 변화의 이치를 말함. 괘는 길흉(吉凶)의 상(象).

내려왔다.

지팡이 끝에는 금호로(金葫蘆)와 비단 축(軸)을 매어 놓았고, 오른손에는 파초선(芭蕉扇)을 쥐고, 큰 거북 위에 올라서서 정원을 거닌다. 그 거북은 머리를 위로 젖히고 물을 뿜어서 무지개를 드리운 듯하고, 검푸른 색깔에 크기는 큰 쟁반 같고, 처음에는 가는 비를 뿜어 전각의 처마와 기와를 적시니 물방울이 튀어서 짙은 안개가 싸여 있는 듯 자욱하다. 혹은 화분을 향하여 물을 뿜기도 하고 혹은 가산(假山)을 향해서 뿌리기도 한다.

얼마 후에 비가 더욱 세차게 내리니 처마 끝에서 흐르는 물이 폭우처럼 쏟아졌다. 햇볕이 전각 모퉁이에 비추니 수정 주렴을 드리운 듯하고, 전각 위의 누런 기와는 흘러내릴 듯이 맑고 깨끗하게 보인다. 동산의 동쪽 나뭇잎은 더욱 밝고 화려하며, 물은 뜰 하나 가득히 흡족하게 축인 뒤에 오른쪽 장막 속으로 들어갔다.

황문(黃門)에서 수십 명이 각각 대나무 비를 들고 마당의 물을 쓰는데, 거북의 배에 비록 100섬이나 하는 물을 간직했더라도 이같이 뿌리지는 못했을 것이다. 또 사람이 입은 옷은 물 한 방울 젖지 않았으니, 그 비를 내리게 한 공로가 신묘하다 하겠다.

만일 사해에 비를 바라는 것이 이렇게 한 뜰을 적시는 것에 그친다면 또한 일이 다 되었다 할 것이다.

만년춘등기(萬年春燈記)

황제가 동산 동쪽에 있는 별전(別殿)으로 행차하였다. 천여 명 관리들이 피서산장을 나와서 모두 말을 타고 궁궐의 담장을 따라 5리를 더 가서 원문(苑門)으로 들어갔다.

양쪽에는 불탑이 있으니 높이가 예닐곱 길이요, 불당과 패루(牌樓)가 몇 리나 뻗쳤으며, 전각 앞의 누런 장막은 곧 하늘에 닿을 듯하다. 장막 앞에는 모두 흰 천막을 겹겹이 둘러쳤고, 수천 개의 채색 등불이 걸려 있다. 앞에는 붉은 빛 궐문이 세 군데나 있는데, 높이가 모두 8,9장(丈)은 되어 보였다.

풍악이 울리고 온갖 유희가 베풀어지자 해는 이미 저물어 누런빛의 큰 상자를 붉은 궐문에 다니, 갑자기 상자 밑으로부터 북만한 크기의 등불 하나가 떨어졌다. 등불은 노끈에 이어져서 그 끝에서는 홀연히 저절로 불이 붙어 탄다. 불은 노끈을 따라 타올라 가서 상자 밑에 닿으니 상자 밑으로부터 또 한 개의 둥근 등불이 매달리고 노끈에 붙은 불은 그 등불을 태워 땅에 떨어뜨린다.

상자 속으로부터 또 쇠로 만든 바구니 모양의 주렴이 드리워지는데, 주렴 표면에는 모두 전자(篆字)로 수(壽), 복(福) 글자가 써 있고 불은 글자에 붙어 새파란 불꽃을 일으키며 한동안 타다가 수, 복 글자의 불은 스스로 꺼져 땅에 떨어진다. 또 상자 속으로부터 연주등(聯珠燈) 100여 줄이 내려지는데 한 줄에 4, 50 개의 등이 배열되고 등불 속은 차례로 저절로 타면서 일시에 환하게 밝았다.

또 수염이 나지 않은 천여 명의 아름다운 남자들이 비단 도포에 수놓은 비단 모자를 쓰고, 각각 정(丁)자 모양의 지팡이를 들고 양쪽 끝에 조그만 붉은 등불을 달고, 나갔다 물러섰다 돌기도 하면서 군대의 진 모양을 하더니, 홀연 삼좌(三座) 오산(鼇山)¹³으로 변했다가 갑자기 변해서 누각이 되고, 또 갑자기 네모진 모양으로 변한다.

벌써 황혼이 되자 등불 빛은 더욱 밝아진 듯하더니 갑자기 만년춘(萬年春)이란 세 자로 변했다가 또 갑자기 천하태평(天下太平)의 네 글자로도 변하고 홀연 변하여 두 마리 용이 되었다. 그러고는 비늘과 뿔과 발톱과 꼬리가 공중에서 꿈틀거린다. 순식간에 변하고 이합하되 조금도 어긋남이 없고 글자 획이 뚜렷하거니와, 다만 수천 명의 발자국 소리만 들릴 뿐이었다.

이것은 잠시 동안의 유희지만 그 기율(紀律)은 이처럼 대단하고 엄했다.

더욱이 이 법으로 군대의 진영을 통솔한다면 천하에 누가 감히 쉽게 생각할 것이랴?

그러나 천하 통제는 덕에 있는 것이요, 법에 있는 것이 아니거늘 하물며 유희로 천하에 보여주고 있으니 이는 더 말할 필요가 없겠다.

¹³ **삼좌(三座)오산(鼇山)** 세 마리의 바다 거북. 혹은 자라.

매화포기(梅花砲記)

날이 저물어 황혼이 되자 대포가 동산 가운데에서 나오는데, 소리가 천지를 진동시키고 매화꽃이 사방으로 흩어져 마치 숯불을 부채질하면 불꽃이 화살처럼 튕겨 흐르듯이 하였다.

거울을 들여다보면서 요염한 웃음을 짓는 듯, 바람이 이리저리 움직여 기울어지듯 하려니와, 마치 노포(魯褒)[14]의 돈이 이지러진 듯, 토끼 입이 활짝 열리지 못한 채[15] 이어져서 온갖 화병(花瓶)을 진열하고, 여사(女士)가 그 품위의 상하를 평정하는데, 화방(花房)에 드리운 꽃술이 분명하고 봉오리에 찍힌 검은 점이 가느다랗게 된 것들이 모두 불꽃으로 화하여 날고 있다.

불꽃 모양을 한 새와 짐승과 벌레와 고기들이 날아가고 뛰놀고 꿈틀거리는 것들이 모두 갖가지 모양을 갖추었는데, 새는 날개를 벌리기도 하고, 또는 입부리로 깃을 문지르기도 하며, 발톱으로 눈깔을 비집기도 하고, 벌과 나비를 쫓기도 하며 꽃과 과실을 쪼아먹기도 한다.

그 짐승은 모두 뛰놀고 달리며 입을 움직이고 꼬리를 펴서, 천태만상의 꽃불이 갖가지 모양으로 날아가서 허공에 솟구쳤다가 부서져서 꺼지곤 한다.

---

14. **노포(魯褒)** 진(晋)나라 학자.
15. **토끼 입이 활짝 열리지 못한 채** 이지러진 달을 말함.

대포 소리는 더욱 커지고, 불빛은 더욱 밝아지면서 100인 신선과 1만 부처가 날아올라가 뗏목을 타기도 하고, 연잎배를 타며, 또는 고래와 학을 타기도 하고, 호로병(葫蘆瓶)을 높이 들고, 보검(寶劍)을 차며, 도사의 지팡이를 날리듯, 맨발로 갈대를 밟기도 하며, 손으로 범의 이마를 어루만지면서 허공에 떠서 서서히 흘러가지 않는 것이 없으니 눈으로 다 볼 틈도 없이 번득번득한 섬광에 눈이 어른거렸다. 정사(正使)가 말하기를,

"매화포(梅花砲)가 좌우로 벌여 있는 것을 좀 보게. 그 통은 크고 작은 것이 각각 있는데 긴 놈은 서너 장(丈)이 되고, 짧은 놈은 서너 자가 되니 그 모양이 우리 나라 삼혈총(三穴銃)같고, 불꽃이 허공에서 가로퍼지는 것이 우리 나라 신기전(神機箭)과 같네그려."한다.

불이 다 꺼지기 전에 황제가 일어나 반선(班禪)을 돌아다보고 몇 마디 이야기를 하고는 가마를 타고 안으로 들어갔다. 때는 바야흐로 어두워 가는데도 앞에서 인도하는 등불이 하나도 없었다.

대체로 여든 한 가지 유희를 매화포 불꽃놀이로써 그 끝을 맺는데, 이것을 구구대경회(九九大慶會)라고 불렀다.

작품 해설

1. 작가의 생애

박지원(朴趾源 : 1737~1805년)은 조선 후기의 문신·학자로, 호는 연암(燕巖) 또는 연상(煙湘)·열상외사(洌上外史)이다. 본관은 반남(潘南)이며, 아버지는 박사유(朴師愈)이고, 어머니는 본관이 함평(咸平)인 이창원(李昌遠)의 딸이며, 할아버지는 지돈녕부사를 역임한 박필균(朴弼均)이다. 서울의 서쪽인 반송방(盤松坊) 야동(冶洞)에서 출생하였다.

박지원의 집안은 본래 노론(老論)의 명문세신(名門世臣)이었지만, 그가 자랄 때는 재산이 변변치 못하여 100냥도 안 되는 밭과 30냥 짜리 집 한 채가 있었을 뿐이었다. 더욱이 아버지 박사유는 관직에 임용되지 못하고 있었기에, 조부인 박필균에 의해 양육되었다.

1752년(영조28) 박지원은 16세에 본관이 전주(全州)인 이보천(李輔天)의 딸과 혼인하면서, 장인의 동생인 이양천(李亮天)에게서 글을 배우기 시작하였다. 그후 3년 동안 문을 걸어 잠그고 공부에 전념하여, 경학(經學)·병학(兵學)·농학(農學) 등 경세실용(經世實用)의 학문을 연구하였다.

1765년에 처음 과거에 응시하였으나 합격하지 못하였고, 1768년 서울

의 백탑(白塔 : 현 탑골공원) 부근으로 이사하게 되어, 박제가(朴齊家)·이
서구(李書九)·서상수(徐常修)·유득공(柳得恭)·유금(柳琴) 등과 이웃하
면서 학문적 교유를 가졌다. 당시 청년 인재들이 그의 문하에서 지도를 받
았으며, 새로운 문풍(文風).학풍(學風)을 이룩하게 되었는데, 이를 북학파
실학(北學派實學)이라 한다. 그러나 당시는 홍국영이 세도를 잡던 시기라
당파가 달랐던 박지원은 생활이 어렵게 되어, 결국 황해도 금천(金川) 연
암협(燕巖峽)으로 은거하였다. 박지원이 자호(自號)를 연암(燕巖)이라 한
것은, 바로 연암협(燕巖峽)에서 연유한 것이다.

1780년 박지원의 8촌형인 박명원(朴明源)의 자제군관(子弟軍官) 자격으
로 청(淸)의 북경(北京)과 열하(熱河)를 여행하고 돌아왔다. 이때의 여행에
서 견문한 청의 문물은 그의 사상체계에 큰 영향을 주었으며, 이를 정리하
여 쓴 책이 『열하일기(熱河日記)』로 이 속에는 그가 평소에 생각하던 이용
후생(利用厚生)에 대한 생각이 구체적으로 드러나 있다. 이 저술로 인하여
박지원은 그의 이름을 일시에 드날리기도 하였으나, 『열하일기』의 문체와
내용에 대한 비판도 끊이지 않았으며 정조는 그에게 자송문(自訟文:반성
문)을 지어 바치라는 명을 내리기도 하였다.

박지원은 만년(晩年)에 이르러 음사(蔭仕)로 벼슬에 오르게 되었는데,
1786년 선공감감역(繕工監監役)에 임명되는 것을 필두로, 1789년에는 평
시서주부(平市署主簿), 사복시주부(司僕寺主簿), 1791년에는 한성부판관
(漢城府判官), 1792년에는 안의현감(安義縣監), 1797년에는 면천군수(沔川
郡守), 1800년에 양양부사(襄陽府使)를 끝으로 관직에서 물러났다.

그는 안의현감 시절에 북경 여행에서의 경험을 토대로 벽돌을 구워서 전각의 담을 쌓기도 하였으며, 면천군수 시절의 경험을 토대로 『과농소초(課農小抄)』, 『한민명전의(限民名田議)』, 『안설(按設)』 등을 남기게 되었다. 이 책들은 농업생산력을 발전시키는 농업생산관계를 조정하는 문제를 깊이 있게 다룬 것으로, 『열하일기(熱河日記)』와 함께 그가 추구하던 현실 개혁을 위한 포부를 이론적으로 펼쳐보인 작업의 하나이다. 이러한 저술들은 1900년 김만식(金晩植) 외 23인에 의하여 서울에서 처음 공간된 『연암집(燕巖集)』에 수록되어 있다.

양양부사를 역임한 이후에 박지원은 건강이 악화되어 1805년 69세를 일기로 죽었다. 그의 묘는 지금 북한 땅인 장단(長湍) 송서면(松西面)에 있으며, 1910년(순종4)에 좌산성에 추증되고, 문도공(文度公)의 시호를 받았다.

박지원은 박제가(朴齊家) 등에 영향을 끼쳤으며, 조선 후기 현실 개혁의 사상을 펼쳐 보인 북학파(北學派)의 대표적인 학자요 작가로 평가되고 있다.

2. 작품세계 및 해설

『열하일기』는, 1780년 박지원이 청나라 건륭제(乾隆帝)의 칠순연(七旬宴)을 축하하기 위한 사신으로 가는 삼종형 박명원(朴明源)을 수행하여 청나라 고종(高宗)의 피서지인 열하(熱河)를 여행하고 돌아와, 그해 6월 24일 압록강 국경을 건너는 데에서부터 시작하여 요동(遼東)·성경(盛京)·산해관(山海關)을 거쳐 북경(北京)에 도착하고 열하(熱河)로 가서, 8월 20일 다시 북경으로 돌아오기까지 약 2개월 동안 겪은 일을 날짜 순서에 따라 항목별로 적은 연행일기(燕行日記)이다.

열하(熱河)는 중국 하북성(河北省) 동북부에 있던 국경도시로서, 건륭제가 이곳에 거대한 별궁을 완성하고 거의 매년 방문하여 체류하면서부터 북경에 버금가는 정치적 중심지로 발전하던 곳이었다. 이곳에서 박지원은 청의 윤가전(尹嘉銓), 왕민호(王民皓) 등과 사귀며 중국 고금의 역사, 정치, 문화 등 광범한 주제를 놓고 필담을 나누었다. 또한 연경(燕京)에서 자금성(紫禁城)과 유리창(琉璃廠) 등지를 구경하고 초팽령(初彭齡), 유세기(俞世琦) 등과 교유하며 그곳 문물제도를 견문하였는데, 이러한 내용들을 각 분야로 나누어 기록하였다.

각권의 내용을 살펴보면 다음과 같다.

권1 「열하일기서(熱河日記序)」, 「도강록(渡江錄)」: 서문은 필자 미상이며, 그 기록에 있어 참은 있어도 거짓은 없다고 하고 있다. 「도강록」은 압록강에서 요양까지 15일 간의 기행문으로 중국의 풍습과 성곽. 건물.벽돌 사용 등 이용후생에 대한 관심을 보여주고 있다.

권2 「(盛京雜識)」: 십리하(十里河)에서 소흑산(小黑山)까지 5일 간에 겪은 일을 필담(筆談) 중심으로 엮고 있다. 특히 「속재필담(粟齋筆譚)」, 「상루필담(商樓筆譚)」, 「고동록(古董錄)」은 흥미 있는 내용으로 되어 있다.

권3 「일신수필(馹汛筆)」 : 신광녕(新廣寧)에서 산해관(山海關)까지 9일 간의 기록으로, 병참지(兵站地)를 중심으로 서술되고 있다.

권4 「관내정사(關內程史)」 : 산해관(山海關)서 연경(燕京)까지 11일 간의 기록으로, 특히 백이(伯夷), 숙제(叔齊)에 대한 이야기와 「호질(虎 叱)」이 실려 있는 것이 특색이다.

권5 「막북행정록(漠北行程錄)」 : 연경(燕京)에서 열하(熱河)까지 5일 간의 기록으로, 열하에 대하여 소상히 기록하였고, 그곳을 떠날 때의 아쉬운 심경을 그렸다.

권6 「태학유관록(太學留館錄)」 : 열하에 있는 태학(太學)에서 6일간 지 낸 기록으로 당시 중국의 명망 있는 학자들과 더불어 나눈 한ㆍ중 두 나라 문물제도에 관한 논평 및 지동설(地動說)ㆍ달세계 등에 관 하여 토론한 내용이 들어 있다.

권7 「구외이문(口外異聞)」 : 고복구(古北口) 밖의 기문이담(奇聞異談)을 적은 것으로, 반양(盤羊)에서 천불사(千佛寺)에 이르는 60여 종의 이야기가 실려 있다.

권8 「환연도중록(還燕道中錄)」 : 열하에서 다시 연경으로 돌아오는 도중 6일 간의 기록으로, 대부분 교통제도에 대하여 서술하고 있다.

권9 「금료소초(金蓼小抄)」 : 주로 의술(醫術)에 관한 기록으로 『연암집 (燕巖集)』에서는 이를 '보유(補遺)'라 한다.

권10 「옥갑야화(玉匣夜話)」 : 이본(異本)에 따라서는 「진덕재야화(進德

275

齋夜話)」로 된 것도 있다. 여기에서는 역관(譯官)들의 신용문제를 이야기하면서 허생(許生)의 행적을 소개하고 있는 바, 뒷날 이 이야기를 「허생전(許生傳)」이라 하여 독립적인 작품으로 거론하였다.

권11 「황도기략(黃圖紀略)」: 황성(皇城)의 구문(九門)에서 화조포(花鳥鋪)까지 문물·제도에 관한 38종의 이야기를 기록한 것이다.

권12 「알성퇴술(謁聖退述)」: 순천부학(順天府學)으로부터 조선관(朝鮮館)에 이르는 동안의 견문을 기록한 것이다.

권13 「앙엽기(葉記)」: 홍인사(弘仁寺)에서 이마두총(利瑪竇塚)에 이르는 20개의 명소(名所)를 두루 구경한 기록이다.

권14 「경개록(傾蓋錄)」: 열하의 태학(太學)에서 6일간 있으면서 중국학자와 대화한 내용을 기록한 것이다.

권15 「황교문답(黃教問答)」: 황교(黃教)와 서학자(西學者)의 지옥(地獄)에 관한 논평이다. 끝에는 세계의 이민종(異民種)을 열거하는 가운데 특히 몽골과 아라사 종족의 강맹함에 대하여 기록하고 있다.

권16 「행재잡록(行在雜錄)」: 청나라 황제의 행재소(行在所)에서의 자세한 견문록이다. 그중에 특히 청나라가 조선에 대하여 친선정책(親鮮政策)을 펼친 연유를 밝히고 있다.

권17 「반선시말(班禪始末)」: 청 황제인 고종이 반선(班禪)에게 취한 정책을 논하고, 또 황교(黃教)와 불교가 근본적으로 같지 않다는 것을 밝히고 있다.

권18 「희본명목(戱本名目)」 : 다른 이본에서는 「산장잡기(山莊雜技)」의 끝부분에 있는 것으로, 청나라 고종의 만수절(萬壽節)에 행하는 연극놀이의 대본과 종류를 기록한 것이다.

권19 「찰습륜포(札什倫布)」 : 찰습륜포란 티벳어(語)로 '대승(大僧)이 살고 있는 곳'이라는 뜻으로, 열하에서 본 반선(班禪)에 대한 기록이다.

권20 「망양록(忘羊錄)」 : 열하의 태학에서 사귄 윤가전(尹嘉銓) 등과 음악에 관하여 서로의 견해를 피력한 기록이다.

권21 「심세편(審勢編)」 : 당시 조선 사람의 다섯 가지 망령됨과 중국 사람의 세 가지 어려움에 대하여 논한 기록이다. 북학(北學)에 대한 예리한 이론을 펼쳤다.

권22 「곡정필담(鵠汀筆譚)」 : 중국 학자 윤가전(尹嘉銓)과 더불어 전날 태학(太學)에서 미진하였던 토론을 계속한 기록이다. 즉, 「태학유관록」 중에서 미흡하였던 이야기인 월세계, 지전(地轉), 역법(曆法), 천주(天主) 등에 대한 논술하고 있다.

권23 「동란섭필(銅蘭涉筆)」 : 동란재(銅蘭齋)에 머물 때 쓴 수필이다. 주로 가사·향시(鄕試)·서적·언해(諺解)·양금(洋琴) 등에 대하여 썼다.

권24 「산장잡기(山莊雜記)」 : 열하산장에서 보고 들은 일들을 기록한 것이다. 특히 〈야출고북구기(夜出古北口記)〉, 〈일야구도하기(一夜九渡河記)〉, 〈상기(象記)〉 등은 가장 비장하고 기괴하게 묘사되었다.

권25 「환희기(幻戲記)」 : 광피사표패루(光被四表牌樓) 아래서 중국 요술

　　쟁이의 여러 가지 연기를 구경한 소감을 적은 이야기이다.

권26 「피서록(避暑錄)」 : 열하의 피서 산장에서 지낸 기록이다. 주로 조

　　선과 중국 두 나라의 시문(詩文)에 대한 논평이다.

　박지원은 연행에서 돌아온 이후에 중국 여행 중에 써 두었던 방대한 원고를 정리 · 편집하는 작업에 착수하여, 아마도 1783년경에는 일단 탈고하여 이를 '열하일기(熱河日記)'라는 표제로 세상에 내놓았던 것 같다. 그런데 『열하일기』는 박지원이 미처 완성하기 전에 일부가 유포되어, 당시 문단에 커다란 반향을 일으켰는데, 특히 자유분방하고도 세속스러운 문체와 당시 국내에 만연되어 있던 반청(反淸) 의식에 저촉되었기 때문에 많은 비난을 받기도 하였다. 특히 정조는 1792년에 이 책의 문체가 순정(醇正)하지 못하다 하여, 자송문(自訟文)을 지어 바치게 하였다.

　『열하일기』는 중국의 현실에 대한 박지원의 견문과, 이에 기초하여 전개된 그의 북학론(北學論)으로 이루어져 있다. 특히 청의 경제적 번영과 정치적 안정을 다각도로 생생하게 증언하면서, 그 이면에 한인(漢人)의 민족적 저항과 몽골 · 티벳 등 주변 민족들의 발호(跋扈)를 제압하려는 청조의 고심에 찬 노력이 경주되고 있음을 통찰하고 있는가 하면, 벽돌과 수레의 사용 등 조선의 낙후된 경제 현실을 타개할 구체적 방안들을 제시하고 있다.

　또한 『열하일기』에는 다양한 문장을 통해 당시 집권 사대부의 위선과 무

능을 비판하는 「호질(虎叱)」, 「옥갑야화(玉匣夜話, 일명 허생전)」와 같은 우언 형식의 글도 수록되어 있다. 「호질(虎叱)」은 춘추시대에 풍기가 문란하던 정나라를 배경으로, 타락한 유학자 북곽선생이 동네 과부와 밀회 중에 들켜 도망치다가 범을 만나서 준열한 꾸중을 듣는 이야기인데, 양반사회의 위선과 모순에 대한 통렬한 풍자가 담겨 있다. 「허생전(許生傳)」은 허생을 통해 물자의 집산과 그 유통 원리를 설명하면서 그 나름의 부국강병책을 역설하고 있다.

이처럼 박지원은 『열하일기』에서 그의 견문과 북학론을 탁월한 문예적 기량을 통해 서술하고, 여러 방면에 걸쳐 당시의 사회문제를 신랄하게 풍자하고 있어, 『열하일기』는 조선 후기 문학과 사상을 대표하는 걸작이라 하겠다.

권26을 모두 싣기에는 내용의 양이 너무 방대하므로 해서 이 책에는 다 싣지 못했다. 독자들은 한 편씩 나와 있는 책들을 구해서 꼭 읽기 바란다.

⤳ 생각하는 갈대

첫째, 『열하일기』는 박지원이 2개월 정도 중국에서 보고 들은 일을 기록한 연행일기 작품이다. 연행 도중 여러 인물들과 교유하면서 견문한 내용들이 주를 이루고 있는데, 이 작품은 한글이 아니라 한문으로 쓰여져 있다. 평소에 이용후생, 실사구시 등과 같은 실용적인 학문을 강조하던 연암이 여러 사람이 쉽게 볼 수 있는 한글을 사용하지 않고 왜 굳이 한문으로 작품을 썼는지에 대해 그의 생애와 관련하여 생각해 보자.

둘째, 이 책에는 수록되지 않았지만 『열하일기』의 권10 『옥갑야화』는 『허생전』으로 더 많이 알려진 작품이다. 작품의 마지막 부분을 보면 허생은 자신의 도움을 얻고자 찾아온 이완에게 지배층이 내세우는 북벌이 얼마나 기만인지를 논하고 있다. 지배층이 겉으로는 청나라를 정벌하는 '북벌론'을 내세우지만, 실은 북벌 자체에는 관심이 없고 단지 자신들의 기득권을 유지하기 위해 방편으로 삼고 있다는 것이다. 이렇게 『허생전』에서는 허생이 북벌보다는 오히려 청의 선진문물을 받아들일 것을 주장하고 있다. 그러나 작품에서 벗어나 실제 국제 관계를 생각해 본다면 이 중 어느 한가지로 결정하는 것은 어려운 일이라 할 수 있다. 오늘날을 사는 우리의 입장에서 볼 때 어떤 관점이 더 타당한지를 생각해 보고, 그렇게 생각한 이유를 정리해 보자.

셋째, 연암 박지원은 『허생전』과 『양반전』 등을 통해 당시의 무능한 양반의 모습을 풍자하고 있다. 그래서 대부분의 사람들은 연암이 양반제를 폐지하기를 바라고 있다고 생각하기도 한다. 그런데 『양반전』을 보면 허생이 양반을 아예 없애자고 말하는 것이 아니라 양반이 양반의 모습을 가지고 있어야 한다고 말한다. 즉 참양반의 모습이 무엇인지에 대해 고민하고 있는 것이다. 『허생전』과 『양반전』을 읽고 연암이 생각한 양반의 진짜 모습에 대해 생각해 보자.

작가 연보

1737(1세) 서울의 서쪽인 반송방(盤松坊) 야동(冶洞 : 지금의 새문안)에
서 출생. 아버지는 박사유(朴師愈)이고, 어머니는 본관이 함
평(咸平)인 이창원(李昌遠)의 딸이며, 할아버지는 지돈녕부사
를 역임한 박필균(朴弼均)이다.

1752(16세) 전주이씨(全州李氏) 이보천(李輔天)의 딸과 혼인. 장인으로부
터는 『맹자(孟子)』를 처숙인 이양천(李亮天)으로부터는 『사기
(史記)』를 배움으로써 본격적인 학업을 시작함.

1759(23세) 모친이 향년 59세로 별세. 장녀 출생.

1765(29세) 처음 과거에 응시하였으나 합격하지 못함.

1767(31세) 부친이 향년 65세로 별세.

1768(32세) 서울의 백탑 부근으로 이사함. 박제가(朴齊家)·이서구(李書
九)·서상수(徐常修)·유득공(柳得恭)·유금(柳琴) 등과 이
웃하면서 학문적 교유를 가짐.

1778(42세) 황해도 금천(金川) 연암협(燕巖峽)으로 이주.

1780(44세) 정조 4년, 서울로 돌아옴. 박지원의 8촌형인 박명원(朴明源)
의 자제군관(子弟軍官) 자격으로 5월 25일부터 10월 27일까

지 청(淸)의 북경(北京).열하(熱河)를 여행하고 돌아옴. 돌아
온 즉시, 처남집과 연암 골짜기를 내왕하면서 『열하일기』를
쓰기 시작함.

1783(48세)　정조 8년, 「도강록(渡江錄)」의 서문을 쓰면서 『열하일기(熱河
　　　　　　日記)〉』 24편을 완성함.

1786(50세)　정조 10년, 선공감감역(繕工監監役)에 임명됨.

1789(53세)　정조 13년, 평시서주부(平市署主簿)로 승진.

1791(55세)　정조 15년, 한성부판관(漢城府判官)으로 전보됨.

1792(56세)　정조 16년, 안의현감(安義縣監)에 제수됨.

1797(61세)　정조 21년, 면천군수(沔川郡守)로 임명됨.

1799(63세)　정조 23년, 「과농소초(課農小抄)」에 〈안설(按設)〉을 붙이고
　　　　　　「한민명전의(限民名田議)」를 부록으로하여 정조에게 바침.

1800(64세)　정조24년, 양양부사(襄陽府使)로 승진됨.

1801(65세)　정조 5년, 양양부사를 사직함.

1805(69세)　순조 5년, 서울 가회방(嘉會坊) 재동 자택에서 '깨끗이 목욕
　　　　　　해 달라'는 유명(遺命)만 남기고는 서거함. 경기도 장단(長
　　　　　　湍) 송서면(松西面) 선영에 있는 부인 이씨 묘에 합장하다.

1900(95주년)　광무년, 『연암집(燕巖集)』 간행.

1910(105주년)　융희 4년, 좌찬성(左贊成)에 추증되고, '문도공(文度公)〉'
　　　　　　시호를 받음.